舞鶴に散る桜

進駐軍と日系アメリカ情報兵の秘密

細川呉港

飛鳥新社

舞鶴に駐屯した日系米兵が、舞鶴の女性と結婚した例は多かった。
フジオ高木と迫水弥生もそうだった

真珠湾でフジオの船の近くに不時着した日本軍のパイロット。目の前で自決したその顔をフジオは生涯忘れなかった

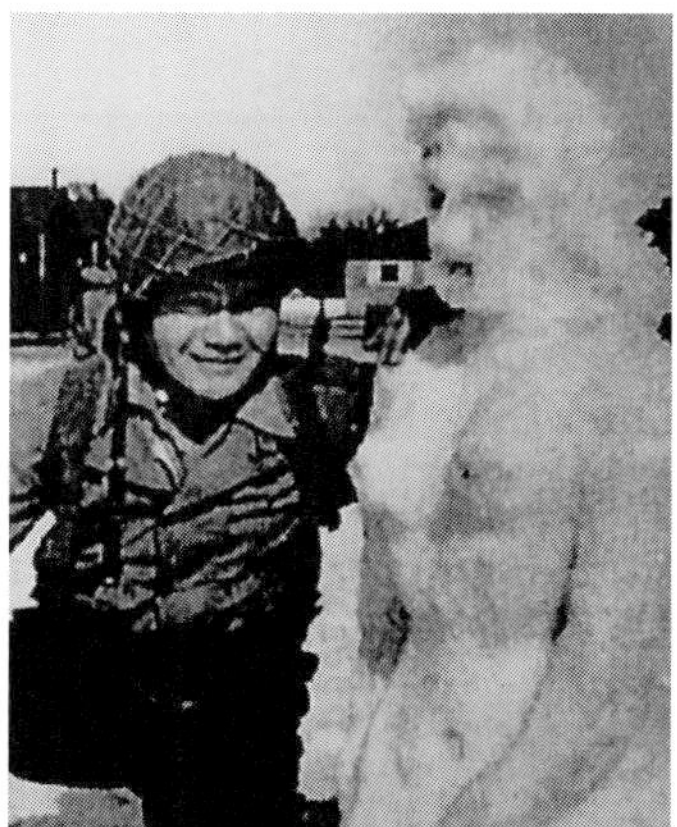

ハワイ育ちの日系二世の兵士たちにとっては舞鶴の雪は珍しかった。日本の雪だるまに習って米兵たちがつくった裸の女性像とフジオ

サトウキビ畑の中を走る貨物列車。乗っているのは労働者を監督するスペイン人かポルトガル人。アメリカの白人経営者に雇われて、労働者を厳しく働かせた。ルナと呼ばせた。

上：プランテーションの中の日本人の住宅。湿気を防ぐために高床式となっていて床下から空気が入るようになっている

下：日本人の住まい。かなり後期のものと思われるが。壁に日本にいる親や兄弟の写真。ミシンとランプが見える

舞鶴に散る桜

進駐軍と日系アメリカ情報兵の秘密

細川呉港

目次

第二章

進駐軍と舞鶴　日系アメリカ情報部隊MISとCIC

第三章 「かえり船」の港の見える丘

第四章 フジオ高木 はじめて死の淵に立つ

第五章 受け継がれる桜を植えた人の心

装幀　中垣デザイン事務所＋三好誠
校閲・編集協力　應和邦昭

序章

舞鶴の丘に
新しい桜を植える

一昨年（二〇一八年）の三月、舞鶴の丘に桜を植えるから来ないかと知人から連絡があって、急遽行くことにした。しかも、ハワイから終戦後すぐに舞鶴に駐屯した、元日系アメリカ兵の在郷軍人会（ベテランズ）の関係者九人が参加するというのである。在郷軍人会というのは、日本でも昔はあったのだが、退役した軍人で作る親睦会のようなもので、彼ら自身の親睦以外にも地域のボランティア活動とか、非営利の奉仕活動をする団体である。やってくるのは、ハワイにいる元日系アメリカ兵で、第一〇〇歩兵大隊と情報部隊のＯＢおよびその関係者であった。

第一〇〇歩兵大隊は、第二次大戦のヨーロッパ戦線で目覚ましい活躍をした有名な日系部隊である。情報部隊というのはＭＩＳ（ミリタリー・インテリジェンス・サービス：Military Intelligence Service）といい、アメリカ陸軍の情報収集および工作活動をした部隊。この両方の部隊のＯＢ会、つまりベテランズ・クラブの人たちが舞鶴にやってくるのだ。

代表はMISの会長、ローレンス・エノモト。彼はスウェーデン人と日本女性の間に生まれた日系二世である。そのほか来日するメンバーのほとんどは、両親とも日本人の日系二世である。最長老のグレン・アラカキは九十二歳、終戦後、進駐軍として舞鶴に駐屯していた兵隊で孫が同行して来た。アン・カバサワというのは父親が第一〇〇歩兵大隊の英雄。そのほか、やはり日系二世の軍人で、戦後も日本の立川基地に長い間技術者として滞在していたことのあるイサミ・ヨシワラ（兄が第一〇〇歩兵大隊で戦死した）など全部で九人。

その人たちがなぜ、日本に、しかも舞鶴に、わざわざ桜を植えに来たのであろうか。その疑問が、今回、私が、この「物語」に首を突っ込むことになったそもそもの理由である。

シベリアからの抑留者が引き揚げてきたことで有名な舞鶴港の、港の見える丘の上に、共楽公園という一角がある。そこに終戦後、「百本の桜」を植えた進駐軍の日系アメリカ兵がいたのである。その桜が二十年後、一九七〇年代になって全盛期を迎え、見事な桜の山が出現した。その頃になってやっと舞鶴の人々は桜があることに気づいた。その頃の日本は、終戦後の焼け野原から少しずつ復興し、食べる物も出回り、生活も次第に落ち着きを取り戻していた。いったい誰が植えたのか、終戦後の焼け野原の中で、みんなが食うや食わず

2018年3月、共楽公園の丘に建つアロハ桜の碑の前で、来日したハワイMISベテランズと桜を植える日本の保存会のメンバーと、リエナクター（歴史再現者）の人々。

の貧困生活をしている時に、桜を植えるとは——。

その後、時代を経てさらに五十年たち、さすがに桜の木の勢いも衰え、次第に太い枝は枯れ、倒木も多くなってきた。かつての枝垂《しだ》れた満開の桜の樹も、ついにその多くはなくなって数えるばかりになった。植えてから七十年になる。

このハワイから来た日系のアメリカ兵が、終戦まもなく植えたという「アロハ桜」のことを、舞鶴にいた小田《こだ》秀憲という人がブログに書いた。一九九六年（平成八年）のことである。そのブログを読んだ京都の大岡英代が二〇一七年（平成二十九年）になって小田に返事を書いた。

大岡は、フラダンスの練習仲間である野口典子とたびたびハワイに行っている。またそれだけでなく、ハワイ在住の日系の老人たちから、戦前の話や、とりわけ多くの犠牲を払いながら、第二次大戦のヨーロッパ戦線でめざましい成果を上げた日系人部隊「第一〇〇歩兵大隊」についても話を聞いていた。またハワイの日系の老人たちからは異口同音に「日本の桜が見たい」とよく言われたという。それで小田秀憲のブログを見て、舞鶴にハワイ出身の日系アメリカ兵が桜を植えた丘があることに気づき、返事を書いたのである。

大岡と野口はそれまでにも、日本のあちこちに桜を植えてきた。とりわけ大戦中、教え子を戦地に送った愛媛県の高岡正明の開発した「陽光」桜、目の見えない人でも匂いの強い桜「春匂い」の植樹を少しずつやってきた。そうしたこともあって、ふたりは舞鶴の「アロハ桜」を見に行き、その昔、日系アメリカ兵の植えた桜の多くが、すでに朽ち倒れているのを見て、新しい桜を植えようと考えたのである。

小田秀憲（当時、四十一歳）は舞鶴駐在の海上自衛官で、趣味として第一〇〇歩兵大隊の歴史を勉強していた。その凝りようは、オタクといっていいほど。歴史をたどるだけでな

来日したハワイのMISベテランズの会長、ローレンス・エノモトと元舞鶴駐屯兵のグレン・アラカキ(92歳)

く、当時のアメリカ兵の兵装から服装、バッジに至るまで収集するという熱の入れ方だった。多くの仲間がいた。

野口典子はそれまでにも第一〇〇歩兵大隊に興味を持ち、わざわざヨーロッパ戦線で大隊が最も壮絶でかつ悲惨な戦いをしたイタリアのモンテ・カッシーノの戦跡も訪ねたりしている。ローマに通じる重要な戦いであった。

そのふたつのグループがブログを通じて一緒になったのだ。そして舞鶴の丘に桜の山の再生を試みたのである。

小田が、それまで連絡を取ったことのあるハワイの第一〇〇歩兵大隊のOB会に伝えたところ、「植樹をするのならわれわれも日本に行く」ということになった。しかも元舞鶴に駐屯した情報部隊ＭＩＳの関係者も一緒にというのである。それで、さらにふたつのグループが一緒になって、桜保存会を立ち上げた。クラウドファンディングを作り、寄付も募った。小田の仲間たちも、かつてのアメリカ軍の服装をして、六十九年前の植樹を再現することになった。

二〇一八年三月十日、ハワイから来た退役軍人およびその関係者九人と、日本の桜保存会の人たち三十人が集まって植樹。十本の桜が植えられた。六十九年前に焼け跡の残る舞鶴で、戦後の復興と、桜をめでるような平和な日が訪れることを願って桜を植えた日系アメリカ兵がいたこと——。そしてその彼の遺志を継ぎ、いつまでも桜の丘が続くことを願って——。

私は、その日系アメリカ兵の生涯をたどって、真珠湾から舞鶴まで、さらには彼が再び日本に来る過程を追いながら、われわれのともすれば忘れかけている進駐軍のいた日本の戦後史の一断面を、掘り起こしてみようと思った。それにしても、舞鶴市をはじめ、ハワイでも多くの人が、長年にわたってその男を探したのに、彼は名乗り出なかった。それはなぜか——。

1949年末、朝鮮戦争直前に舞鶴に植えられた桜が70年以上たち、幹は朽ち、枝は枯れてかなり古木になってきたが、春になると相変わらず美しい花を咲かせてくれる。

第一章

真珠湾に落ちたゼロ戦

✽私の故郷

この物語の主人公、フジオ高木の話をする前に、彼もそうであったが、終戦後、占領統治するために日本にやってきた何万人もの進駐軍、その進駐軍について、まず話を始めなければならない。私が物心ついてから、基地の町ではシンチューグンはずっとわれわれの生活の中にあったたし、思い出もたくさんあるからである。

私の故郷は、瀬戸内海の港町、呉《くれ》である。入りくんだ岬や入江が複雑に絡み合って、湾内は波穏やかな内海、目の前にはいくつもの山島《やましま》がまるで港を隠すように並んでいる。これはちょうど舞鶴の港に似ている。

明治政府は、一八八八年(明治二十一年)、横須賀鎮守府に次いで、ここ呉に海軍の鎮守府をつくり、つづいて日本海側の舞鶴、そして九州の佐世保に鎮守府を置いた。

中でも呉鎮《くれちん》(呉鎮守府のこと)は、戦前では東洋一の軍港で、海軍直轄の呉工廠があり、有名な戦艦「長門」や「大和」の建造もここで行われた。いわば「海軍」の町であった。多くの軍人や、呉海軍工廠で働く職工も集まった。終戦時の人口は四十万とも五十万人ともいう。

ところが、敗戦後一転して、今度は進駐軍の町になった。アメリカ軍だけでなく英連邦軍も進駐してきた。すなわち、イギリス、オーストラリア、ニュージーランド、そしてインドの兵隊たちである。

戦艦「大和」を作った巨大な第四ドックと船台を持つ呉海軍工廠は、アメリカの造船会社NBCに引き継がれ、急峻な北の山頂の高射砲の陣地は、連合軍のレーダー基地になった。進駐軍が町に入ってきて、町は一変した。基地に近いところでは、たくさんの進駐軍相手のバーや飲み屋ができ、歓楽街ができた。親はなるべくそんなところには子供を行かないようにさせたが、呉一番の大きなお祭り、八幡さん（亀山神社）のお祭りに行くときは、必ずそこを通らなければならない。歓楽街といっても、小さな間口の狭い店がたくさん並んでいるところで、夜には派手な格好の女性たちがたくさん。私が覚えているのは、時折スカートをはいた兵隊がいたのに驚いたことだ。男の兵隊が短いプリーツのスカートを穿いているのである。いまから考えれば、多分スコットランドの兵隊だったのであろう。

母親の知り合いがその中の一軒のバーをやっていて、店の扉の上には当時としては珍しいネオン・サインがついていた。店に入るとカウンターの席、その向こうの壁が一面の鏡貼りになっていて、私は驚いた。向こうにも部屋があるように見えたからである。当時、鏡といえば和室に置いてある古い鏡台しか見たことがなかった。鏡というものはすごく高価

広島県呉市の「大和ミュージアム」(左)と「鉄のくじら館」。

「大和ミュージアム」の「大和」の10分の1模型。

元海軍直轄の呉工廠、「大和」を造った第四ドックと船台。

なものだという意識があった。その鏡が壁一面に貼ってあった。その店に行くと、時折そのママがチョコレートをくれた。子供にとってはそのチョコレートはまるで宝物のように思えた。

もちろん、そういった店には、たくさんの日本の若い女性が働いていて、殷賑を極めていた。また、遠い親戚の奥さんは、進駐軍の売店（これをPXといった）で働いていて、時折水飴の罐をわが家に持ってきてくれた。砂糖も、甘いものもない時代であった。その直径十二、三センチほどのやや大きな水飴の罐は、わが家にとっては本当に貴重であった。罐の赤黒い色の側面に、葉のついたサトウキビの茎が交差した絵が描いてあったのを、いまでもハッキリ覚えている。時折その水飴を、一匙掬って舐めさせてもらえるのである。水飴と聞いていたが、本当は何だったかよく分からない。

✿敗戦国のプライド

わが家の近くの住宅街にも、「アメリカ」はやって来た。われわれは、外人すべてを「アメリカ」と呼んでいた。正確にいうと兵隊の制服はすべて違っていたのであるが、子供にはオーストラリア兵も、イギリス兵も区別がつかないから、すべて「アメリカ」であった。そのうち近所の住宅の一部屋を借りて、「アメリカ」が日本の若い女性と住むようになった。ぐるりと回り廊下のついた南に面したお座敷、つまり一軒の家の一番広くていい部屋を、アメリカ兵に貸して、家賃を稼ぐのである。こうした女性はキープ（オンリーのことであるが、当時、私の町ではこうした女性たちのことをキープと呼んだ）と言って、特定の兵隊とつきあう女性のことをいう。そうでなく不特定の兵隊とつき会う女性はパンパンと言った。言葉の由来は分からない。パンパンという言葉は、一種の軽蔑と嘲笑、そしてわれわれ子供たちには、少し卑猥な響きをもって使われていた。

小学校低学年だった私も、ほかの男の子と同様、こういった女性たちに興味があった。学校帰りに寄り道をして、そういったキープされた女性のいる家の何軒かを覗くのである。運がよければ、女性が顔を出し、チョコレートをくれる。

昼間は「アメリカ」は居なかったので、暇な女性が話し相手になってくれるとか、お菓子をくれるのである。しかし、いても窓ガラスを開けてくれないこともあった。

女性たちは派手な格好をしていた。いまから思えば、大したことはないのだが、まだ日本の女性はモンペを穿いていたり、着物の上に割烹着を羽織っていたりで、地味な服装しかしていなかったからである。「アメリカ」とつきあっている女性たちは新しい洋服を着て、当時としてはモダンな格好をしていた。派手というより鮮やかな原色の色の服を着ていた。

ある時、小学校の若い理科の先生が、われわれのクラスに来て、「赤、青、黄色、この色の服を来ている女性は、みんなパンパンだと思え」と私たちに教えた。おそらく若い男の先生も、そういった女性たちをあまりよく思っていなかったのに違いない。いや、あるいは羨望の裏返しだったのかもしれない。たったこの間まで、「鬼畜米英」と言って敵と思っていたアメリカの兵隊たちと、「銃後の守り」とか、「大和撫子」と言われていた日本の女性たちが、街頭で腕を組んだり、人前でも、平気でいちゃついたりしているのを見るのは抵抗があったに違いない。多くの日本人もそうだったと思う。

何十年か後になって、写真雑誌『フォーカス』で、写真家の大倉舜二だったかが、アメリカ兵が日本の女性たちと腕を組んで町を歩いている古い写真を掲載して、終戦当時のことを思い出し、自分もこうした風景を見て「心の中で泣いた――」と書いていた。戦争から命からがら帰って来た多くの日本の復員兵たちも、同じ気持ちだったに違いないと――。

彼らも敗戦国の悲哀をしみじみ味わったのである。ついこの間まで「兵隊さん、兵隊さん」と言って大事にしてくれていた銃後の女性たちが、一斉に「アメリカ兵」に媚びだしたからであった。

こうした男たちの感情はどの国にもあるらしい。私も逆の立場で経験したことがある。一九七〇年代から八〇年代にかけて、中国が開放され始めてからしばらくたったある時、私は北京で、それまでは入れなかった道教の大本山、白雲観に行った。白雲観が「復活」し、公開されて間もない時であった。それまで共産圏では、宗教はとにかく人心を惑わす非科学的な邪教として厳しく弾圧されていた。多くの寺が潰され、僧が殺されたのである。広い境内にはたくさんの道教の坊さんがいて、寺のあちこちでそれぞれの任務についていた。中には若い男や、子供のような道士もいた。

私は、一年ほど前から北京にいる旧知の研究会の仲間である日本女性に連絡し、当日通訳を兼ねてお寺を案内してもらった。ふたり連れである。

いまでもそうだが、当時の中国では、日本語の分かる編集者を必要とする職場では、「専科」という職種の日本人を雇っていた。日本向けの雑誌、書籍、新聞などを出している政府の機関（外交部）である。彼女はその編集部の一員であった。

白雲観の中で、彼女の案内のもと、お寺の写真を撮っていると、庭の掃き掃除をしていた若い僧が近づいてきて、彼女を黙ったまま睨み付けた。裾の長い茶色の胴衣を着て、頭は頭巾をかぶっているが、顔はまだ若く二十歳を少し過ぎたくらいの年齢である。道教の僧のシンボルというべく顎の下にチョロリと髭を伸ばしていた。彼はじっと彼女を見つめ、最大限の、人を軽蔑する目つきで彼女をまじまじと見下した。その形相はすさまじかった。思わず背筋が寒くなるような感じがした。

最初は何があったのだろう、と私も彼女も分からなかった。何かあったのか、と私は彼女に聞いたのだが、彼女も別に僧を怒らせることは何もしていないし、話もしていないと言う。

後ではっと気がついたのだが、実は彼女は中国人に間違えられたのだ。彼女は中国暮らしも一年たち、服装も中国人と同じ格好をしていたから、若い僧から見ると、中国人に見えたのであろう。自国の若い女性が、日本の男性について案内をして歩いている――のを、若い僧は快く思わなかったのである。当時はまだ中国も貧しかったから、その中国の女性が日本人の「世話」をしていると思ったのである。

その時のことはいまでもハッキリ思い出す。とにかくすごい形相だった。肝心の白雲観の方はあまり覚えていない。

✿進駐軍の町

もちろん、日本でも終戦後の進駐軍の町でよくある「アメリカ」と日本女性の関係を、多くの大人たちもあまりよく思っていなかった。特に主婦や、また古い年代の女性たちは、彼女たちに対して厳しかったように思う。その大人たちの気持ちを、小さなわれわれは、子供心にも、うすうす感じていたのである。

その後何年かしてから、小学校に混血児が現れた。その多くは母子家庭だった。日本の女性たちと付き合っていた兵隊たちは、日本での任務が終わると、そのまま女性を置いて、みんな本国に帰ってしまったからである。特にオーストラリアの兵隊はそうだった。オーストラリアの兵隊は悪い——とみんなが言っていた。

後で分かったことだが、その頃のオーストラリアは、「白豪主義」といって白人優先主義、具体的に言うと有色人種の入国を拒否していたからである。結婚しても日本人はオーストラリアには連れて帰れなかったのである。

いまでは、混血児はハーフといって逆にモテている。タレントになっている人も多い。スタイルがいいせいでモデルになっている人も。混血であるが故に得をする部分が多い。しかし当時はそうではなかった。

私は戦争中の生まれだから、私の周りには混血の生徒はあまりいなかったが、下級生には何人か学校に来ていた。後に私が大学生になってから、東京オリンピックの次の年、一九六五年に、ブラジル航路の移民船に乗った。その船の中にエリザベス・サンダース・ホームの澤田美樹さんが乗っていた。三菱財閥の直系の息女で慈善事業家。当時六十四歳だったと思われる。彼女は終戦後、日本の基地の町で生まれた多くの混血児を引き取って、神奈川県大磯の私設学校、エリザベス・サンダース・ホームで世話をしていた。その時彼女は、その混血児のうちの何人かを、移民船に乗せてブラジルに連れて行くところだった。人種差別の少ないブラジルで、開拓をさせようという試みだったのである。船底にはトラクターが積んであった。私は、彼女のそういった子供たちに向ける思いを、船底で、何度か直接聞くことができたが、あの時の混血児たちは、いまブラジルのどこで何をしているのだろうと時々思う。その後、開拓村もあまりうまくいかなかったと聞く。

その頃、私と同じ南米航路に乗っていたと思われるＮＨＫの若いプロデューサーが、十年後、再びブラジルに取材に行った。二十年後にも、三十年後にも行った。そしてあの時の移民船に乗っていた人たちをブラジル各地で捜して歩いた。サンダース・ホームの子供たちも捜したと言う。ブラジルや南米の各地で開拓に励む彼らの「その後」を追いかけた。うまく開拓に成功している人。さまざまな条件で、農業が軌道に乗らなかった人もいる。

しかし、ブラジルに入った多くの人たちも、何十年かすると歳をとり、不便な開拓村では暮らしていけなくなり、その多くが都会へ出て暮らしはじめた。しかもその息子たちが、今度は、逆に日本に出稼ぎに来た。日本がお金持ちになり、ブラジルで働くより日本に来てアルバイトをした方が儲かるのである。時代が変わったのである。サンダース・ホームの人たちは結局見つからなかったらしい。

ＮＨＫの「移住一〇年目の乗船名簿」という番組を最初に見た時、私は感激した。何年も、その時の移民を追いかけて取材するなんて、なかなかできることではない。一度そのプロデューサーに会ってみたいと、長いことそう思ってきたが、昨年の夏（二〇一九年）、ついにその機会がやってきた。ＮＨＫで再度その番組が放映されたのだ。タイトルは「移住五〇年目の乗船名簿」であった。

プロデューサーの名前は相田洋（一九三六年生まれ）、すぐに連絡を取って彼に会い、私の研究会で講演までしてもらった。彼は生涯をかけて十年ごとにずっと同じ移民の人たちの人生を追い続けていたのだ。中南米に渡った日系人の足跡であった。

その後、私は、台湾でもアメリカ軍の基地に入ったことがあるが、世界の多くの国でアメリカ軍の基地の町はみな共通の雰囲気を持ち、またさまざまな問題を抱えていた。アメリカ軍の基地といえば、ベトナムのダナンに行った時も、のんびりした南国の田舎町が続く中で、ダナンだけはごちゃごちゃして猥雑な町だったのを思い出す。ベトナム戦争中、アメリカ軍の大きな基地のあったところだ。

さて、アロハ桜の話をする前に、もうひとつ、私の古くから付き合いのある写真家を紹介しなければならない。アロハ桜の意味をより深く理解してもらうためにである。

彼は元々、ある大手新聞社のスタッフ・カメラマンだった。しかし、彼は、大学を出て、新聞社に十四年間勤めた後、会社をやめた。彼に言わせれば、カメラマンはいつもいつも新聞記者にくっついて西に東に飛び回らなければならない。その「まるでお座敷がかかるのを待っているような生活」がいやになったのである。自分自身の発想で、自由に写真が撮りたい――と。

すでに彼はいい年で、四十代も半ばになり、女房も子供もいた。それらをおいて、彼は単身ニューヨークに渡った。そして写真学校に入った。もう一度写真とは何かを学ぼうと思った。

ところが、アメリカの写真学校の授業は退屈だった。彼にとってはすでに知っていることばかりで、まるで学ぶものがなかったのである。

彼は一流の新聞社をやめてアメリカに来たことを悔いた。収入もまったくなくなった。日本にいれば大手新聞の社員としてどこに行っても顔が利くし、それなりの地位もあった。しかしいまはまったくのフーテンなのだ。

これからどうしよう。彼はひとり悩んだ。何日も町の中をふらついた。ある時は、ニューヨークのタイムズ・スクエアのベンチで、ひとり男泣きに泣いたという。

その彼が、思いなおして撮り始めたのが、「ニューヨークとは何か」というテーマであった。

普通、ニューヨークを撮る場合には、ニューヨークらしいところ、これがニューヨークだ、というところをいくつか捜して写真を撮る。「組み写真」と言うのだが、それは何枚かのニューヨークの写真を組み合わせて、ニューヨークとはこんなところだと紹介する。新聞や雑誌の編集上、「組み写真」というのはそういうやり方が一般的であった。ある場合は、それを人物に置き換える。ニューヨークを代表する人物を何人か紹介する。また時間を追って二十四時間、町の写真を撮る方法もある。朝、昼、夜と時間によって移り変わるニューヨークの「顔」を撮影するのだ。

しかし彼が考えたのはそうではなかった。まったく新しい方法であった。

言うまでもなく、ニューヨークにはさまざまな人種がいる。ヨーロッパのいろいろな国から来た白人、アフリカからの黒人、それにスペイン系の中南米やカリブ海から来た人たちもいる。一口に白人、黒人といってもいろいろ。白人もWASPからアイルランド移民や、イタリア移民の子孫など。ユダヤ人もいる。もちろんアジアからの東洋人も。

そういった人たちを紹介するのに、彼は、一軒一軒ニューヨークに住む人たちの家々を訪ねて、応接間に家族全員きちんと並んでもらい、正面からたった一枚だけの記念写真を撮る。子供たちや孫やペットがいることもある。普通ならある家族を紹介するのに、建物や庭、いろいろな部屋や、あるいは食事中とか、さまざまなシチュエーションで写真を撮るのだが、彼は応接室でとりすました家族のワンショットにこだわった。

たった一枚の記念写真であるが、家族があらたまって並んで撮ると、いろいろなことが見えてくる。それぞれの家族の表情や、しぐさもそうだし、応接間や置物の種類によって、その家族の特色や人間関係も意外と見えてくるものである。

彼は、こういった写真を、なんと「百家族」撮った。何カ月か、何年か、かなりの時間がかかった。題して「ニューヨークの百家族」である。一家族ワンショットであるが、さまざまな人種の、またお金持ちやそうでない家族を百家族も撮ることによってニューヨークが見えてくるのだ。これはまったく新しい「組み写真」のやり方だった。それをもって彼は日本のある有名なカメラ雑誌の新人賞を取った。デビューであった。

✿花嫁のアメリカ

そして、彼が次に取り組んだのが、「戦争花嫁」である。

かつて日本に来ていた進駐軍の兵隊と一緒になって、オーストラリアのように捨てられないで、幸いにもアメリカに渡った日本の女性たちである。今度は一転して、彼はアメリカの西海岸を中心に、そうした日本人女性のいる家庭を「百家族」追いかけた。西海岸にはアメリカ兵と結婚して住んでいる人たちが多かったのである。

結婚して、アメリカに渡って二十年、三十年、さまざまな家庭があった。白人と結婚した人、黒人と結婚した女性。子供も孫もいる。一見してお金持ちの家、貧乏な家、日本の花嫁もそれぞれ歳を重ねていろいろな歳のとり方をしていた。

応接間の記念写真は、家庭環境や家族の人生も伺える。いかにも幸せそうな家庭、苦労した人生が皺に現れている人も。完全にアメリカナイズされた部屋、反対に日本的な調度品が一杯の家も。また、アメリカに来たものの離婚を繰り返し、いまは、ひとりでロサンゼルスの飲み屋で働いている女性もいた。写真を撮るのにどうしても、顔を出したくないという女性の場合は、応接間だけが写っている。ぽつんとひとつだけ日本人形が置いてある部屋もあった。

彼はこの「百家族」の写真を持って日本に帰り、当時有楽町にあったニコンサロンで写真展をやった。その写真展に私が偶然顔を出したのである。

当時、あるグラフ雑誌の日本版編集部にいた私は、都内で行われる写真展を常に見てまわっていた。その頃は写真家になりたい人も多く、東京に四つも五つも写真学校ができ、生徒も多かった。日曜日の歩行者天国などは、十人にひとりは立派なカメラを持った自称カメラマンが、一日中、行ったり来たりしていた。「カメラ小僧」と呼ばれていた。

また探究心旺盛な者は海外に飛び出し、人の行かないところ、僻地の僻地を目指して、できるだけ珍しい写真を撮ろうと努力していた。そして帰って来て写真展をするのである。その頃知り合ったカメラマンも何人かいる。チベットに行った者、南米のアンデスに行った者、サハラ砂漠を縦断した者、インドネシアの東端の島で、くじらを追いかける部族を撮った者もいる。

ニコンサロンで行われていた「花嫁のアメリカ」という写真展のタイトルは、どういう意味か最初は何のことかよく分からなかった。分からないままに私は会場に行った。後で分かったことだが、分かりやすく言えば「アメリカに渡った戦争花嫁のその後」なのである。それも二十年、三十年と時を経た花嫁であった。「ニューヨークの百家族」と同じ手法

江成常夫のフォトエッセイ『花嫁のアメリカ』講談社刊。

ヨーコ・ハーマン夫妻。福岡のミッションスクールで学ぶ。父親は航空機の設計技師。夫はテキサス州のドイツ系の貧しい農家出身。「体質の差、考え方の違い、精神的なすきま――。主人もかわいそうって思うんですよ」

アキコ・ワイアット。1945年横浜生まれ。結婚してアメリカに渡っても二人の夫に死別。波乱の人生を送る。「長男のスコットが『大人になったら宣教師になって日本に行く』なんて言います」

で、たくさんの家族写真が応接室で撮ってあった。中には女性ひとりの場合もある。

狭い会場にモノクロの写真が一列に並んでいた。私はすぐにこれは「戦争花嫁」だと気がつき、あっと言う間に私の子供のころの故郷、シンチューグンの町の世界に引き戻されたのである。それまでは、まったく忘れていた「アメリカ」や「チョコレート」や「PX」、「ジープ」や「MP」の世界であった。

何枚か写真を見ていくうちに、あの頃の田舎の飲み屋街の風景さえ蘇った。アメリカ兵相手の店々。オンリーさんが借りていた近所のいくつかの貸間や家。そしてある女性の写真の前で私は動けなくなった。

どの写真の下にも彼女たちのコメントが一行ほど書いてあった。その中に次のようなセリフがあった。それは当時の日本の社会が、アメリカ兵と結婚する女性に対して、どのように思っていたかを、まざまざと感じさせるものだった。

女性は次のように告白していた。

「横浜の港を出る朝、母が捨てぜりふのように、『二度とこの家の敷居を跨いでくれるな』と言った。私は、返事もできず、ただただ涙があふれてとまらなかった――」と。

その一行があらゆることを物語っていた。母親が、アメリカ兵との結婚に反対だったこと。結婚する女性は親と生涯、絶縁するつもりで旅立ったのだ。それはそのまま当時の日本の周囲の人たちの気持ち、いわば「世間」の声でもあったのだ。この間まで敵国だったアメリカの兵隊と結婚するなんて――。

好きになったアメリカ兵と結婚することは、親と訣別し、そして二度と日本には戻れないということだった。

写真の前で私は動けなくなり、泣いた。涙があふれた。それを周囲の人に気づかれないようにするのに精一杯だった。

その涙で、私は初めて、目が覚めたといえる。それまでは私の頭の中には、小学校低学年のまま、進駐軍の町で、周囲の大方の日本人の世論というか「世間」の見方を、そのままパンパンや、オンリーたちに対して持っていたからである。その頃の日本人の固定した観念のまま、もっと言うと近所の女将さんたちの見方、つまりそういった女性たちをさげすんだ目で見ていたのだ。

目が覚めた。彼女たちも「ひとりの人間として、さまざまな感情を持つ人たちだった」

と。不遜な言い方であるが正直そう思った。

その時初めて、私は彼女たちの立場に立ってものを考えることができたのである。彼女たちも一個の人格を持つ人間。好きになった人について、希望に胸膨らませてアメリカに渡った彼女たちの気持ちと不安。そして知らない異国のアメリカ社会で、賢明に生きてきた――。幸せになった人も、そうでない人も。さまざまな不幸や、別れもあったろう。しかしとにかく努力して頑張った。そう百枚の戦争花嫁の写真は訴えていた。

みないい写真だった。お金持ちも、貧乏しているであろう人もいた。離婚していまではたったひとりで暮らしている人もいる。一枚の応接室の写真の中に、彼女たちの戦後の何十年かが凝縮されていた。

写真の力はすごい、とあらためて思った。私が写真展を見て感動し、泣いたのは、後にも先にもそれが最初で最後だ。

私はすぐに名刺を出し、その写真家と知り合いになった。江成常夫、四十五歳、私はその時三十七歳だった。その後、彼はその写真集『花嫁のアメリカ』で木村伊兵衛賞をとった（『花嫁のアメリカ』アサヒカメラ増刊、一九八〇年。単行本、講談社、一九八一年）。その時彼は、この「花嫁のアメリカ」という写真のすばらしさを認め、自分というカメラマンを見いだしてくれたのは、あるカメラ雑誌の編集者だと言った。その編集者の名前を私は、その後何度か彼から聞いたがずっと会ったことはなかった。

私は、その後、江成常夫と組んで、当時開放され始めた中国の東北部（旧満洲）で、日本人孤児を追いかけ、同じ手法で孤児の写真を撮った。これがフォトエッセイ『シャオハイの満洲』（集英社、一九八四年）である。それまでにも私は中国に何度も行き、そこで何十人もの残留孤児の日本人に会っていたからである。まだ公的には残留孤児が認められていなかった時である。

その後彼は、私の出身である広島の「原爆孤老」を追いかけた。歳をとって、ひとりで暮らす被爆者たちを追いかけた。それが『記憶の光景・十人のヒロシマ』（新潮社。後に小学館文庫、二〇〇五年）となって何冊目かの写真集になった。

『花嫁のアメリカ』発刊から八年後であった。一九八九年になって、江成常夫は昔の写真を集めて写真展を開いたことがある。新聞社をやめ、ニーヨークに単身行った頃の写真「ニューヨーク日記」を公開したのだ。彼がタイムズ・スクエアでひとり男泣きに泣いた頃の写真である。

その写真展の会場で、私は初めて、彼から何度もその名前を聞いていたカメラ雑誌の元編集者、あの『花嫁のアメリカ』をこの世に送り出してくれた男、江幡定夫に会ったのである。カメラ雑誌から別の編集部に移っていたが、気取らないやさしそうな男だった。江成常夫から彼の名前を聞いてから八年目にして、初めて私はその男に会ったのである。私と同世代、あまり歳が違わなかった。お互いに名刺を交換した後で、いろいろ昔話をしているうちに、その元編集者が言った一言は私を驚かせた。

「私は立川で生まれて育ったんです」と――。

その一言で、私は、これまでのすべてが納得し得たのである。彼は立川の米軍基地の町で育った。子供の頃、私と同じような体験をしている。シンチューグンの町だ。あのオンリーさんと、パンパンの町だ。彼も、アメリカに渡った花嫁の写真を見て涙を流したのだった。子供の頃、「アメリカ」と結婚して、太平洋を渡った花嫁の、二十年後、三十年後の姿に、彼も感動したのである。女性たちの人生に感動したのだ。それは小さい時あのシンチューグンの町にいた者にしか分からない感傷である。

ついでに言うと、江成常夫もまた相模原の米軍基地の町で育った。

写真展で私が流した涙は、私の子供の頃の先入観を洗い流してくれたし、大げさに言えば、初めて彼女たちの立場になって、ものごとを考えることができるようになった。子供だったとはいえ、それまで私は彼女たちの人格を認めていなかったことになる。

たいへん失礼な言い方になるが「彼女たちもさまざまな感情を持つ人間だった」のである。写真展は、その時にはすでに死語になっていた「戦争花嫁」という言葉を、三十年ぶりに私の中で蘇らせてくれ、また空白の三十年を繋いで、誤解を解いてくれたともいえる。

貴重な涙であった。

✿アメリカ、ジープ、マッカーサー

ながながと、戦後の占領軍統治時代の話をしたのはほかでもない、いまの若い人たちが知らないことだからである。「アメリカ、マッカーサー、ジープ、MP」は、私たち子供の生活の中でも常に使われていた言葉である。特にMP（ミリタリー・ポリス）に対しては

「敬意」を払っていた。アメリカ兵同士が酔って喧嘩をしたり、また街で日本人とトラブルを起こしたりした時は、すぐにＭＰがジープに乗って駆けつけて来る。颯爽と砂ぼこりを上げてやって来るのだ。そして急ブレーキをかけて停まる。「ＭＰが来たぞー」という子供たちの叫びで、周りにいた日本人も一斉に静まってしまう。だいたいはトラブルの原因になったアメリカの兵隊が、連れて行かれるのであるが、時には日本人も一緒に連れて行かれることもあった。日本人がＭＰに連れて行かれると、それこそあっと言う間に「誰々がＭＰに連れて行かれた」と近所中に噂が広まったが、たいていは翌日には釈放されて帰って来るのであった。

ＭＰは「ＭＰ」と書かれた鉄のヘルメットを被っていたが、他のアメリカ兵は略式の米兵の帽子、ギャリソン帽を斜めに被っていた。私たちは新聞紙で折るそれまでの日本の武将の「兜の帽子」に代わって、このＧＩ（アメリカ陸軍の兵隊の愛称である）が被る帽子を真似た帽子を折った。

しかし、私にしても当時の進駐軍のいる社会を客観的に分かっていたわけではない。せいぜい、小学校低学年から高学年までの子供時代の認識しかないからである。だが、サンフランシスコ講和条約後もシンチューグンはわが町にずっと居続けた。特に市の背後の急峻な山の上のレーダー基地、灰ヶ峰の米軍通信隊はそのまま存続し続けた。その山のすそ野にわが家はあり、住宅地の上に、さらに段々畑が山の斜面に這い上がっていたのだが、その半分から上は急な山道で、樹木も、特に山頂付近は巨岩がたくさんあった。戦前は、軍港を護るための防空砲台があったところだ。

言うまでもなく、かつての軍港呉は連合艦隊の一大根拠地であり、また戦艦や巡洋艦をつくる呉海軍工廠や製鉄所もあった。周囲の山々にはアメリカ軍の空からの攻撃に備えて、防空砲台がつくられていた。標高七百三十七メートル。そのあたりでは一番高い山で、母のいとこに当たる人がその砲台の設計か建築にかかわったという話だった。口径十二・七センチの連装高角砲が二基あったという。しかし後で考えると、B二九爆撃機の高い空からの爆弾や、焼夷弾の投下にどの程度効果があったかは疑わしい。

その砲台は戦後すぐにアメリカ軍が接収し、レーダーの基地になったから、子供の頃から、その山の六合目以上には登れなかった。せいぜい段々畑の上の方までである。その上は鬱蒼とした木の茂った森と、七合目以上は大きな岩石の山だった。

最初に登れたのは、小学校六年生の卒業前である。地元に住む住民がいわば「自分たちの山」に登れないのは情けないということで、卒業を前に、六年生だけ特別にアメリカ軍の許可を得て、頂上まで登らせてもらったのである。先生に引率されて、われわれは呉のシンボルともいうべき灰ヶ峰の山頂に生まれて初めて登った。

山頂まで登って驚いたのは、かつての石垣で築かれた頂きの丸い砲台の間に、長方形の広い縦穴が掘ってあって、その中にすっぽり隠れるように兵舎が建っていたことである。しかも屋根が頂上の地面と同じ高さの平坦なものになっていたから、おそらく空の上から見ても建物とは気づかないようになっていたのだ。もちろんいつも山裾から見上げるわれわれには、山の頂きは何もないように見えたのである。ただ、戦前の高角砲が二基あった丸い円筒形の石垣だけはずっと残っていて山裾からでも見えた。

その後はひとりで、ある時は近所の二、三人の子供たちと一緒に、何回か登った。登山禁止がまだ解けていない時である。最初、「アメリカ」は子供がやって来ると、ここへ来てはいけないと、追い払ったが、中には親切な兵隊もいてチューインガムをくれたりしたこともある。おそらく十数人で基地を管理していたに違いない。

＊不思議なアメリカ兵

ある時、その山頂の基地で、私は間違いなく、他のアメリカ兵に混じっている不思議なアメリカ兵を見たのである。服装はアメリカ兵そのままであったが、小柄でまるで日本人のような顔をした兵隊であった。アメリカ兵の格好をしているのに日本人の顔をしている兵隊に、私はとても不思議な気がした。子供心に何と理解していいか分からない奇妙な気持ちになったことを覚えている。他のアメリカ兵は割りと私たち子供の傍に寄ってきて、通じない英語で話しかけながら何かをくれたりするのだが、その日本人の顔をした兵隊だけは、そっけなかったように思う。というより、少し離れたところから横を向いたまま、こちらのようすをじっと窺っていたように思う。あるいは一言、二言、日本語をしゃべったのかもしれない。日本語の分からない同僚のアメリカ兵に頼まれて通訳をしたことも。しかし、その日本人の顔をした兵隊は概して私たち日本の子供に対して何となく冷たかった。あるいはわざとそっけなくしたのかもしれない――。

実はその時はまったく知らなかったのであるが、そのアメリカ兵は、日系のアメリカ人だったのである。子供だった私は「日系」の意味をまったく知らなかった。戦前にアメリカかあるいはハワイに行った日本人移民の子であった。

何十年かたって、その時のことを思うと、その時横を向いていた日系の兵隊の気持ちがよく分かるような気がする。他のアメリカ兵がいなかったら、あるいは彼が真っ先に来て、われわれ日本の子供と日本語でおしゃべりをしてくれたかもしれない。しかし周りには日本語の分からないアメリカ兵。おそらく上官かもしれないが、その上官を差し置いて、山に登ってきた地元の日本人の子供、しかもみすぼらしい身なりをした、そしてすぐに何かをくれくれという遠慮のない浅ましい子供たちにはあえて近づかなかったのではないかと思う。あるいは同じ日本人として、恥ずかしいと思っていたに違いない。

その時、少し離れて横を向いたまま、それでいてこちらのようすをうかがっていた若い日系の兵隊を、私はいまにしてはっきりと思い出すのだ。日系のアメリカ兵たちは、飢えた日本の子供たちを、どのような気持ちで見ていたのだろうか。

アメリカやハワイにいる間は、父親や母親から、日本は古い伝統を持つ誇り高い国だ、立派な日本人としていつも矜持を持って生きていくように、日本の文化や歴史を大切にし、常に正直に、けっして後ろ指を指されるようなことをしてはならない——そう教わって育ってきたのだ。その自分たちの祖国に来てみると、廃墟の中で子供たちが、ぼろぼろの服を着て、チョコレートをくれ、チューインガムをくれと乞食のようにアメリカ兵にたかるのだ。その時の日系の兵隊たちの気持ち——これがあの誇り高い自分たちの祖国の子供たちであろうか——いま思うと、逆に切ない気がする。

灰ヶ峰の山頂からの眺めは絶景だった。眼下に、三方を山に囲まれたすり鉢状の市街地が広がり、前は港と海。山の上からでも造船所がよく見えた。たいていは大きなタンカーが艤装のためか修理のために入港していた。港の向こうには横に連なる長い山島があった。かつては海軍兵学校のあった江田島である。ふたつ連なった山の高い方が古鷹山。重巡洋艦の名前にも使われた山だ。

山裾にあるわが家からも市街地や港が一望のもとに見えた。特に二階の長い回り廊下からはよく見えた。しかし終戦後、まだ子供の頃は市街地といえども夜は真っ暗だった。港と海、そして左右の山々だけはシルエットとしてよく見えた。

私がまだ小学校にも上がらない幼い時に、夜この二階の回り廊下を通ってトイレに行くのは怖かった。お化けが出るかもしれないからである。それで時々、親について来てもらうのだが、ある晩のこと、今夜は何も出ないから勇気を出して行ってこいという励ましの声で、私は暗い回り廊下を恐る恐る歩きはじめた。ところが、角を曲がった途端、私は声も出ないばかりに驚き、腰を抜かした。

それはもう眼も疑うばかりの光景だった。すり鉢のような市街地を囲む周囲の暗い山裾の四方八方から、見たこともない太い光の帯が暗い空に向かって伸びていたのである。それも、右に左にと動いている。何も知らない私は、こんなに驚いたことはなかった。お化けが出るかもしれないと、おっかなびっくりで歩いていた時だから余計衝撃は大きかった。腰を抜かして立てなくなったのはこれが初めてであった。

この光の帯の正体は、実は戦争中、夜の空襲から軍港と街を守るために備えられた「探照灯」だった。夜に襲ってくる敵爆撃機を発見するためのサーチライトの巨大なもの。この探照灯が周辺の山裾から何十基も光の帯となって空を照らし、また交差しながら、右に左にと動いていたのである。探照灯なるものを見たことも聞いたこともなかった私が、気を失わんばかりに驚いたのは言うまでもない。後で聞いたところによると、終戦後使わなくなった探照灯を、スクラップにするか、あるいはどこか外国に売るために、一度つけてみたという話だった。もちろん進駐軍の許可のもと、あるいは命令だったかもしれない。それが分かったのは翌日のことだった。「アメリカ」とともに思い出す幼いころのエピソードである。

話をもとに戻そう。『花嫁のアメリカ』を挙げるまでもなく、「戦争花嫁」たちはアメリカへと嫁ぐことにより、すでにアメリカにいた旧来の日系移民と入り交じり、日系人社会の一員となった。しかし、アメリカの日系人社会といっても一枚岩ではない。アメリカ大陸の日本人は、大戦中、全員中西部の砂漠の中の、周囲をばら線で囲まれた大きな収容所に入れられたのである。その数は十二万人と言われている。祖国日本と、アメリカが戦争を始めた以上、仕方がないという者もいたし、あくまで日本の勝利と反米を叫んでいた人もいた。無一文から始めたアメリカの生活、雇われの畑仕事、小作、あるいは無一文からでも始められる洗濯屋、あるいは植木職人など、みんな苦労してやっと築き上げてきた生活を、真珠湾攻撃の開戦と同時に「二十四時間以内に」という命令で、「トランク一個だけ」を持って砂漠の収容所に送り込まれたのである。彼らはすべての家や財産を失い、サンフランシスコやロサンゼルスのリトル・トウキョウや日系人の街は、この時、その多くが崩壊した。しかし、同じアメリカの敵となった、ドイツ系、イタリア系の移民はあまり収監されていない。

日本人の中には、アメリカ人として生きようと考えた者もいたし、特に二世の子供たちの中にはそう考えた者が多い。親たちから日本語を習い、日本文化を大切に、と教え込まれる一方で、またアメリカの生活や文化にも馴染んだ人たちである。彼らは収容所の中からアメリカ兵として志願した。日本人でありながら、アメリカ兵となることで、アメリカに忠誠心を尽くそうとしたという人もいる。もちろん反対する親も大勢いた。しかし若い日本人たちの多くは、収容所の中で、明日のない生活をするよりはいいと考えた。

一方、日系人の多いハワイでは、一部の人を除いて原則的に日系人は収容所には入れられなかったと聞いてきた。なぜかというと、日本人があまりにも多いからである。サトウキビ畑やパイナップル畑で働く人も多かった。もし日系人を全部収容所に入れたら、ハワイの経済に大きな影響が出て、社会が成り立っていかないからである。したがって、日系人社会に大きな影響のある人、頑強な日本崇拝者、またアメリカ軍に危険な人物と思われる人だけが収容され、多くの日系人は元のままの市民生活を送ることができたのである。これはメインランド（アメリカ本土）の日系人と大いに違うところだった。

ハワイからは多くの日系人青年が、兵隊に積極的に志願した。何と競争率は募集人数の数倍もあったという。当時アメリカ西海岸の日本人のうち、兵隊に志願することが可能な年齢の者は二万五千人いたという。しかし、小さなハワイでも、日系人が多かったため、応募可能な人数は同じく二万五千人いた。

ハワイの日系人のアメリカ軍志願者と、アメリカ本土の日系人の志願者とでは、意識に大きな隔たりがあった。最初から〈比較的自由な〉アメリカ人として志願したハワイの日系人に対して、日系人全員が収容所に入れられたアメリカ本土の日系人の場合は、アメリカ軍に対する姿勢が違う。明日のない収容所から出るための志願だった人も多いからである。アメリカ本土の収容所の中で親たちも苦労していた。そのことをハワイの日系人はあまり知らなかったのである。またプランテーションの中で生まれ育ったハワイの若い日系

ホノウリウリ収容所。多くの日系人が戦後もあまり話をしなかったため、どこにあったのか長い間分からなかった。1998年から話題になり、2002年に再発見された。

人は、このままだと生涯、同じプランテーションで働かざるを得ない、何とかそういった社会から飛び出したい、機会があれば島そのものからも出たい、と思っていたのである。

ハワイの日系人は、あまり収容所に入れられなかった――。私も長い間そう思ってきたが、近年、ハワイでも大きな収容所が「発掘」された。それは戦争中、収容所に入れられた親たちが、戦後も子供たちにそのことをほとんど話さなかったから、長い間埋もれていたのだ。

一九九八年、ハワイ日本文化センター

が、地元のテレビ局に協力して、ホノルルの西の山の中で草木が生い茂りジャングル化した通称「地獄谷」とも呼ばれた収容所跡を調査。四年後の二〇〇二年、ボランティアなどとともに発掘した結果、「ホノウリウリ収容所跡」を「発見」した。草木を取り除いた跡地はとても良好な状態で残っており、一六〇エーカーの土地で、一時はドイツやイタリア系のアメリカ人も収容されていたことが分かった。収容人数は全部で数千人ともいう。

考えてみれば、十二万人とも言われた大陸の西海岸の日系人よりも、より日本に近いハワイの方が、アメリカ軍にとっては脅威だったはずである。いつまた第二の真珠湾攻撃があるかも知れず、また日本軍の島への上陸も考えられた。それに呼応して、ハワイの日系人も蜂起するのではないかと思われたからである。むしろ西海岸よりも、ハワイの日系人の方が危ないとみなされたのかもしれない。ホノウリウリ収容所は、まだ整備されていない状態なので、一般の人は入れないが、そのうち公開になる予定らしい。

二〇〇六年には、ジョージ・ブッシュ大統領による第二次大戦の収容所保存のための法案ができ、予算も確保された。オバマ大統領の時には、「ホノウリウリ収容所」は国立史跡にも認定されている。

太平洋戦争中、砂漠の収容所に入れられた日本人は、明日のない時間の中で、さまざまな手工芸品をつくった。「我慢の芸術」である。この芸術を集めて、世界中で展覧会が開かれた。

✿我慢の芸術

余談であるが、二〇一二年十一月、私は偶然、上野の東京芸術大学の美術館で「尊厳の芸術展―― The Art of GAMAN ――」というのを見た。一見、何の展覧会か分からなかったが、すぐに第二次大戦中にアメリカの中西部の収容所に入れられた日系人の、いわば「監獄」の中で作った手作りの工芸品展であることが分かった。道具も材料もない鉄条網に囲まれた砂漠の収容所の小屋の中で、多くの日本人がもてあました「膨大なる時間」を利用して作った作品である。周囲の沙漠の中から拾ってきた枯れ木や、収容所の建設の際に残った板切れを使って、杖や、鳥や動物の置物、壁掛け、小さな裁縫箱や、仏壇まで作ったのである。また沙漠の砂の中から出て来る、白い小さな貝殻。それらを丹念に拾い集めて、花のネックレスやブローチも数多く作った。手先の器用な辛抱強い日本人らしく、それはまるで芸術品と言っていいほどの品々の展示である。収容所の中の、まさに「GAMAN（我慢）の芸術」であった。

これは、アメリカに住む日系三世、デルフィン・ヒラスナ（女性）が、二〇〇〇年に母親を亡くし、遺品整理をしていた時、偶然自宅の物置から木切れで作られた「鳥のブローチ」を発見したことがそもそもの発端である。ブローチの謂れを、亡くなった父母の友人たちから聞いて彼女は、初めて収容所のことを知り、それをきっかけにして彼女は多くの日系人の家に残る「収容所の中でつくられた『芸術品』」を集めたのである。

戦後、多くの日系人の家庭では、子供や孫に、戦争中の収容所のことはあまり話さなかったのである。戦前の日本人に多く見られる「謙虚さ」もあった。だから、二世、三世の子供たちは収容所のことをほとんど知らなかった。しかし、両親は、後々まで収容所の中で作った「芸術品」だけは、引き出しの奥や、物置の隅で大切にとっておいたのである。

この「我慢の芸術展」は少しずつ話題を呼び、ワシントンのスミソニアンをはじめ、世界各国で開催された。日本では東京をはじめ、福島、仙台、広島そして沖縄で開催されたという。いずれも日系移民の多い地方である。

まさに「我慢の結果」つくられた作品であった。そのひとつひとつが、当時の収容所の生活と、辛抱強い、日本人の気持ちを表していた。感動の美術展であった。

✿ああ第一〇〇歩兵大隊

一方、志願してアメリカ兵になった若者たちはどうであったか。

戦後、私が故郷の山頂のレーダー基地で会った「不思議なアメリカ兵」が、どういう立場の日系アメリカ兵であったのか分からない。ハワイ出身者か、あるいはアメリカ本土西海岸の日本人移民の子だったのか。当時としては知るよしもなかった。

いうまでもないことだが、これらの日系人部隊、特にハワイ出身者で組織されたアメリカ陸軍「第一〇〇歩兵大隊」がヨーロッパ戦線でめざましい活躍をしたことは、すでに多くの人たちが知るところである。たくさんの記録も残っている。

第一〇〇歩兵大隊は、一九四四年六月から、ヨーロッパ戦線において、アメリカ本土の日系人部隊である第四四二連隊戦闘団に統合されたが、それまでの数々の戦果をたたえられて名前と部隊は独立して存続した。このふたつの大隊と連隊は、おそらくアメリカの戦史の中でも永遠に残る名誉ある部隊である。

元々、「第一〇〇歩兵大隊」はハワイからアメリカ本土に渡り、そこで訓練を受けた後、アフリカ経由でイタリア戦線に投入され、イタリア、ドイツ軍との多くの戦闘に振り向けられた。しかも激戦の中で多くの犠牲を払いながら、めざましい戦果を上げる。モンテ・カッシーノの戦い、フランスに入ってブリエアの解放、ドイツ軍に包囲されたテキサス大隊の救出作戦、さらにイタリアに戻って、ゴシック・ラインの戦闘など、ヨーロッパ戦線の末期、最前線で戦った。この日系人部隊の活躍がなかったら、ヨーロッパ戦線の勝利はなかったかもしれないのだ。

アメリカ軍は、最初、日系人の部隊はあまり信用してなく、アメリカ本土で訓練をしていれば、それでいいと思っていた。そうすればハワイでアメリカ軍に妨害を加えない――その程度にしか思っていなかった。それに最前線に回すと、日系人の部隊だから危険な目に遭わせたと、逆に非難されるかもしれないとさえ考えていたのである。本当かどうかは分からない。しかし、実際には最も危険な、最も過酷な戦場に投入された。

日系部隊がイタリア戦線に登場すると、彼らは死んでも、死んでも勇猛果敢にイタリア、ドイツ軍を攻め続けた。そしてローマも解放した。しかし、第一〇〇歩兵大隊は多大の犠牲を払ってローマを解放したにもかかわらず、そのローマへの入城を許されなかったという。日系人部隊への偏見のせいだったかもしれない。ローマ解放の名誉が日系人の部隊だと知れたら――。第一〇〇歩兵大隊は、その後、同じくアメリカ本土からの日系人の部隊である第四四二連隊戦闘団と合流し、さらにトスカーナのベルベデーレの戦い、サセッタの戦い、アルノ川の戦いなどなど、数々の激戦に参加するのだ。しかし消耗戦でもあった。

大戦中、第一〇〇歩兵大隊の死傷者は、延べ九千五百人という。平時の日本軍の一個師団の数である。もちろん次々に補充されるから死傷率は三百十四パーセントになったとも。ある戦いでは、中隊の人数が半減した部隊もあった。

いずれにしてもアメリカ陸軍の戦いの中でも、歴史に残る戦いをし、部隊に対して授与される大統領感謝状は三度、殊勲十字章二十四、銀星章百四十七、銅星章三千百十一などなどたくさんの叙勲を受けた。

一九四五年五月にドイツが降伏した後、同じ年の夏、四名の将校と百九十四名の下士官が志願して、アメリカ陸軍の情報部に転属し、今度は太平洋戦線に配属されたという。つまり日系の兵隊は、日本語がしゃべれるからであった。日本の敗戦が色濃くなった時である。ご存じのように、彼らは南太平洋の島々の戦闘では、拡声器による日本兵への投降を日本語で呼びかけている。

そして間もなく終戦、前述したように、わが故郷の町に来たシンチューグンの中に、灰ケ峰のレーダー施設で遭ったような片言の日本語をしゃべる日系アメリカ兵がいたとしても不思議ではなかった。日系アメリカ兵のもうひとつの部隊である「情報部隊ＭＩＳ」についてては後述する。

✿日本人のハワイ移民

さてさて、いよいよ本題であるアロハ桜の謂れに入ろう。

日本人のハワイへの移民は、一八六八年（明治元年）から始まっているが、一八八五年（明

ルナと呼ばれた現場監督。労働者がサボらないよう見張っていた。

ハワイのサトウキビ・プランテーションの労働の多くは日本人によって支えられていた。

治十八年）から一八九四年（明治二十七年）までの移民は、「官約移民」と言い、明治政府とハワイ政府（まだアメリカの領土ではなかった）との契約による移民である。この十年間に二万九千人が移民し、そのうち一万人が山口県からだったという。さらにいうと、その山口県のうち、周防大島から四千人がハワイに渡った。契約はなかなか厳しく、仕事も途中でやめられないなど、多くの人がこんなはずではなかったと思ったらしい。サトウキビ刈りの仕事もきつかった。

元々、ハワイのプランテーション、サトウキビ畑は、一八五〇年に外国人による土地所有が認められてから、アメリカ人（特に白人）による土地買収と大規模なサトウキビの作付けが始まった。ペリーが浦賀に来航する三年前、一八五〇年（嘉永三年）のことである。プラン

労働条件の改善を訴えて日本人はしばしば集団で争議を起こした。日系の旅館の前で集合した日系移民たち。

テーションは多くの労働者を必要とした。中国人、フィリピン人、プエルトリコ人、それにポルトガル、ドイツやノルウェーなどさまざまな国の人が集まった。後に日本人が圧倒的に多くなり、一九〇二年（明治三十五年）にはサトウキビ畑の七十パーセントが日本人だった。その頃までに二十二万人がハワイに移住したのである。

一九一三年（大正二年）、山口県の岩国から移民としてハワイに行ったひとりに、高木森助という男がいた。一八九三年（明治二十六年）生まれで、当時、二十歳であった。

彼は多くの仲間と一緒にサトウキビ刈りをしたが、同郷のユキと結婚している。当時の移民は独り者の男ばかりで、写真だけで結婚するピクチャー・ブライド（写真結婚）が多く、私は最初、森助も写真結婚したのかと思った。

写真結婚というのは、ブラジルでもそうであった。男ばかりの移民の人たちのために、写真による花嫁を移民世話人会が紹介するのである。したがって、本人同士、一度も会ったことがないまま、写真見合いと、手紙だけで結婚した者も多かった。

私自身も、東京オリンピックの次の年、一九六五年にブラジル航路の移民船に乗ったことがあるが、その船にもそうした花嫁が二十人以上船底に乗っていた。余談であるが、移住世話人会の人たちが、そうした女性を、船底の部屋にしっかりと匿っていた。長旅の途中、船のほかの客や男たちと仲良くならないようにするためであった。私たちは船の中の芸能大会で、初めておそろいの浴衣を着て踊る若い女性たちが同じ船底に二十人もいたことを知り、びっくりしたことがある。乗船以来、それまでは、まったく見たこともなかったからである。

✿山口県周防大島のハワイ移民

周防大島の「日本ハワイ移民資料館」で出してもらった記録によると、高木ユキの名前で、一九一四年（大正三年）六月二十八日に、十七歳で渡布（布は布哇、ハワイのこと）の記録がある。その時「ミセス高木」となっているから、すでに岩国で、籍を入れて、森助と結婚して、その後ハワイに行ったのであろう。一年後、ユキが遅れて渡航している。

そして最終的には、一九三三年（昭和八年）、岩国に五人の子供を連れて帰国している。その間何度か行き来しているが、足掛け二十年という長いハワイ暮らしである。森助、ユキの夫婦は、全部で七人の子供を生み、最後のモト子だけは故郷に帰って生んだが、後の六人はすべてハワイのワイアルアで生んでいる。上からアサ子、フジオ、ハル子、操（ミサオ）、秀雄、行雄、モト子である（フジオの戸籍上の名前は不二雄となっている）。

森助がハワイで黒い野ブタの狩りをした時の写真と思われる。猟銃と犬。子供は秀雄と思われる。

しかし、後に私が、岩国にいる高木森助の孫に

ハワイで発行されていた『ハワイ日本人年鑑』。1924年（大正13年）のもの。外務省外交資料館。

当たる高木寛（森助の次男秀雄の息子）から話を聞いたり、また周防大島の「日本ハワイ移民資料館」、あるいは東京麻布の「外交史料館」で、不完全ではあるが、「在ハワイ日本人名簿」や「ハワイ出国名簿」などをめくって調べたりしたところによると、高木森助は、何度もハワイから日本に帰り、また出かけている。

一九三三年（昭和八年）に在ハワイ大日本帝国ホノルル領事に出した書類によると、昭和二年に、着布という記録もある。子供たちもそうであるらしい。またその後、最後の日本への帰国の時は、ホノルルの「米屋旅館」に泊まり、旅館の出国用紙に次男の高木秀雄を連れて帰国を届け出ている。

「右ノ者昭和八年九月十六日、ホノルル出帆汽船・龍田丸ニテ、帰国致候也」とある。その時は秀雄ひとりを連れて帰ったのだ。記録を見ると、同じ旅館から同じ山口県の玖珂《くが》郡に何人も、何組もの夫婦や子供連れが、帰国している。みんなある程度お金がたまったのかもしれない。

妻の高木ユキについては帰国の記録が見つからない。高木寛さんの話によると、森助より早く子供を連れて日本に帰ったのだという。

また寛さんの話によると、ハワイから帰って来た人は近所にもたくさんいるのだと。たとえば、ハワイ移民の多くを送り出した近くの周防大島の、いまは「日本ハワイ移民資料館」となっている建物は、一九二八年に帰国した福元長右衛門が建てた家を、後に資料館として寄付したものだ。日本家屋の大きな家である。かなりお金を貯めて帰国した人も多かったと思える。いまでも残っているが、帰国した人は家を建て家の前に芝生の庭をつくったという。

この大島の「日本ハワイ移民資料館」は単に資料や物を展示しているだけでなく、多くの日本移民の経歴や歴史をデータとして提供している。私が通ったわずか二日ほどの間も、何人かの島の人が尋ねて来て、「会ったこと

ハワイ移民が多かった山口県周防大島にある「日本ハワイ移民資料館」。ハワイから帰国した移民、福元長右衛門が昭和3年に建てたもの。

高木森助がハワイから帰国し、家を建てた時の写真と思われる。立派な2階建ての家でいまも残っている。

がないが、今度、わが家にハワイの遠い親戚の子供たちが訪ねてくる。彼らは、わが家とどういう関係か教えてくれ」というのである。自分たちもどういう親戚か、よく知らないのだ。孫や、ひ孫の場合もある。資料館ではそういった人たちのために、多くのデータがパソコンに入れてあって学芸員が詳細を調べて教えてくれるのだ。

高木森助が一度帰国して、再度ハワイに行ったのには訳があったらしい。ハワイに行った森助は、一生懸命働いて実家や親戚にお金を送り続けていたのだが、大分たまったはずだと帰国してみたら、そ

帰国後の一家の記念写真。次女ハル子、三女ミサオ、次男秀雄、三男行雄、日本で生まれたトモ子。長女のアサ子と長男のフジオは、ハワイに残ったと思われる。

の金の大半はすでに身内や親戚によって使われていたというのである。がっかりした森助は再度、金を儲けるためにハワイに渡ったのだと。また元々、高木家は男の子がいなかったため、森助も最終的には跡取りとして岩国に帰らざるを得なかったらしい。だからハワイから帰国して家を建てたのだろう。

高木森助の妻ユキがどのような性格かは分からないが、おそらく明治生まれの芯の強い女性だったに違いない。十七歳で渡航、少なくともハワイ行きの男と結婚しようとするくらいだから、それなりの覚悟を持って岩国を離れたに違いない。

アメリカ社会の中の日系人としての経験も十分だったろう。そして他の日系人と同じように、日本人としての矜持を持ち、あるいは祖国日本に対して誇りを持って生きていたと思われる。子供たちにもそういった教育をした。嘘はつくな、ずるいことはするな、人のものは盗むな、常に子供たちにもそう言ってきた。多くのハワイ移民がそのように子供たちを育てている。それに当時の日本人の美徳のひとつである「謙虚さ」を、みんなが持っていた。

森助は、最終的にハワイを引き揚げる時、十五歳の長男、フジオを、ハワイに残して帰国した。男の子ひとりくらいハワイで残ってもいいと思ったのか、それともアメリカの教育を受けてアメリカ人になった方が幸せになれると思ったのかもしれない。

ハワイに渡った日本人は、子供たちを午前中はハワイの学校に行かせ、午後からは、日本人学校に通わせて日本語を習わせた。日本語学校の多くは本願寺のお寺の中にあった。ハワイにいても、日本語を勉強し、日本の文化を学ばせ、やがて日本に帰った時もすぐ日本人として引けをとらないように――、それが多くの親たちの願いだった。

しかし、子供を連れて帰国する親たちの間では、すでにその頃、日本に帰ってからの「子供たちの問題」も意識されていたという。いまでいう帰国子女の問題である。日本の学校に入って仲良くみんなと馴染んでいけるのか――。ある程度ハワイで大きくなった子は、なかなかすぐには日本の学校にはなじめないと。そういったことも言われていたからである。

十五歳といえば、中学校三年生。フジオひとりでハワイにおいて生活できるのかと思われるが、当時のハワイではプランテーション（農園）の中に日本人同士、助け合って暮らすコミュニティがあった。ましてや特別な思いをして、はるばる日本からやってきた仲間同士である。それに入植当時はお互いに苦労をした。そうした仲間が、ワイアルア地区にはたくさんいて、ひとりの子供くらいいくらでも面倒をみる人はいたらしい。いまと違い十五歳といえば、ハワイでは立派に大人だったのかもしれない。近くにいた年下のヨシオ中川はその頃のことを覚えていて、自分の母親がよくフジオににぎり飯の夜食をつくって食べさせたという。

私は、一九六五年と一九七五年にキューバのサトウキビ畑に、ずっと後になってからは、台湾のサトウキビ農園（台湾製糖）に行ったことがあるが、大土地所有のプランテーションのキューバとハワイはよく似ているのではないかと思う。「ハワイ王国」が「白人の土地所有」を認めてから、多くの白人資本家が土地を所有し、労働者を雇ってサトウキビやパイナップルの農園を経営し始めた。彼らは次第に富を築き、政治的にも勢力を持ち、やがてクーデターを起こしハワイ王国の王女を幽閉し、一八九八年、ついにハワイをアメリカ合衆国に「併合」するのだ。白人大土地所有者によるいわば国の乗っ取りである。

不思議なことに、いまではこのクーデターともいうべき強硬策を問題視する人は誰もいないのだが、ここでは多くを触れまい。同じサトウキビで有名なキューバも、同じようにアメリカ人の土地所有により、大規模なプランテーションを運営していた。キューバの土地の多くをアメリカの白人が「所有」していたのだ。農民はみなサトウキビを刈る「季節労働者」になり、キューバは自給自足もできなかった。だからフィデル・カストロやチェ・ゲバラが革命を起こした。キューバの農業を支配していたのは、日本人にはいまでもなじみのあるバナナやパイナップルで有名なアメリカの農業会社である。

明治のごく初期にホノルルに入った日本人は、真珠湾から北上した高台のワヒアワに入植し、その後に入った高木森助は、さらに北の、海に面したワイアルアのプランテーションに雇われた。最初は、自分たちの住む家を自分たちで建てるところから始まり、次第に小さな学校やさらにお寺をつくった。経営者たちは、労働者たちが農園の中で比較的自由に生活することを約束した。日本人の中にはみんなの入れる共同風呂までつくったところも。しかも労働条件の改善を求めてストライキも何回か起こしている。

しかし、実際に農園で作業をするのは、日本人やフィリピン人、インドシナ半島の人たち、インド人、またプエルトリコ人で、「ミル」すなわちサトウキビ工場で働く者は、ポルトガル人とか、ドイツ人の白人系の人たちであった。ポルトガル人には、遠く大西洋の島の植民地アゾレス諸島から来た人もいたらしい。

ヨーロッパから来た白人は主に、農園の監督（「ルナ」と呼ばれた）として、また工場で働いた。工場の管理や、サトウキビの汁を絞る機械の整備の仕事もある。トラックの運行や修理もみんな白人が担当した。

私はキューバの農場で、ドイツ人の年老いた車の整備工に会ったことがある。彼はスペイン市民戦争の老兵だったが、そういった人たちの上に、アメリカの白人のオーナーがいるわけである。人種差別は歴然としてあった。

すでに述べたように、日本人のハワイへの移民は、明治元年から始まっている。「元年《がんねん》者《もの》」といまでは語り種になるほどで、この年、百五十三人がハワイに渡った。彼らは、江戸幕府から移民の許可をとっていたが、出発の四月には明治政府になっており、明治政府には無許可で出発したのである。

その後、一八八五年（明治十八年）から一八九三年（明治二十六年）の九年間は「官約移民」と言われ、当時の外務卿（外務大臣）の井上馨が、日本に来たハワイの王様カラカウア大王との約束で送り出したもので、九年間に二万九千八十四人が渡ったとされる。井上は、カラカウア大王との約束を果たすべく、出身地である長州、すなわち山口県に強く呼びかけた。そのこともあって、山口県出身者が、中でも周防大島の出身者が多く移住した。官約移民の第一回目は、移住者九百四十四人のうち四百二十人が山口県出身者、そのうち三百人が周防大島の出身であった。岩国出身の高木森助もそうした呼びかけに呼応したひとりだった。

その後は、民間移民会社の斡旋により移民が行われ、六年間で約四万人が移住している。一八九八年（明治三十一年）には、ハワイの土地を買い占めた白人の大土地所有者たちによるクーデターが起き、女王は監禁、アメリカに併合され、ハワイ王国は滅亡している。一九〇八年（明治四十一年）にアメリカの法に乗っ取り、出稼ぎ労働者は禁止されたが、縁故を頼っての「呼び寄せ移民」は一九二三年（大正十二年）まで続けられた。

✿ほれほれ節

ハワイに移民した労働者は、成功した者も、そうでなかった者もいる。

サトウキビ農場や、パイナップル畑の作業は、稲作や野菜作りと違って、作物を育てるという作業ではなく、単純労働が多く、なかなか厳しかった。サトウキビは、一度植えておくと、あと何年かは、毎年、刈り取るだけでよかったからである。当時、日本人労働者が農作業をする中で生まれた歌に「ほれほれ節」というのがあるが、その内容には、移住者の実態や、本音を謳った歌詞も多い。もちろん大げさに謳った特殊なものもある。「ほれほれ」というのはサトウキビの枯れ葉をむしり取る作業のことで、この作業もまた長い単純労働であった。

「ハワイ、ハワイと（ヨウ）来てみりゃ地獄、ボース（白人経営者）は悪魔で、ルナ（現場監督）は鬼」という厳しいものもあれば、「ハワイ、ハワイと（ヨウ）夢見てきたが、流す涙はキビの中」といった叙情的なものもある。ルナというのは、サトウキビ畑で労働者がサボらずに働いているか監督する役目の男で、軍服のようなものを着て長靴を履き、馬に乗って見回りをする男たちのこと。彼らの写真が結構たくさん残っている。ワヒアワには、彼らの立派な家がいまでも残っている。

「行こかメリケン（ヨウ）帰ろかジャパン、ここが思案のハワイ国」というのは、三年の契約移民の期間が切れて、さらに再契約してハワイに残るか、あるいはアメリカの本土に行くか、日本に帰るか悩むという歌である。三年で日本に帰った者も多くいたのである。高木のように、一度日本に帰って、何度かまたハワイに行った者もいる。

「一回二回で（ヨウ）帰らぬ者は、末でハワイのポイの肥え」というのは、このままハワイに居続けると、最後はサトウキビの肥やしになる、という戒めでもあった。

「頼母子《たのもし》落として（ヨウ）ワヒネ（女房）を呼んで、人にとられてべそかいた」というのもある。ハワイは移民の独り者の男が多く、女性の絶対数が少なかった。それで日本から女性を呼び寄せるのである。女房をとられることもあったのかもしれない。女房が、浮気をしたり、間男をしたりする歌もたくさん残っているが、どれほどの信憑性があるかは私には分からない。頼母子というのは、古くからある共同基金のようなもので、みんなで金を出し合って、一定期間ごとにその掛け金をある特定のひとりの者に使わせるというシステムである。

しかし、いつの世もそうであるが、真面目に働く者と、そうでない者は、同じ条件で移民に行っても、次第に差がついてくる。酒ばかり飲んで働かない者、あるいは博打に手を出す者もいた。そうした者は、借金のカタに女房を売り飛ばした者もいたようだ。売る者もいれば、買う者もいたということになる。

「旅行免状の（ヨウ）裏書き見たが、間男するなと書いちゃない」という危ないものもある。

しかし、一生懸命働いた者は、三年働いて、お金をため国に帰った者も多い。その点は遥か遠いブラジルと違うところである。移民の多かった山口県の周防大島や、岩国周辺には、ハワイ帰りの人の建てた立派な家が、いまでも多数残っている。みんなアメリカによくある住宅のように、家の前に庭をつくって芝生を植えていた。

✿ハワイのお花見

ハワイで生活をしていて、一番頭を悩ませたのは、子供の教育である。いつかは日本に帰るつもりでいたから、子供たちには日本の教育をさせなければと親たちは思った。

日本でもそうであったが、その頃の親は貧乏をしながらも、みんな子供たちに対しては教育熱心だった。親たちは満足に教育を受けていなかった人も多いからである。特に親は子供たちに日本の伝統や文化を大切にすることを常々言い聞かせた。年中行事である正月やお盆、それにお花見もやった。

ハワイでは二月に、お寺にある桜が咲いた。

これは一説によると、戦後の一九五〇年代に、ハワイ島のワイピオ・バレーに住んでいたチェロ・ナカノという人が、自分の故郷である沖縄から桜の木を持ってきて、それをワイメアのタスケ・テラオという人が貰い受け、挿し木などで増やして、販売したという話が残っている。移民の中には、植木屋や花屋をやった人も多く、こうしたことがあっても不思議ではない。ワイピオ・バレーは冬になると気候が比較的涼しく、沖縄から持って来た桜がハワイでも花を咲かせた。

この桜は、「寒緋桜」と言い、冬でも暖かい台湾で自生、沖縄にもたくさんある桜。昔は、緋寒桜と言っていたが、彼岸桜と音が似ているため、いまでは寒緋桜と言っている。枝が比較的上に向かって伸び、花は一般の日本の桜より赤く小振り、しかも花が釣り鐘のように下を向いて咲くものである（拙著『桜旅―心の歴史秘話を歩く―』「台湾で桜を植え続ける老人―ある日本語族―」参照）。

日系人たちは、本願寺に集まって「お花見」をした。場所によって少し違うが（オアフ島やハワイ島など）、子供たちにも浴衣を着せ、みんなで盆踊りをした。ボン・ダンスという。同時にお餅をつくところもある。さまざまな芸能大会も催される。お花見と、盆と、正月を一緒にしたようなイベントだ。そうやって、日本の四季の行事を忘れないように、また子供たちにもしっかりと日本の季節感のある行事を教えておくのである。

私は、今年（二〇二〇年）二月一日に、ハワイ島マウナケアの山の北、ワイメアの桜祭りに参加した。ここも古くから日本人の入植者が多くいたところ。偏西風の中、十五、六メートルに伸びた寒緋桜が、どの樹も同じ方向に傾いて、ヒストリック・チャーチ・ロウ・パークの広場に並んでいる。日本のソメイヨシノと違って、何本かは咲いているが、何本かはまったく咲いていない。一斉に咲かないのだ。寒緋桜はクローンではないからそれぞれ個性があり、咲く時期もまちまち。いろいろな宗教の教会がいくつかある通りで、日本の本願寺もある。元はここが町の中心だったらしい。日系人による盆踊りや餅つき、太鼓の連打もある。本願寺の前では、どこからか、満開の寒緋桜の枝を持ってきて、切り花として売っていた。広場の出し物は盆踊りのほかに、沖縄出身の人たちが、エイサー踊りを。中国の春節の獅子舞もあった。中国系の人たちは赤いTシャツに、「壇香山」とか「夏威夷」と書いたものを着ている。壇香山は中国語でホノルル、夏威夷はハワイのことである。昔ハワイのジャングルに生えている硬くて匂いのいい壇香の樹（つまり黒檀）が採れ、中国に輸出していたらしい。しかしいまはもうない。

フジオ高木も同じようなオアフ島の日本人のコミュニティの中で育った。ただ、これは私の想像だが、いくら十五歳といっても、近所の日本人が身内のように面倒をみてくれたとしても、やはり、両親のいないひとりぼっちの暮らしは、フジオ高木にとっては寂しかったに違いない。長男とはいえ、ひとりだけアメリカに取り残された、という思いはずっとあったと思われる（後に彼も同じようなことをテレビに出演した時証言している）。彼の人懐こさはそういった中で育ったのではないかと思う。肉親に対する思いも強かった。他人への親切心も人一倍あった。

高木は自分の育ったワイアルアからホノルルのマッキンレー高校に進学している。その年、ワイアルアから高校に行ったのはふたりだけであった。アメリカでは、高校を卒業することは人生の大きなステップとして位置づけられている。卒業式には、親や兄弟がみんなして学校に駆けつけ、お祝いをするのだが、高木には来る人もいなかったであろう。

フジオが一時勤めていたワイアルアのサトウキビ精糖工場。いまは石鹸工房になっている。

彼は学校を卒業して、再びワイアルアのサトウキビのプランテーションに帰り、サトウキビ精糖工場（ミル）の機械の整備工として働いた（ミルの建物はいまも残っているが、もちろん閉鎖されていて、現在は石鹸工房になっている）。

この頃、フジオはプランテーションを出て、同じワイアルアの白人の家に部屋を借りた。といっても住み込みで白人の家のハウスボーイとして働くのである。皿洗いや庭の手入れもしたであろう。プランテーションで育った人間は、こうして白人の家に住み込みで入ることにより、英語に習熟し、また白人の生活様式や考え方を学ぶのである。場合によってはその家から、高等学校に行き、または就職して働きに行くこともあった。それが出世コースでもあった。そうでないと、一生サトウキビ畑で、農作業やサトウキビの皮むきをすることになる。

高木は、オレゴンから来たジョージ・P・ゴッドフリー夫妻の家にやっかいになった。老夫婦である。彼は主人の了解のもと、そこから真珠湾上の浚渫船に乗り込んで整備工として働いた。浚渫船は真珠湾の港を大型艦船が出入りできるように、湾内を深く掘る作業をしていた。つまり海底のサンゴ礁を削る仕事である。平時は、船の中の機械の仕事がいろいろあったし、より高度な船の整備の仕事も覚えられるのである。

✿真珠湾攻撃の日

そしてついにその日がやってくる。一九四一年（昭和十六年）十二月七日朝、その真珠湾に、突如として日本軍が空からの攻撃を始めた。湾内の艦船は、日本の攻撃機から投下される爆弾や魚雷による轟音とともに次々と炎上した。いくつかの戦艦が火の玉となり、炎が黒煙とともに空に舞い上がった。基地内は大騒ぎとなった。フジオ高木は目の前に起こる大爆発を前に、この現実をどう捉えていいか分からなかった。多くのアメリカ兵もみんな仰天したと言う。まさに青天の霹靂だった。頭が混乱した。日本人である自分が住むハワイに、祖国日本が爆弾を投下しているのだ――。信じられない。

フジオ高木は、この時、いくつかある真珠湾の入り江の、中湾と呼ばれている湾の入り口にいた。

アメリカ軍から請け負った浚渫船に乗っていた。この時のようすを、その後、多くの知人が高木から聞いているが、パールハーバーから四十五年後、『ホノルル・アドバタイザー』（Honolulu Advertiser）紙に、「真珠湾攻撃――ほろ苦い思い出」（Pearl Attack: Bittersweet Memories）という記事を書いたマーク・マツナガは、高木に会って詳細にインタビューをしている。

その朝、高木は浚渫船「マーシャル・ハリス」に乗り、機械工として仕事をしていた。おそらく船底か作業室にいたのだろう。旋盤をいじっていたらしい。かなり忙しく仕事に集中していた。その時、チーフ・エンジニアのチャーリーが飛び込んで来て叫んだ。「War! war! Japs attaking! Japs attacking!（戦争だ、戦争だ、ジャップが攻撃してきた）」。高木はそんなバカな話がと、とっさに思った。急いで旋盤を止めデッキに出た。

ちょうど南の方、ワイピオ半島の上を、攻撃機の編隊が低く飛んで来るのが目に飛び込んできた。しかも一機は機体と翼の下が火の玉となっていた。それを見てフジオは初めてこれは戦争だと思った。彼は再び仕事場に戻り、手短に工具を片付けた。自分の大事な工具一式である。

キャプテンから、ブリッジに双眼鏡を持ってくるように命令が入った。高木がデッキに上がった時、東南の陸地側のヒッカム基地から煙が上っているのが見えた。その方向から魚雷が何本かフォード島の反対側に停泊しているたくさんの戦艦に向かって飛んで行った。そこは、アメリカ海軍の主だった戦艦や駆逐艦がずらりと並んで停泊しているところである。フォード島は、山のない低い平らな島だが、高木のいた中湾からは、隊列するアメリカの戦艦は見えなかったけれど、低い島の木々の上に、戦艦のマストがみんな見えた。そ

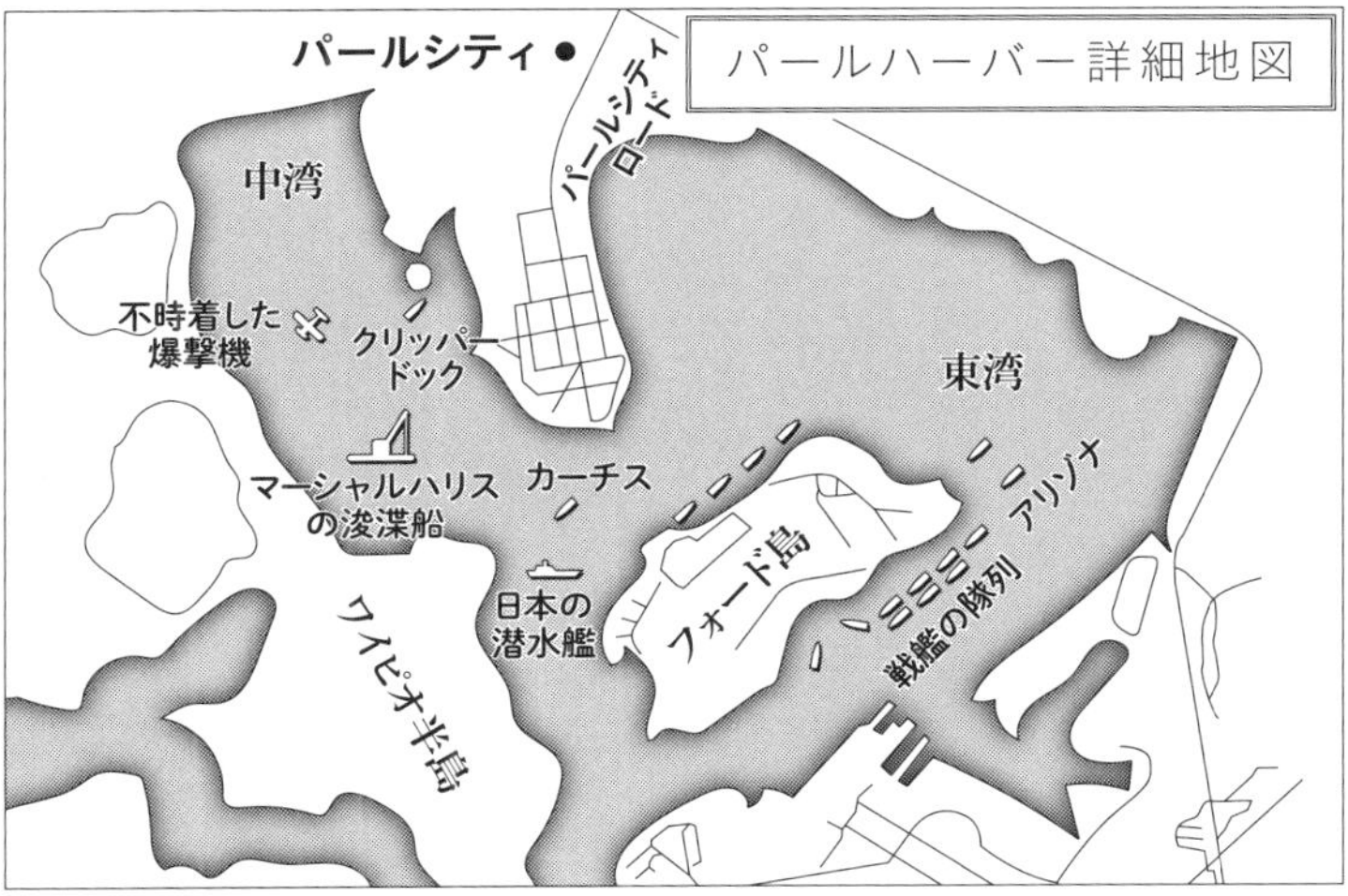

真珠湾の地図。三つの入り江の真ん中の中湾に落ちた日本の艦上爆撃機。その入口に高木の乗った浚渫船がいた。アメリカ人の上官と高木は、救命ボートに乗って駆けつけるが、パイロットは自決。高木は、ほかに日本の潜水艦も見つける。

の戦艦が、日本軍の爆撃により、大破し、黒煙と火柱を上げて、マストや船の上部構造が、飛び散るさまがよく見えた。上空高いところから急降下爆撃機がハラワ・バレイの方向からも現れた。多くの戦艦が炎を上げ、さまざまな姿勢で沈んでいった。まるでアメリカの戦艦は生贄のようであった。

高木は、数百ヤード先に浮上している潜水艦を見つけた。高木は双眼鏡で確かめた。すると近くにいた駆逐艦が一斉に射撃を始めた。その駆逐艦は東湾から来たモナハンという船で、しかも体当たりで潜水艦にぶつかっていった。その時になって初めて高木は双眼鏡をキャプテンに渡したのである。その時、大きな四発エンジンの航空機がワイピオ半島を越えてくるのが見えた。極めて低く飛んできて、まるでサトウキビ畑の穂を撫でるようだった。高木は最初、チャイナ・クリッパーの飛行艇かと思ったが、後で考えるとB一七爆撃機だった。ちょうどアメリカの西海岸からハワイに飛んできて、日本軍の攻撃の最中に到着したのだった。

高木が浚渫船の船尾に回った時、彼の前方に日本の攻撃機が低く飛んでいるのが見えた。それは次第に高度を下げ、おおよそ二百ヤード先で不時着水した。かなりの衝撃だったろう。

高木は、ふたりの一等航海士と他の仲間とすぐさま多目的ボートに乗って日本機に向かった。

飛行機はまもなく沈没し、パイロットが海の上で上下に揺れていた。高木は、ボートの先でうつぶせになり、パイロットを捕まえようとした。あと数フィートというところで、パイロットは水面から消えてしまった。高木は、彼は自殺したのだと思った。透明な海水が血で染まっていたからである。高木はかろうじて、男のライフ・ジャケットと、帽子とゴ

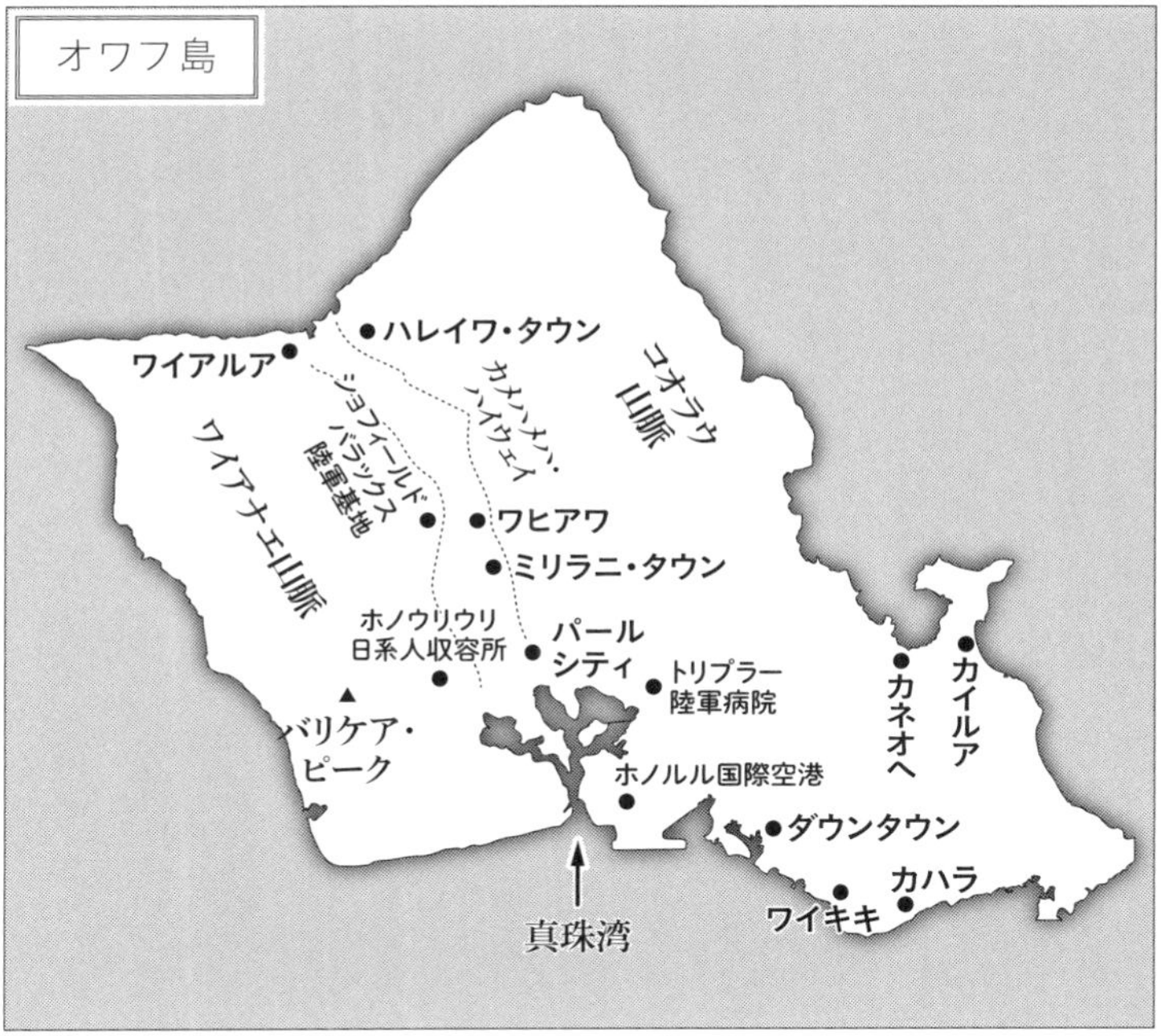

オアフ島。最も古い日本人の入植地は、島の真ん中の谷のやや高い所のワヒアワ。その先の、北の海の傍が高木の育ったワイアルア。サトウキビの大きなプランテーションと製糖工場があった。

ーグルを回収した。

その男の飛行服と帽子とゴーグルを、浚渫船「マーシャル・ハリス」に持ち帰ると、仲間たちは最初は面白がって日本のパイロットの持ち物を見ていたが、ジャケットに名札のようなものが縫い付けてあるのを見て、高木にこの文字を読めと言った。高木はその漢字が読めなかった。するとひとりの仲間が、「お前は日本のスパイか。分かっているのに言わないのだろう」、と言った。

「スパイだ。スパイだ」。周りのみんなもそう言い始めた。そして胸ぐらをつかまれ、首を絞められた。「ジャップ、白状しろ」。

デッキでいさかいが起きているのに気づき、キャプテンが駆け付けた。見るとA四五という銃を持っていた。キャプテンは言った。「お前は船から降りろ」。それで船は急遽そこから一番近い岸べであるクリッパードックの傍に向かい高木は船から降ろされたのである。それはパールシティから続く、長く半島のように突き出た先っぽ、半島の西側の岸であった。

高木は、そこでひとりになった。あたりには誰もいなかった。周りは田んぼばかりであった。高木は北に向かって歩き出した。すると山側の方から、日本のゼロ戦が近づいてきた。乾いた音とともに機銃掃射の弾がこちらに向かってくるのが見えた。「まるで映画のようであった」と高木は言っている。最後の瞬間、高木は傍の流れの激しい排水溝に飛び込んだ。

高木は後に言っている。日本の戦闘機は、決して市民を銃撃しないと本に書いてあったのに。しかも日本人の私を撃つとは。

その後、高木はひとりで歩いてオアフ島の反対側、北の海岸にあるワイアルアまで歩いて帰ったのだと言う。

おそらく三十数マイルはあろう。キロにしても四〇キロ以上。途中ワヒアワの高台もある。ずっと歩き続けたとしても、夜中まで、あるいは夜半までかかったと思われる。ひとりぼっちの暗い夜道。いや逃避行であった。サトウキビ畑とパイナップルの畑が延々と続いていた。

この夜の逃避行のことは、後に兵隊の同僚となるヨシノブ・オーシロの証言である。戦後もオーシロは、高木に何度か会い、高木の話として、あちこちでしゃべったり文章に残したりしている。現在パールシティでひとり暮らし、九十三歳で健在である。

この真珠湾の十二月七日の高木の経験は、ほかにも何人かの人が高木から直接聞いて、文章にして残している。また、日本の終戦後、四十周年、五十周年のテレビ・ドキュメントとしても取り上げられていて、私はそれらをできるだけ渉猟した。しかし、どの記録も、少しずつ証言に食い違いがあり、確定をするのに難渋した。

証言は、前出のヨシノブ・オーシロ。元舞鶴米軍情報部の秘書だった上野陽子。終戦五十年目につくられたフジテレビの報道特集。また、真珠湾の現場近くにいた日系の人たちを追いかけたテレビ東京の番組「パールハーバーからの沈黙の帰国」。そして終戦四十周年記念のＴＢＳドキュメント「舞鶴のアロハ桜」などである。最後に紹介した二つの特番は小笠原文武がプロデュースした。小笠原は『ハワイ報知』で、舞鶴に桜を植えた日系二世を探す座談会を仕掛けた男でもある。

二本もの特番を作り、日本にも高木に同行し、かなり長い間高木に接触した小笠原は、「高木の話は何度も聞いたが、高木からはパイロットが『自決』したとは一度も聞いていない」と言う。

また一番最後に収録されたテレビ番組、フジテレビの報道特集「アロハ桜　ハワイ日系二世兵士からの贈り物」では、「『ゼロ戦』が落ちてきて、パイロットが自決」とはっきりナレーションで言っており、不時着した航空機は、ゼロ戦だと言っている。また上野陽子の手記では、「パイロットが自決をする前に機上で挙手の礼をした」と書かれている。かと思うと、オーシロの弁によれば、「高木が近づいた時、パイロットは海に浮かんでいた飛行機の翼の上にいた――」とも。

肝心の高木本人が書き残していた短い手記がある。ハワイ大学が編纂した『ジャパニーズ・アイズ、アメリカン・ハート』(Japanese Eyes, American Heart)に、第二次大戦に参加したハワイの日系アメリカ兵のパーソナル・リフレクションとして、高木が投稿したものである。しかし、手記は簡単なもので、特にパールハーバーの思い出は重要なところではあるが、あまり詳しく書いていない。

高木と同じ、舞鶴駐屯の情報部隊CICに所属したヨシノブ・オーシロ。パールシティの自宅にて健在。

「私はパイロットを残骸と瓦礫の間で見つけ出した。われわれが彼に近づいて行った時、パイロットはジャケットから身を滑り出すように、自分自身を死の海の底へ沈めて行った――」と。

まるでパイロット自ら海の底に沈んでいったように書いている。しかもその後でジャケットと帽子を高木が回収したのだから、パイロットが自らジャケットを脱いだとも思わせる。ひょっとしたら、高木と仲間が救命ボートで助けに行かなければ、パイロットは何とかして生き延びたいと思ったのかもしれないと、考えたくもなる。高木は助けに行ったのに、逆に日本のパイロットの方は、アメリカ軍が来たと思ったのであろう。捕虜になるのは不名誉なことだ。

私がひょっとしたら生き延びようとしたのではないかと考える根拠は、日本のパイロットたちは、万一不時着した場合は、外洋のある小さな島に落ち延びるように指示されていたからだ。その島には日本軍に協力する日系人がいて、パイロットたちをかくまうように準備されていたという話もある。また、フジテレビの番組では、ビデオの中で、「私はパイロットに近づいていき、ジャケットを脱がしてやった。すると彼は海の底に沈んでいった」

とナレーションが入っている。ここのところはマーク・マツナガの記事では、「パイロットは海面に上下していた」「ジャケットをつかむと彼は自ら逃げるように海の底に沈んでいった」という文面である。すでに自決して死んでいたが、浮き袋のついたライフ・ジャケットのために沈めなかった。それで高木が脱がしてやった——、とも取れる。ここのところは、防衛庁の戦史資料室で仕事をしていた戦史研究家渡辺剛によると、日本軍のパイロットの服装は、ライフ・ジャケットの下に紐がついていて、両股にかけて結ぶようになっていたから、簡単には脱げないはずだという。

いずれにしても、高木は目の前で、若いパイロットを見ている。死んでも少しも苦しそうではなく、きれいな目をしていたと——。

そして私が後になって気がつき、一番びっくりしたのは、上野陽子の手記である。上野は、高木が後に進駐軍として日本に来た時、高木の秘書になる女性である。戦後ずっと後になって上野が高木に再会し、高木から話を聞いて地元の機関誌『あまるべ』の第十四号（一九九七年四月発行）に書き残したものである。

読み返していると、「真珠湾に不時着した日本機のパイロットを、高木は白人のアメリカ兵とボートを出して助けようとしたが、『ひとりは既に死亡し、残ったひとりは自決した。やがて機体は沈んで、ライフジャケットだけが海面に残された』と書いてあったことだ。また上野の手記には、続けて、戦後高木が日本を尋ねた時、「ふたりのパイロットの生家を尋ねた」とある。

もし、これが本当なら、墜落した飛行機にはふたりのパイロットが、乗っていたことになる。するとひとり乗りの戦闘機ではない。つまりゼロ戦ではないことになる。

ゼロ戦は元々、戦闘機だから基本的には単座である。もし、複座であれば、九九式艦上爆撃機、もし三座の機体ということになると九七式艦上攻撃機ということになる。真珠湾攻撃には、この三機種が主体に攻撃に参加している。フジテレビの番組では、はっきりと「ゼロ戦」と言っていたのに。したがって私もずっと不時着した航空機は、ゼロ戦だとばかり思ってきた。

南雲中将率いる日本海軍の機動部隊、六隻の空母から飛び立ったのは、ゼロ戦とこの九九式艦上爆撃機と九七式艦上攻撃機である。ゼロ戦の胴体の下に積める爆弾は六十キロ爆弾二個であるが、九七式艦上攻撃機は八百キロの魚雷または爆弾を積むことができる。九

「呉大和ミュージアム」の零式艦上戦闘機62型。手前は特殊潜航艇「海龍」後期量産型。左奥は「回天」10型。全長9m、2.5トン。

九式は二百五十キロ爆弾と三十キロ爆弾二個。敵戦艦を爆雷攻撃したもう一方の主役であった。高木本人の手記を見直してみると、「日本の航空機」としか書かれてなく、確かにゼロ戦とは書いてない。

墜落したとき、風防に隠れているから、二座か三座かはなかなか区別がつかなかった可能性もある。

墜落した日本機は、ゼロ戦ではないかもしれない。これは大発見であった。

もうひとつは、高木はおそらく小学校の時に、午前中はアメリカの学校、午後からは日本語学校に行っているはずなのに、パイロットのジャケットの名札の字が読めなかったこと。本当に読めなかったのか、あるいは、ほかの仲間が、高木がスパイではないかと疑ったように、読めていたのに「分からない」と言った可能性もある。それも名前の「長章」はともかく、名字の「朝日」というのも読めなかったのであろうか。日系二世の日本語能力は、人によってかなりムラがあるが、寺子屋程度の日本語学校では、小学校程度の漢字も読めなかったのかもしれない。ともあれ、最後まで、高木が読めなかったと言っている以上それを信じるしか仕方がない。よしんば高木がたとえ読んでも、すでにパイロットが亡くなっている以上、どうしようもないことだ。

オーシロの証言にしても、上野陽子の手記にしても、あるいは三本のテレビ特集にしても、本人の話を聞いて書いたり作られたりしたものであるのに、みな証言が少しずつ違うのはなぜか。高木の話があいまいなのかとも思ったが、高木が船に帰ってから、仲間たちに乱暴をされ、船を追い出されたことも考えると、おそらくこの日の高木の経験は、驚天動地の出来事であって、高木自身が、生涯あまり思い出したくない、人には語りたくないことだったのではないか。だから、その都度、事実の一部だけを簡略化して話した。それに聞き手の憶測もある。証言というものは得てしてそういうものかもしれない。それから人の話は尾ひれがつく。

✿日系人たちの恐怖

真珠湾攻撃の日、高木が、歩いて自分が住んでいる白人の家にたどりついたのは、日の長いハワイでも真夜中、真っ暗になっていたとオーシロは言う。真っ暗なサトウキビ畑、どこまでも続くパイナップル畑。八時間、あるいは途中休んだとすると、十時間以上歩いたかもしれない。精神的にもかなりショックを受け、肉体的にも疲労困憊したのは言うまでもない。

目の前で起こった日本軍の爆撃と、アメリカの軍艦が炎上、轟沈する風景にみんなが興奮していたせいもあるが、日頃仲間であったはずの白人の若者たちからも高木はスパイにされ、罵倒され、殴られ、危うく殺されそうになった――。

真珠湾攻撃の後、白人たちの日本人に対する憎悪は計り知れなかった。これからハワイの日本人はどんなひどい目に逢うのか、それは若い高木にとっては強烈な恐怖感につながった。その晩、高木は恐ろしくて眠れなかったと言う。後で分かったことだが、ワイアルアの日本人の中には、山の洞窟に隠れた人もいると。

実際、その日のうちに、日本人の主だった地方議員、日本人会の各地の責任者、実業家、お寺の僧侶、教員といった人たちは、すぐにＦＢＩに連行されている。それはオアフ島だけでなく、ビッグアイランドと呼ばれるハワイ島やほかの島でも同じように日本人が収監されたのである。すでにそういった「要注意人物」名簿が日頃から作られていたことになる。一週間もしない間に、各家の天皇陛下や皇室の肖像画は降ろすように通達された。日本語の新聞は休刊となり、またその後、何年間にもわたって日本色が廃止された。新聞のタイトルを日本語から英語に変えた新聞もある。ラジオや新聞も読めなくなった日系人の家では、日本からの短波放送の聞けるラジオを購入した者もいた。

連行された人間は、一様に尋問を受けた。そして最後に「アメリカと日本が戦争をして、お前はどちらが勝ったらいいと思うか」と聞かれた。隠れキリシタンではないが一種の「踏み絵」であった。日本から渡ってきた多くの一世たちは、返答に困った。日本が勝ったらいいと言ってもまずいし、アメリカが勝つというのも自分の心に正直ではない。それで中には、「両方が勝って、戦争が終わったらいい」と言った人もいる。そう言った人はみんな連行されたという。

次の日、高木は出勤しなかった。夜中まで歩いて疲れていたせいもあった。宿のゴッドフリー夫人が、高木の真珠湾での経験したことをゆっくり聞いてくれ、そして高木にこう言った。「もし仲間があなたのことをスパイだと言うのなら、逆にあなたは明日職場に出勤するべきでしょう。そうすればみんなは、あなたのことをスパイだと思わない」。

翌日、高木がおそるおそる出勤すると、仲間はまだ怒っていて、さらに「ジャップ、ジャップ」と口汚く罵倒され、銃を突きつけられた。そして、ついに船長から正式に解雇を言い渡され、彼は再び職場から追い出された。彼は最後に自分の大切にしている工作道具一式を返してくれるよう訴えたが、それもかなわなかった。高木はこれからどうしていいか分からないほど悲しかった。

ところが数日後、（職場の者から）高木に連絡があり、ケワロ湾まで降りて来るように言われた。そして、大事な自分の工具一式を返された。高木はほっとした。それどころか、ありがたいと思った。これがあればまたどこかで、機械工として働けるからだ。アメリカも捨てたもんじゃない、そう思ったと言う。

数週間後、高木は、今度はウィーラー空軍基地で機械工として働くようになった。機械工は人手不足で、結構受け入れられたのである。そこの将校たちはとても親切で、高木を敵としては扱わず、働きやすい環境だった。高木はいつまでもその上官の将校たちの名前を忘れなかったという。

彼はその後、軍隊に志願した。しかし、日本人ということで入隊を拒否された。彼は仕事を辞め、今度はワヒアワのUSスチールのエンジニアリング部門に就職した。親方はワヒアワの人だった。あまり居心地はよくなかったが、給料はよかった。しかし、すべての日系人は「危険人物」とされ、みんな黒いバッジを付けさせられた。そのバッジを付けている者は、島の海岸には近づいてはいけない、また会社の重要な会議にも参加できなかった。あくまで敵性人物だからであった。海岸に近づけないというのは、いつまた日本軍が攻めてきて、上陸するかも分からないからであった。日本人は日本軍の手引きをする可能性があった。

一九四四年の春になり、高木は再び軍に志願した。後にヨーロッパ戦線で名を挙げた有名な第一〇〇歩兵大隊である。しかし、今度も入隊はかなわなかった。というのは彼の機械工としての専門職の腕を買われ、軍隊に入るより、その方がアメリカのためになるとして入隊はできなかったのである。

しかし彼はあきらめなかった。今度はホノルルに行き、「日系二世の情報部隊」として兵を募集していたのに応募、テストを受けた。しかしこれも落ちてしまった。だが、担当の将校は高木に解答のコピーをくれながら、勉強して再度トライするように促した。そして二回目に受かった。

高木は、軍隊に都合四回受けて願いがかなったのである。入隊にあたり高木は、自分が稼いだ金で買った大切な中古車のシボレー（車）と、電子レンジを人にやっている。それどころか持っていた服も、そして自分が命より大事に思っていた機械工としての工具一式も仲間にやっている。軍隊に入った以上二度と生きて帰るつもりはなかったという。

こうして高木が入隊することになった部隊が、日系人による「情報部隊ＭＩＳ（Military

Intelligence Service)」である。日本軍で言えば、特務機関で、アメリカ軍が作った「日本語のわかる情報部隊」である。アメリカ軍がこの部隊を正式に軍の組織として編成したのにはわけがあった。太平洋における初期の日本との戦いにおいて、フィリピン戦線であるふたりの日系アメリカ兵が活躍したからである。東洋人の顔をした私服の日本人がフィリピンで得た日本軍の秘密情報がその後の、南太平洋のブーゲンビル島、ラバウルでの戦いにきわめて有用な情報であったからだ。ふたりはマニラのニシカワ・ホテルの従業員として、またシアーズ・ローバックの販売員として潜入。日本大使館にも出入りして、日本人の動向を逐一アメリカ軍に報告した。ふたりとも、偶然に高木とホノルルの同じマッキンレー高校の卒業生である。日本との戦いには、どうしても日本人の顔をした日系アメリカ兵が必要であった。情報部隊ＭＩＳはこのような発想で作られた。

一九四三年、高木は二十五歳でアメリカ軍のＭＩＳに入隊した。自分はあくまでアメリカ人だという気持ちは変わらなかった。これは日本にいる日本人には理解できないが、ハワイで生活している多くの日系人、特にハワイで生まれた二世の多くはそう思った。アメリカ本土の日系人もそう考えた人が多い。できるだけアメリカ人に近づきたいと――。多くの日系人が、アメリカに忠誠を示すことによって、ハワイや、アメリカ本土で「生きていく道」を考えたのである。収容所に入るより軍隊に入った方がいいという人も大勢いた。「生みの親より、育ての親。しかし、この東洋人の顔は替えられない」と、そういう人もいた。

それに高木は、日本のゼロ戦から機銃掃射を浴びて、間一髪で助かったのだ。

✿日本兵の残した日記

兵隊になった高木は、アメリカ本土ミネソタ州のキャンプ・サベッジで日本語の特訓と、その後キャンプ・リッチで「情報戦の訓練」を受けた後、太平洋戦争に参加した。そしてグァム島を中心にして、南太平洋の島々を転戦した。

私が後に、何人かの情報部隊員の手記を読み、また話を聞いたところによると、彼らは太平洋の島々では洞窟で持久戦をする日本軍に、拡声器を使い、日本語でもって投降を呼びかけ、また日本語で書かれた「伝単」と呼ばれたチラシを作成した。島のジャングルにこの伝単を空から撒いた。日本本土空襲の時も、一部の都市にはこの伝単によって市民に市街地からの避難の呼びかけをしたこともある。どの程度撒かれたか枚数は明らかでない。

後に高木と一緒に舞鶴の同じ情報部隊（ＭＩＳの一部ＣＩＣ）に勤めたことのあるヨシノブ・オーシロも同じような証言をしている。また最近では、二〇一五年に山口県の「大津島」に来た日系二世の元アメリカ兵、ハーバード・ヤナムラは、『読売新聞』の記者に対して、情報部隊の仕事の内容について話をしている。大津島は戦争中、回天の基地のあったところで、いまは記念館がある。彼は、真珠湾の攻撃の一年半後に米軍に志願、やはり日本語の訓練を受けて、太平洋戦争に参加した。

彼が行ったことは、フィリピンのレイテ島での日本兵捕虜への尋問、沖縄戦での日本兵への投降の呼びかけであった。特に印象に残っているのは、レイテ島での、亡くなった日本兵の日記を読んだことであると——。

「敵に向かって一発撃ったら、十発返ってくる」

「我が無敵海軍はどこに行ったのか？」

といった捕虜の日記の文面から、日本軍がかなり追い込まれた状態であったことが分かったと言う。また、死を覚悟した兵隊が、兵隊という立場を越えて吐露した言葉の数々に、彼は心を打たれたと言う。それは人間としての本音であったからだ。

それから七十年以上たって、山口県の回天の記念館を訪れたハーバード・ヤナムラが言うには、「たとえ敵味方になって戦っていても、人間の本質はアメリカ人も、日本人もまったく変わらない」と――（『読売新聞』二〇一五年十二月八日）。

まったく同じ経験をしたのは、日本でもよく知られているドナルド・キーンで、彼は高木や、オーシロやヤナムラの陸軍ではなく、海軍の情報部隊であった。海軍でも、陸軍と同じように日本語研修を行い、情報部隊としての訓練を行って、ドナルド・キーンを南方戦線に配属している。

そこで彼が行ったのは、ガダルカナルの攻防の後、死んだ日本兵の日記を読むことだった。彼は後にＮＨＫのインタビューに応えて、次のように言っている。

「アメリカの兵隊は日記をつけることを禁止されていたが、不思議なことに日本兵は自由だった。それで戦闘の後、日本兵の塹壕に残して行った日記を、日本語のできる情報部隊が読むのである。アメリカ軍にとって何か重要な情報が書かれていてないか、日本軍の実態を知る大きな手がかりとなるものはないか。そして報告書を書く。」

しかし、ドナルド・キーンが最も感銘を受けたことは、やはり死に直面し、あるいは穴蔵の中で死を待つ人間が、最後を迎えて吐露する人間としての「本音」であった。多くの青年たちが死に望んで語る言葉は重く、感動したと言う。

ある日記の最後には、「私が死んだ後、この日記を手にした者は、どうか私の遺族に届けてくれるように」と書いてあった。ドナルド・キーンは、その日記を自分の机の引き出しの中に秘かに入れておいたが、上司から見つけられて、巻き上げられたと言う。結局、日記は遺族のもとに届けられることはなかった。

ドナルド・キーンは言う。「古来、日本人は日記をつけることが好きな国民であった。古くは『源氏物語』を書いた紫式部、また『和泉式部日記』も、紀貫之の『土佐日記』も、現代にいたっては敗戦前後の日本社会をつづった『高見順日記』もある――。日記は日本文化を伝え、『日本人とは何か』を訴えるとても大切な文学資料である」と。

ついでに言うと、日本軍ではこのような役割は、特務機関が行っていた。私の知人の福山力（故人）は、かつて特務機関の作った偽装会社である東蒙公司《とうもうコンス》に勤めていて、満洲の北方のハイラルやノモンハン戦争の行われたホロンバイル平原で、さまざまな特務機関の下請けの仕事をした。その仕事の中で最も印象的なのは、ノモンハン戦争の後の「ポケットあさり」だったと彼は言った。草原に死んだロシア兵やモンゴル兵のポケットを探すのである。いろいろな作戦の情報が書いてあるメモや、あるいは地図などがあるからである。ソ連兵が持っていた重要な地図を見つけたことも。また余談であるが、モンゴル兵の乗っていた擱座《かくざ》した戦車の中で、足が鎖でつながれていた運転手を発見したことがあるとも。逃げ出さないようにである。途中でモンゴル兵に逃げ出されたら、戦争にならないからであった。

満洲国軍のモンゴル兵も同じで、特務機関や憲兵隊の「日報」の中に「国軍」の逃亡記録がある。モンゴル兵が兵舎を逃げ出して、街で酒を飲んでいたりして補導されることがしばしばあった。実際にそうした記録を、私自身手に入れたこともある。終戦時、日本軍は多くの資料に火をかけたが、地下室などに入っていた場合は焼け残り、終戦後六十年たって出てきたものだ。憲兵隊や特務機関の日報もあった。

フジオ高木や、オーシロの属していたCIC、そのおおもとのMISについてはちょっと説明を要する。

✽アメリカ陸軍情報部隊MISとは

一九四〇年十二月、アメリカ軍はハワイにおいて日系人の徴兵を開始した。真珠湾攻撃の約一年前である。これが日系人をアメリカ軍が採用した最初であった。

その中に、後に情報部員としてめざましい活躍をし、南西太平洋の戦闘において数々のアメリカ軍の勝利をものにするきっかけをつくったふたりの日系兵士がいた。

リチャード榊田、とアーサー小森である。アメリカの高校や大学では、在籍中から将来、軍に入るという目的のROTC（Reserve Officers' Training Corps：予備役将校訓練課程）という教育課程があり、ふたりはハワイのマッキンレー高校でこの課程を優秀な成績で卒業している（フジオ高木も後にマッキンレー高校を卒業した）。

一九四一年四月、ふたりは、簡単な訓練を受けてフィリピンに情報員として派遣される。その時の「身分」は、「ふたりとも米軍の輸送船の船員だったが、アメリカ軍に徴兵されるのを嫌い、脱走し、フィリピンに亡命した」という触れ込みだった。アメリカ軍が考えた工作だった。

リチャード榊田は、マニラのニシカワ・ホテルの事務員として日本から来る宿泊客の動向を調べ、またシアーズ・ローバックの販売員としてもマニラの日本領事館に働く日系二世顧問とも親しくなった。彼の得た情報はフィリピンをめぐる日本軍とアメリカ軍の戦いに大きな情報をもたらし、後の日本軍との海戦でも有用な情報を得たとされる。

一方、アーサー小森はマニラで、日本観光局や同盟通信のタイム・ワーカーとして、また日本領事館の通訳として働く。日本人は概して人が良く、ましてアメリカ軍の徴兵を嫌って亡命したということから、むしろ同情さえしてくれたのである。首尾は万全だった。

戦争初期は日本軍がマニラを占領し、バターン半島にアメリカ軍を追い詰め、マッカーサー将軍とフィリピン大統領を逃亡させている。その時、アーサー小森は、アメリカと連合関係にあったフィリピン軍（ゲリラも含む）に、「日本軍のスパイ」として拘束されているが、すぐにアメリカ軍に引き渡され、無事生還している。もともとアメリカ軍の情報部員だったからである（フィリピンは一九〇一年から長い間アメリカの植民地となっていたが、一九三四年、アメリカは十年後に独立させる約束をしている。一九四一年には憲法、議会、行政府を作り、アメリカの監督のもとでフィリピン軍を創設した)。
その後アーサー小森は、バターン戦に参加、日本軍の捕虜の尋問、日記の翻訳などを行っている。またオーストラリアの情報局に行き、原住民の訓練にも携わった。

ふたりの初期の活躍でアメリカ軍は、日本語のしゃべれる日系人がこの戦争で重要な役割を果たすことを認識し、一九四一年六月、MISLSをサンフランシスコのプレシディオに開校した。情報部隊MISの語学学校である。これは真珠湾の開戦の六カ月前であるが、最初は日系人学生六十人ほどであった。四十二年五月にはそのうち四十五名が卒業し、すぐに太平洋南西部の戦線に派遣されている。戦場で捕虜の尋問や、捕獲文書、日記、軍事書類などの翻訳、さらには無線の傍受も担当した。

語学学校はすぐにミネソタ州のキャンプ・サベッジに移動。さらにフォート・スネリングに移動した。このキャンプ・サベッジにフジオ高木が入学している。この学校は、終戦の一九四五年の四月までに、六千名が卒業したと言われている。アメリカ軍がいかに日系人の情報部隊を重要視していたかが分かる。その半分はハワイ出身だった。高木も卒業と同時に南方戦線に送られている。

一九四二年五月から一九四四年三月まで、ＭＩＳ隊員は太平洋全域のアメリカ軍部隊に派遣され、さまざまな任務に就いた。

一九四二年八月のソロモン海のガダルカナルの戦い、同年秋のニューカレドニアの戦い（オーストラリアの珊瑚海）。一九四三年七月のニュージョージアの戦い（ソロモン海）、同年十一月のブーゲンビル島の戦い（ソロモン海）、同年十二月のニューブリテン南西部の攻撃などである。

中でも一九四三年二月のアドミラルティ諸島のロスネグロスの攻略においては、ＭＩＳの得た情報による成果が重要な役割を演じたと言われ、その後の太平洋上の飛び石伝いの島に日本軍を何千人も孤立させる要因をつくった。

また、三月には、日本軍はブーゲンビル島の反撃作戦を展開したが、事前に収集した日本軍の破棄文書、捕虜文書の解読、捕虜の尋問による情報により、日本軍の攻撃内容を分析し、アメリカ軍の対応が検討された。それにより日本軍は敗退し、五千人の戦死者、三千人の負傷者を出したと言われている。

一方、フィリピンにいたリチャード榊田は、日本軍の捕虜の尋問、戦場遺留品の翻訳、対敵宣伝パンフレットの作成を行い、また暗号情報部で航空隊の通信傍受を行った。アメリカ軍は、一度バターン、コレヒドールの戦いで日本軍に敗退し、マッカーサーはオーストラリアに撤退した。この時リチャード榊田は、日本軍に捕まり、モンテンルパの刑務所で拷問を受けたが、最後まで耐え、釈放。今度は逆に、日本軍の法務官の通訳として仕事を得ている。アメリカの情報部員としては、敵の懐に入ったことになる。

彼は日本軍の仕事をしながら、フィリピンのゲリラ部隊と連絡を取り、日本軍の装備、配置、船積みなどの港湾情報を、ゲリラに流し、オーストラリアのマッカーサー司令部に送った。

この中には、日本軍第一五軍の輸送と、駆逐艦を持つ第三五軍によるミンダナオ島のダバオから発進する日本軍によるオーストラリアの侵攻計画の情報が入っていた。そのため、アメリカ軍はビスマルク海で、潜水艦による待ち伏せを行い日本軍の輸送船団を全滅させたと言われている。ビスマルク海の海戦である。

さらに、リチャード榊田は日本兵に成りすましムルチングルバの刑務所に日本軍の警備兵の服装をして近づき、中に捕らわれていたフィリピン軍とゲリラのリーダー、マーネスト・ツバス以下五百名を逃亡させ、自分も一緒にジャングルに逃げ込んでいる。彼はジャングルの中をさまよい、やがてぼろぼろの服装をして、密林の中から「撃つな！」といってアメリカ軍の前に現れるのだ。

アーサー小森はやはりフィリピンに潜入していたが、アメリカ軍のバターン、コレヒドールの陥落直前にオーストラリアに撤退した。その時彼はいままでに収集した情報を纏めて、「日本軍のジャングルにおける戦い方」という報告書をＭＩＳの中のＣＩＣ情報部に提出している。これは非常に高い評価を受けた。その後彼は、ＭＩＳの隊員の訓練や教育を行い、アメリカ軍の巻き返し、すなわちフィリピン再上陸後、またマニラに戻って来て東京放送のモニターをしている。そして一九四五年、東京湾で日本軍と降伏文書交換のため東京湾に乗り込んでいる。

このようにアメリカ軍情報部隊ＭＩＳ隊員は、太平洋全域で、米軍の反撃のきっかけを作り、日本海軍を全滅させる原因となる情報を収集し、日本を敗戦へと導いている。中でも、重要だったのは、一九四二年秋、ガダルカナル島の北の海を挟んだツラギの海岸で、日本軍の機密文書を発見し、すぐに翻訳したこと。それは、日本海軍の全艦隊の略号呼び出し符号、全艦艇の暗号名、それぞれの海軍航空隊とその基地の呼び出し符号が書き記されたものだった。

またその半年後、一九四三年の四月十八日、ポートモレスビーにいたＭＩＳ隊員のハロルド布田という兵隊が、日本軍の通信を傍受し、驚くべき情報を手に入れた。それは、連合艦隊の山本五十六司令長官がラバウルからブーゲンビルに向かって飛行するという暗号通信であった。情報はすぐに軍の上部に上げられ、Ｐ三八戦闘機の編隊が直ちに迎撃に向かった。結果はよく知られている通りである。これは第二次大戦を通じて、最も劇的なＭＩＳ情報部員の成果だと、後にアメリカ軍のウィロビー将軍が語っている。

また山本五十六連合艦隊司令長官の後を受けた古賀峯一長官は、一九四四年三月八日に新たなる日本軍の作戦計画を立案した。この重要な作戦の機密文書は、赤い表紙で綴じられ、表に墨で「Z」の文字が書かれてあった。アメリカ軍はこれを後に「Zプラン」と呼ぶが、おそらく日露戦争の日本海海戦の「Z旗」にあやかったのではないだろうか。

これらの書類を持って、古賀長官と、福留海軍中将はそれぞれ二機の川西式飛行艇に乗り、フィリピンの東に浮かぶ島パラオから、ミンダナオ島に向かった。パラオでは米軍の空襲が激しくなり、日本軍の司令部をダバオに移す予定だった。司令部の幹部の移動である。

ところがあいにくの悪天候で、古賀長官の乗った飛行艇は、行方不明、福留中将の飛行艇は、やっとセブ島沖に漂着。負傷した福留中将と乗組員十名は、一度は地元の漁師に助けられるが、現地のアメリカ軍と内通するゲリラに見つかる。アメリカ軍はゲリラ部隊に、日本人の捕虜十人と、防水機能の付いたブリーフ・ケースを直ちに、ブリスベーンにあるマッカーサー司令部に届けるように命じた。

ゲリラは、セブ島から負傷した十名を連行し、また機密書類を持って山を越え、島の反対側に運び出すのに一週間かかったという。セブ島にいた大西大佐率いる日本軍は必死になって、ジャングルの中のゲリラ部隊を捜索した。その追跡が急だったので、ゲリラは機密書類のみ運び、負傷者のいる十人の捕虜を連行するのはあきらめたという。

三人のゲリラは秘密書類の入ったブリーフ・ケースをもってやっとの思いでアメリカ軍の潜水艦に届ける。潜水艦はニューギニアまで書類を運び、さらにオーストラリアのブリスベーンへ。そこで書類は徹底的に翻訳、解読されるのである。この翻訳を担当したのは、下士官であったが日系二世のヨシカズ山田とジョージ山城であった。Z作戦は、日本軍のマリアナ諸島防衛戦略で、日本軍の艦船、および航空機の参加機数、燃料の補給計画、指揮官名などが書かれていた。書類は何枚もコピーされたが、現物は再びミンダナオ島に送られ、十名の飛行艇の捕虜とともにゲリラ部隊から日本軍に返還された。返還しないとゲリラの村を焼き打ちすると脅されていたのである。返還された現物を見て、日本軍は機密書類が一度アメリカ軍の手に渡り、解読されたとは思っていなかったかも知れない——。

（と、これはアメリカ側の見解である）

一方、この時、司令部移動のために二式大艇を調達した日本軍の第二八航空戦隊首席参謀の鈴木英は、日本側から見た事件の概要として、戦後、手記の中で次のように語っている。少し長くなるが、当時のフィリピンや南西諸島の戦いの状況がよく分かるので紹介する。

《鈴木に対して、連合艦隊の司令部をパラオからミンダナオに移動するため三機の二式大艇（大型四発の川西製の飛行艇）を用意するよう指示があったが、すぐには用意できなく、一番機、二番機はサイパンから、三番機は少し遅れてスラバヤからパラオに運んだ。一番機には、司令長官古賀峯一ほか、艦隊機関長、首席参謀、航空参謀、副官、軍医少佐、暗号長などが、二番機には、参謀長福留繁中将、艦隊軍医大佐、艦隊主計大佐、作戦参謀中佐、が乗った。三号機には、司令部暗号士ほか電信員、暗号員など十数名。つまり司令部が全部乗ったことになる。

一番機、二番機は三月三十一日午後十時三十分に出発、三番機は六時間三十分遅れてパラオを出発した。しかし低気圧にぶつかり、一号機は行方不明、二号機はかろうじて午前二時五十六分セブ島のナガという町の沖合に不時着。海面の五十メートル上から落下、胴体が三つに割れて炎上。乗組員は海に投げ出された。そのうちふたりが三時間後に海岸に泳ぎ着き、近くにあった小野田セメント工場に助けを求めた。日本軍はすぐに生存者を求めて近くの海や山を捜索したが、結局何も見つからなかった。付近の農民はみんな非協力的であったという。

その頃、同じセブ島では、陸軍の独立歩兵第一七三大隊がゲリラの討伐をし、ジャングルに追い込んでいたが、その日本軍のところにひょっこりゲリラに引率された日本人が現れた。それはなんと二番機の岡村機長（中尉）で、ゲリラの隊長からの手紙を持っていた。日本軍のゲリラ討伐隊を、後退させ、ゲリラ側の逃亡の道を開けば、日本軍の捕虜（つまり二番機の福留中将ほか十名）を引き渡すというものであった。海に投げ出された二番機の乗組員はゲリラの捕虜になっていたのである。もちろん大西大佐は同意した。二番機の乗組員は助かったのである。しかし、古賀司令長官の乗った一番機はそのまま行方不明となった。》

日本軍は二番機に搭載されていた機密書類の紛失についてはその後あまり注意を払わな

かった。遭難時に流されたか、あるいはゲリラに拘束された時相手に渡ったかも知れないが、たとえそうでも、ゲリラが機密書類の日本語が読めるはずはないと思ったのかもしれない。鈴木の手記には、そこのところは詳しく書いてない。

したがって、その後、日本軍は「暗号書の更新はしなかった」と鈴木英参謀は言っている。古賀長官の死は一カ月後に戦死ではなく「殉死」として公表され、後任は豊田副武長官となった。殉死というのは、主君が亡くなった時、後を追って自刃することで、この場合は作戦行動中の事故であるから殉死というのは全く当たらない。事件はあくまで秘密にされたのである。

また戦後、アメリカ陸軍アリソン大佐の書いた著書によると、アメリカ軍が手に入れたこの時の秘密書類は、コピーされ、防水ケースに入れられた後、ふたたび潜水艦によってもとの海域に運ばれ、「流された」とある——もし日本軍がこの秘密書類を再発見したら、アメリカ軍が見たとは思わないからである。手の込んだやり方である。いずれにしても日本海軍連合艦隊司令部の中枢メンバーと司令部の作戦書類一式がなくなるという海軍にとっては重大な損失であった。山本五十六司令長官ひとりが亡くなったのとはわけが違う。司令部そのものの多くの中枢が死に、貴重な資料、秘密作戦の書類ごと無くなったのである。

そのわずか三カ月後の六月十五日から、アメリカ軍のサイパン島攻撃が始まり、十九日から二十日にかけてマリアナ沖海戦。四カ月後の十月二十日から二十五日にかけてレイテ海戦が行われた。特にレイテ沖海戦はアメリカ軍と、日本海軍の一大決戦だったが、日本軍は最初の一日で、虎の子の空母三隻と艦載機四五〇機のほとんどを失っている。

このように、日系人によるアメリカ軍情報部隊ＭＩＳは太平洋戦争を通して各地で活躍したが、戦争のやや後半に入隊したフジオ高木が具体的にどこでどのような仕事をしたかは分からない。なぜなら情報部隊は特に自分たちの行動を秘密にするよう、たとえ家族であっても決して口外してはならないことになっていたからである。高木は後に、グアム島に駐留していたと述べている。またその後島伝いに北上したとも。彼らの行動は、大戦後五十年以上たってから、少しずつ明らかになった。元隊員が少しずつ話し始めたからである。しかし、その後の朝鮮戦争やベトナム戦争での具体的な話はまだ明らかになっていない。

ＭＩＳについては、一九七六年頃から小笠原文武が日系二世の話を聞き始めており、その後アロハ桜についてもフジオ高木をずっと追いかけている。日系兵士のインタビューは百人を超したという。ハワイには第四四二戦闘連隊、第一〇〇歩兵大隊出身のテッド築山という弁護士がおり、小笠原はその人から多くの話を聞き、また自分でもモントレーのプレシディオのDefense Language Institute Foreign Language CenterやAiso Libraryを、またMIS Veterans History Committeeとか、522ND F. A. BN. DACHAU Research Committeeなどの組織を取材し、そのほか第一〇〇歩兵大隊のボブ佐藤、ジョージ高林、ジョージ谷口氏からも話を聞いている。多くの資料を小笠原に提供していただいた。私自身も、ホノルルでＭＩＳベテランズ・クラブ代表ローレンス・エノモト、グレン・アラカキ、イサミ吉原、アン・カバサワ、ヨシノブ・オオシロ、マーク・マツナガの各氏から話を聞き、また資料をいただいた。元ＭＩＳ隊員か第一〇〇歩兵大隊の関係者である（注：小笠原文武はこの後何度か登場するが、初期の小笠原、特に『ハワイ報知』に登場した時は、史武と書いているが、本人の希望により、すべて文武とすることにした）。

ミネソタのキャンプ・サベッジで日本語の勉強をしたフジオ高木は、その後キャンプ・リッチに移り、情報戦の訓練を受けたと思われるが、おそらくＭＩＳの中から、一定の訓練をして配属されたのがＣＩＣだと思われる。ＭＩＳの兵隊が、日本語で無線の傍受や、戦場獲得品の解読、あるいは捕虜の日記の翻訳などをするのに対して、ＣＩＣはさらに踏み込んで、こちらから積極的に情報工作をする諜報機関であった。したがって、ＣＩＣは独立してアメリカ軍の総司令の直轄の部隊であった。

後に、彼らが進駐軍として舞鶴に来た時、直属の部下として高木の下で働いた上野陽子（当時二十三歳）は、かなり詳しくその組織について語っている。

「ＣＩＣはＧＨＱ（連合軍最高司令部）の直轄の対敵諜報機関で、日本の各都道府県の所在地に支部を置き、情報や思想調査にあたった。当時日本には白人、日系二世合わせて千人ほどが駐留していたと思われる。舞鶴にはＭＩＳの兵士が二百人、ＣＩＣは二十人ほどだった。ＭＩＳはシベリア帰りの復員兵からソ連国内の情報収集を行い、ＣＩＣは思想調査を担当した。似通った仕事だが、所属部署が全く違っていたのである。つまりＣＩＣはどの師団にも属していなかった（証言する人によって人数はまちまち）。

ほかには、ＧＨＱの下に占領地の治安を維持する役目を持ったＧⅡというのがあり、参謀二課、あるいは幕僚二課とも呼ばれ、これも軍令部直轄の独立した部隊だった。

高木は、グァム島から日本に来て、全国各地を視察した後、ＣＩＣのチーフとして派遣された（上には白人のオフィサーがたくさんいたから、あくまで日本人のチーフという意味だろう）。舞鶴市役所は終戦時、中舞鶴にあり、そこを進駐軍が接収し、ＣＩＣ舞鶴分遣隊を置き、栈橋と引揚げ援護局の宿舎のある平のリセプションセンターにＣＩＣのキャンプが置かれていた。どちらも、高い金網が張り巡らされていて、武装したＭＰ（米軍憲兵隊）が守っていた。ＭＰは中舞鶴と平だけでも、十数人いた」（カッコ内は、著者の加筆）。

また、高木は、陽気で一本気な性格、軍人らしい精悍さも身につけていたという。当時の階級は中尉だった。

日系２世のMISが活躍した南西太平洋の島々

太平洋における日米両軍の戦いの記録は多くあるが、その戦闘の前の情報収集に日系2世を中心とする情報部隊が活躍したことはあまり知られていない。

第二章

進駐軍と舞鶴
日系アメリカ情報部隊
MISとCIC

✿進駐軍日本上陸

一九四五年八月十五日、ついに日本が敗戦を認める。高木は太平洋の島伝いに日本へやってきた。そしてマッカーサーよりも二日早く厚木飛行場に降りた。

終戦直後の日本の都市や町は惨憺たるありさまだった。国中が一面の廃墟のようであった。飛行場は日本軍の戦闘機や爆撃機の残骸の山、町は、焼き尽くされ、破壊し尽くされていた。その瓦礫の中でボロを着た日本人がうごめいていた。食べる物も、住む家さえなかった。人々の顔に笑顔はなかった。みんな虚ろな目をしていた。「頬はコケ、すべての日本人の心がすさんでいた」と、その頃のようすを高木は後に語っている。

高木は鶏小屋のような廃屋の並ぶ町をみて、「日本人として」どうしようもなく悲しかった――が、やがてそれは怒りに変わった。

「なぜ、日本はこのような勝つ見込みのない戦争をしたのだろう」という怒りである。そしてその結果が、この惨めな廃墟だった。

高木は、軍と一緒に東京から大阪、そして広島と、日本各地を回った。敗戦後の日本の現状を視察するためであった。日本中が、瓦礫とバラックの状態だった。アメリカ軍のB二九爆撃機による日本の六十六都市（実際には小さな町まで入れると二百以上の市町村）に及ぶ、繰り返された無差別爆撃の効果は見事というほど決定的であった。

一カ月後、高木は岡山に駐留した。一九四五年九月である。アメリカ陸軍情報部隊の岡山地方本部である。わずか二十人ほどの部隊であった。情報部隊は大都市や各県にも配備され、日本全体で隊員は二千人くらいいたと思われる。

進駐軍はジープに乗ってやってきた。MPはミリタリー・ポリス。舞鶴市市制60周年記念事業で出された、絵本『舞鶴ちょっといい話―おもいで60年―』2004年発行。作者・村尾幸作。資料提供・上野陽子。画・さいとうあやこ。アロハ桜を植えたアメリカ兵のことを絵本にしている。

前述したように、高木は軍に入ってから、アメリカ本土のミネソタにあったキャンプ・サベッジで日本語の研修と、その後キャンプ・リッチで情報部隊員としての訓練を受けていたから、仕事はあくまで日本の町や人々からの情報の収集であった。占領後、アメリカ軍の情報収集のこのような部隊は、小さな部隊であるが日本各地にあった。高木は常に私服を着て行動した。日本人になりすますことができるからであった。しかし、この頃の高木の日本語は、まだお世辞にもうまいとはいえなかったという。岡山の情報部隊は、岡山市伊島町の庭の広い、大きな民家を接収した。岡山市も繰り返しアメリカ軍の空襲を受け、千七百人が亡くなったが、爆撃を受けないで残っていたところである。

町の住民はおとなしく、進駐軍に対しては穏やかであった。徹底的に打ちのめされた人間たちはこうも従順になるのかと高木は思った。太平洋の島々で、あの勇敢な徹底抗戦をした日本兵が信じられなかった。

庭は広く、そして古い桜の木があった。その桜の木に花が咲くのを、高木はとりわけ待ち望んでいた。隊員二十人のうち、日系人が何人いたのかは分からないが、当時の岡山の新聞に「日系米兵が桜を咲くのを楽しみにしている」という記事が残っている。

日本人が移民して行ったアメリカ西海岸や南米、そしてハワイにおいては、とりわけ親が、子供に対して日本の桜が美しいことを教え込んでいた。古い日系移民が多く住んでいたワイアルアの、前述の日系人、ヨシオ中川は、「わが家の家族の写真が貼ってあるアルバムの最初のページには白黒であったが、満開の桜の木の大きな写真が貼ってあった」と言う。またそれだけでなく、親から繰り返し、子供たちに、日本の桜の美しさを聞かされたと言う。

「春になると空いっぱいに広がった枯れ枝から、無数の芽が吹きだし、やがて大きくなり、ふと気が付くと芽の先がピンク色に染まっている。そしてある日、樹全体に一斉に花が咲く。それは見事なものだ。花を見ると人々の気持ちが一度にぱっと明るくなる。胸が膨らんでくるのだ。大きな桜の樹は、枝が横に広がり、そして垂れ下がり、その下でみんなが莫蓙を敷き、ごちそうを持ち寄って食べたりお酒を飲むんだ。人々はまるでみな昔からの知り合いのように和気あいあいと語り合う。花の下では誰もが善人になり、ひとりとして悪い人はいないんだ」。

そしてさらに、

「桜が美しいのは、咲いているときだけではない。散るときもまた素晴らしい。無数の小さな花びらが、空を踊るように舞い、ひらひらと降る。少し風が吹くと、花びらは一斉に枝を離れ、空に舞い上がるのだ。風が吹く度に、人々は心の中で嗚呼と声を上げ、何とも言えない至福な気持ちになるんだ。桜を見ないうちは日本人の心は分からないだろう――」と。

この言葉を聞くと、多くの子供たちはみんな黙ってしまう。本物の桜を見たことがないからである。親はそう言って子供たちを教育する。

高木が、接収した岡山の伊島町の民家で、とりわけ桜の花の咲くのを待ち望んでいたのは想像に難くない。いつも世話になっていた中川義夫の家のアルバムを見ていたからである。

復刻版だが私の持っている、大正六年発行の文部省『尋常小学国語読本　巻一』の最初の一ページ目は、「ハナ」の一語である。そして大きな桜の花の絵があり、ハナは桜であることが分かる。次のページは見開きで、ハト、マメ、マス、ミノ、カサ、カラカサであった。また昭和八年の国定教科書第四期は、最初のページが、ご存じ、「サイタ　サイタ　サクラガサイタ」である。次は「コイ　コイ　シロコイ」である。ハワイの日本語学校で使っていた教科書も、この教科書であった。

✿フジォ高木、両親に再会

おそらく、高木が岡山にいる時のことか、あるいはその前の佐世保にいた時か、進駐軍の仕事のあい間に休暇をとり、高木は山口県岩国の実家を尋ねている。昭和八年（一九三三年）、十五歳の長男フジオをハワイに残して、日本に帰った両親と弟や姉妹のいる岩国であった。

突然のジープに乗った進駐軍の訪問に家族はびっくりした。森助、ユキの両親は健在であった。十二年ぶりにあったフジオの成長した姿に母親は胸を熱くしたが、顔には表さなかった。因果を含めて、本人も納得ずくでハワイに置いてきたわが子だった。立派に育っていた。しかもアメリカ兵として、アイロンのかかった新しい制服を着て、ギャリソン帽を斜めにかぶって颯爽としていた。

だが会話は、その後すぐには弾まなかった。あまりにも長い別離とフジオの変わりよう、しかも相手は日本を占領統治に来た進駐軍だった。身分が逆転していた。その上、日本中が荒廃し、食べるものもなかった。高木家だけではない。日本人みんなが呆然としていたからである。

高木の実家は壊れていた。空襲で焼けたのではない、なぜか破壊されていた。古い壊れた家を見て、フジオは持っていた貯金通帳を示し、「これで家を建て替えてくれ」と母親に言った。高木としてはいま自分ができる最大限の両親へのお土産であった。とにかくハワイにいる日本人は、お金を貯めて日本に送ることが目的だったから、フジオも若い時からお金を貯めていたのである。いつか両親に渡せる時を楽しみに働いてきた金だった。

だが母親の返事はそっけないものだった。

「いくらわが子の申し入れとはいえ、アメリカ兵の金は受け取れん」

たったこの間まで、敵として思ってきたアメリカ兵の好意は受けない。明治生まれの女の意地もあったろう。それだけではない。母親は言った。

「いま日本人は惨めにしておる。食べるものもない。しかしアメリカが戦争に勝ったからといって、フジオ、お前、威張るんじゃないよ。日本人にきつくあたったら承知しないよ。お前にこの家を建て直してやろうという気持ちがあるのなら、その金で日本人みんなのために何かをしてやれ。」

かつてハワイで暮らしたことのある母は、アメリカ兵となったフジオをそうたしなめた。かなり厳しい言い方だった。

フジオは、がっかりした。ハワイでずっとひとりで大きくなってきたから、両親の愛情にも薄かった。彼は、自分の貯めた金を母親が喜んで受け取ってくれると思ったのである。そして母親に褒めてもらいたかった。寂しかったろうがひとりでよく辛抱した。頑張ってたくさんお金を貯めたね、と笑って受け取ってもらいたかった。そうやさしく言って欲しかったのである。彼にとってはそれが長い間の夢であった。そのためにこれまで頑張って働いてきたのだ。

フジオが、岩国に行って母親に会った時の話で、残っているのはそれだけである。後に、周りの者に語った数少ないエピソードである。しっかりした明治の母親だったのであろう。

フジオはその後何度か岩国の家を訪ねている。

✿岩国大空襲の実態

なぜ、母親は息子のせっかくの好意を拒否したのか。それは単に、母親が昔風の「日本人として凛と生きる大和撫子」だったためだけではなかろう。たしかに戦いは前線の兵隊たちだけではなかった。第二次大戦から戦争は総力戦になり、どの国も全国民を動員し、国を挙げて戦争をした。「銃後の守り」だけではなく、主婦も国防訓練や防火訓練、そして防空対策のため立ち退きをした家もある。小さな子供たちは田舎に疎開し、中学生から上は勤労動員に駆り出され、工場で働いたのだ。それは「銃後の戦い」でもあった。みんなが死に物狂いで努力したのだ。

しかし、戦後のこの困窮の時、わが息子の差し出した金を、単なるプライドだけで拒絶するものだろうか――。

「母親の拒絶」の理由を捜していた時、私はある重大なことを発見した。これはずっと後になって判明したことだが、それは、終戦時の異常なまでの米軍の岩国への空襲であった。

岩国もまた、日本各地と同じように空襲を受けている。アメリカ陸軍航空司令ヘンリー・アーノルドが綿密な作戦をたてて始めた「日本本土消滅作戦」である。工場地帯や、軍事

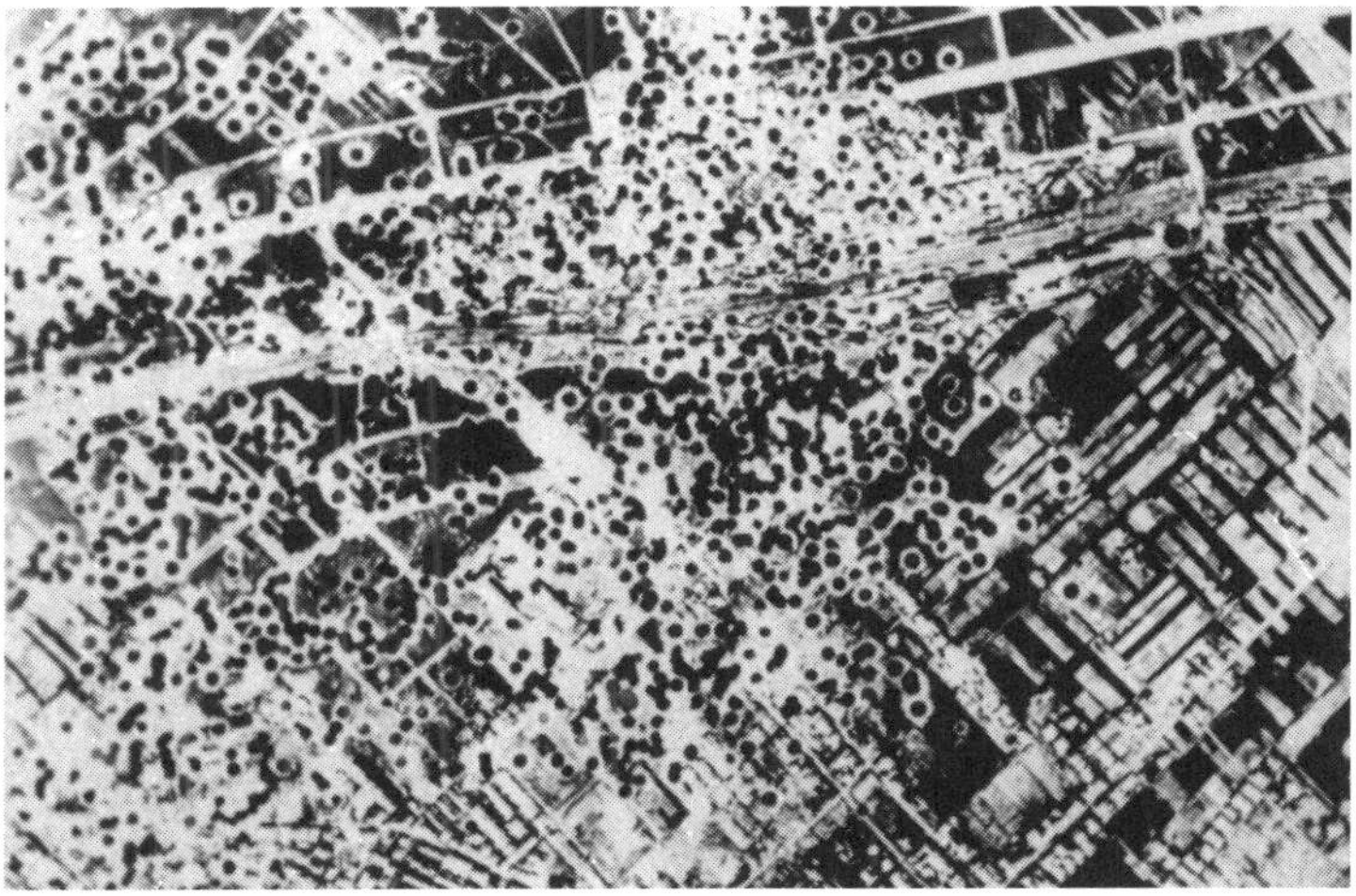

岩国の中心部、駅周辺には焼夷弾ではなく、爆弾が無数に繰り返し投下された。爆弾による穴が、何度も掘り返されたという。理由は分からない。岩国徴古館提供。

施設の爆撃だけでなく、彼が考えたのは、市街地の消滅作戦であった。木造住宅の多い日本の市街地を、焼夷弾という「火を噴く筒」を、大量に撒くことによって町全体を焼き尽くすことができると。高高度から落とされる焼夷弾は瓦屋根を突き破って座敷に到達し火を噴く、それは絶大な効果を発揮した。

もちろん軍事施設には二百五十キロ爆弾という強力な爆弾が投下されたが、室蘭、日立市、そして名古屋などでは軍艦による海からの市街地への艦砲射撃が行われている。軍事施設を狙ったものだ。

東京空襲では、十万人が亡くなってい

る。十五万人が負傷した。原子爆弾に次ぐ被害である。

岩国では、昭和二十年三月から全部で九度の空襲が行われている。この岩国の空襲を細かく日を追って調べていて、私はあることに気がついた。そしてそれが、フジオ高木の母親が息子のお金を断った本当の原因ではなかったかと思うようになった。

岩国のような割りと小さな地方都市に空爆があったこと自体、私には信じられなかったが、空襲は三月から終戦前日の八月十四日まで執拗に繰り返されたらしい。

詳細にいうと、まず三月十九日に、岩国の南、山陽線に沿った海の縁にある藤生《ふじゅう》、通津《つづ》、そして由宇《ゆう》の町々（いまは岩国市内）が、艦載機グラマン戦闘機に襲われた。元々、住宅密集地ではないから、畑に農夫、港に漁師、また駅周辺の住民、駅にはわずかの駅職員くらいしかいないところであるにもかかわらず、機銃掃射で狙い撃ちされたのである。いわゆる空襲とは違う。航続距離の短い戦闘機が来るぐらいだから、敵の空母がかなり近くまで来ていることを示すのだが、多くの日本人はすでにそうしたことに気を配るだけのゆとりはなかった。畑で作業していた農夫や駅職員などが死亡。

小さな地方都市にもかかわらず、岩国が狙われたのは突き出した半島に海軍航空隊と、陸軍燃料廠があったからである。周辺の町に戦闘機が飛んできたのは、ある意味で偵察に、また相手の反応を見たのであろう。どのくらい対空砲火があるのか、迎撃機は飛んでくるのか。そういったようすを見たのかもしれない。

そして五月十日、海に張り出した陸軍燃料廠と、隣接した興亜石油の精製所が爆撃された。これはすごかった。B二九の大きな爆撃機が百機以上、一気に大空を覆い、爆弾を驟雨のように投下した。その数二千発以上といわれている。陸軍燃料廠はすぐに燃え上がり、大爆発を起こした。炎はその後消えることなく四日間も燃え続けた。それは岩国の町民にも大きな衝撃を与えた。

二カ月後、今度は岩国沖の柱島《はしらじま》諸島が再びグラマンの戦闘機に襲われた。岩国側と対岸の呉市や江田島に囲まれた内海のような安芸灘には、柱島、黒島、端島の三つを中心に円を描いて小さな島々があった。

中心の柱島でも島民は何百人もいる島ではない。むしろ孤島といっていいほど。特に黒島は島民百人、半農半漁の小さな島である。グラマンはこの島にも十機編隊で襲いかかり、小学生の低学年が非難していた防空壕に爆弾を投下し命中、子供たち全員が生き埋めになった。二日後にも黒島にグラマンはやってきた。今度は山林に逃げ込んだ生き残りの小学生に、機銃掃射を繰り返したという。母子三人が狙われ、ひとりの子供が亡くなり母子は大怪我をした。島の大人六人、子供たちは全部で二十二人亡くなっている。まるで、機銃掃射のゲームをするように、なぜ、このような軍事施設もない孤島の民間人を執拗に襲ったのだろうか——。それはいまもって謎である。

七月二十八日には、岩国の新設された第十一空廠への爆撃。

そして八月九日、海軍航空隊への爆撃と機銃掃射。もちろん日本側はもう反撃する力も航空機もなかった。日本の戦闘機を収納保護する、厚さ二十センチのコンクリートで固めた掩体壕《えんたいごう》が狙われた。その中に多くの整備兵も避難していたのだ。彼らの多くは掩体壕が、爆撃で崩れるとともに生き埋めになった。周辺の民家も機銃掃射を受け、多くの民間人が亡くなった。

そして八月十四日、ちょうど終戦の前の日である。おそらく翌日が終戦というのはアメリカ軍にも伝わっていたと思われるのに、空襲は十四日夜まで続いた（この終戦前日の日の爆撃は、ほかに東京周辺の都市、小田原、伊勢崎、熊谷、高崎などでも行われた）。しかし、この十

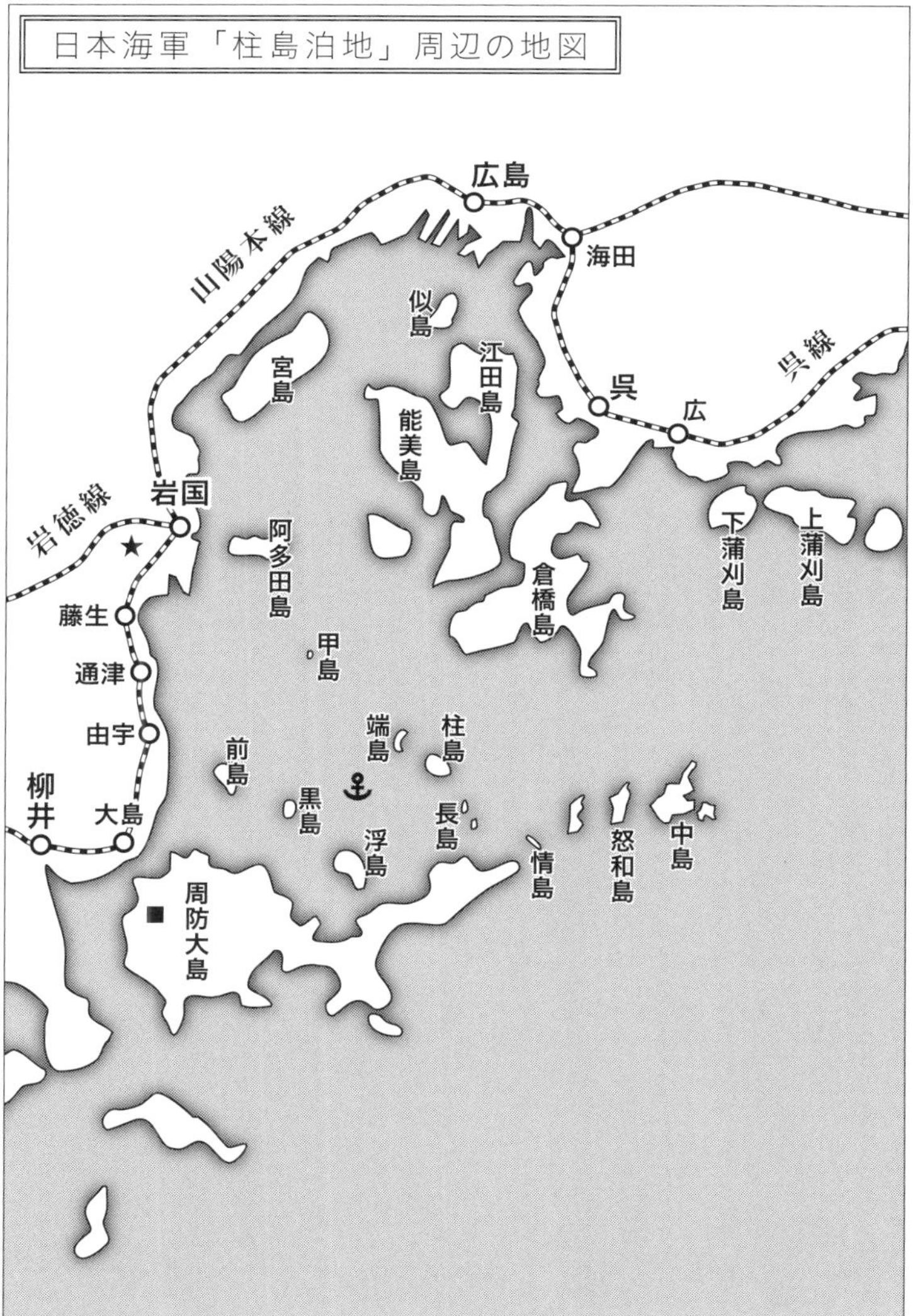

泊地⚓は柱島の南西にあり、黒島、浮島、周防大島などに囲まれた海域。波の穏やかな瀬戸内海でもとりわけ静かな海で、東洋一の軍港呉とも近いので、昔から戦艦の泊地として使われていた。戦艦「陸奥」もここで沈んだ。★はフジオ高木の実家。■はハワイ移民資料館。呉、江田島、広島、岩国と軍関係の街も近かった。

四日の岩国への爆撃は、常軌を逸していた。

さして大きくもない市街地のある岩国駅の周辺に、焼夷弾ではなく、なんと二百五十キロ爆弾が、何百発と落とされたのである。爆弾によって、家も商店街も吹き飛ばされ、土は舞い上がって大きな穴が無数にあいた。大きいものは直径三十メートルの巨大な穴であった。後でアメリカ軍の公表した写真を見ると、岩国市街地が、まるで蜂の巣状に穴が開いている。体験者によると、家の柱も土台もあちこちに吹っ飛んで舞い上がり空が黒くなって周囲が見えなくなったという。後は形のあるものがすべてなくなったと。

焼夷弾ではなく、爆弾の恐ろしさはまさに人間が声も出せないほどのもので、爆弾投下は住民を打ちのめした。蜂の巣状に開いた穴に、さらに爆弾が、落ちてきて、新しい蜂の巣をつくったのだという。多くの人間が、建物と一緒に肉片となって飛び散った。その光景はまるで地獄以上だったという。小さな町だったのに千人以上が亡くなり、六千人が負傷し手足をもぎ取られた。

この話は、もちろん岩国の爆撃や空襲を免れた人々にも、また周辺の田園地帯にもすぐ伝わった。当然のことながら高木森助や母親ユキにも生々しい声が伝わってきた。

「アメリカはむごいことをする――」岩国の人々はみんながそう思った。

この米軍の、柱島における、農民や漁民を執拗に狙った機銃掃射や、岩国駅や周辺の市街地に落とした異常なまでの多くの爆弾は、後々まで、なぜこのようなことをしたのか話題になった。理由は分からない。住民の間には、対岸の呉の工業地帯や造船所、そして港の周辺にいた多くの軍艦の爆撃の帰りに、余った爆弾を、遠く南方の基地まで持ち帰るわけにも行かないから帰りがけの駄賃に、通り道だった岩国にすべて落として行った――という人もいるし、また十五日に終戦になることが分かっていてこれで最後だからと暴れ回ったという説明をする人もいる。真相はいまでも分からない。

最近、軍艦の歴史についていろいろな本を読んでいる呉の知人によると、

「柱島？　柱島は戦艦大和の泊地《はくち》だった。いや大和だけではない連合艦隊の泊地で、その柱島沖で戦艦武蔵が謎の爆発を起こして沈んだんだ」と言う。

泊地というのは洋上の戦艦の停泊地のことで、ちょうど呉港から近く、柱島諸島で囲まれた中海のような、瀬戸内海の中でも特に波の穏やかなところだ。アメリカ軍は、その泊地のある周辺の小さな島に、軍艦に乗る乗組員がいると思ったのかもしれない。

岩国周辺の住民たちは、ことのほか、このような無慈悲な爆撃をしたアメリカを、アメリカ軍を怨んでいた。

また終戦後、岩国に進駐してきたアメリカ軍やイギリス軍は、すぐに岩国を航空基地として再使用する準備を始めた。地形から見て、本土から島のように離れて海につきだしている航空隊や燃料廠の跡地を、今度は自分たちの基地にしようとしたのである。

そして他の占領地ではあまり聞かない進駐軍による勤労動員（つまり使役）が始まった。一戸からひとり、勤労奉仕に駆り出されたのである。爆撃された跡の整地、瓦礫の撤去であった。道路工事もあった。それに中学生や高校生まで、日本軍の航空隊の滑走路の清掃、整備をさせられた。不思議なことに、滑走路には爆弾はひとつも落とされていなかったのである。つまり最初から占領後に、自分たちが滑走路を使おうと思っていたのだ。すべて綿密な計画のもとに爆撃と空襲は行われたのである。したがって、岩国駅周辺の無慈悲な爆弾投下も、単なる偶然ではあり得ないだろう。

中学生たちも、命からがら生き残ったのもつかの間、ついこの間まで、必死の思いで「勤労奉仕」をしていた工場の跡地で、今度は爆撃の跡を清掃させられたのである。多くの仲間もそこで死んでいた。そして岩国のあちこちには、「日本人は入るべからず。もし入ったら生命の保証はしない」という日本語の立て看板が立てられた。

こうしたわけで、岩国の人々は、とりわけ進駐軍に対して憎しみを持っていた。そんな中に、息子とはいえアメリカ兵が母親を訪ねて「颯爽と」ジープに乗ってやってきたのだ。「戦争に勝ったからといって、威張るんじゃないぞ。日本人をいじめたりしたらこの母が承知しない」と母ユキは息子にクギを刺したのである。だから、息子のお金の提供にも素直に受け取れなかったのに違いない。それは周囲の「世間」に対しても、顔向けが立たないからであった。

✿進駐軍情報部隊による復員兵の取り調べ

フジオ高木は、岡山に二年ほどいて、一九四七年に舞鶴に移動している。

舞鶴には、終戦の年である昭和二十年の十月、釜山からの雲仙丸を皮切りに、上海から、そして二十一年六月以降は葫盧島《コロ》から、そして十二月以降はナホトカから、ソ連に連れて

舞鶴引揚記念館の舞鶴港の模型。左下から興安丸などの引揚船が入ってきた。真ん中が、平桟橋。海深が浅いので、平桟橋まではしけで運ばれた。右の上は旧舞鶴海兵隊の建物。戦後、引揚船が入ってくるようになってから、引揚援護局となり、抑留者は上陸後、故郷に帰るまでここに寝泊まりをした。

行かれた捕虜たちが引き揚げてきた。元満洲にいた兵隊や民間の男たちである。舞鶴には中国大陸からの引揚者や、シベリアからの抑留軍人の人たち、全部を入れて延べ六十六万人が上陸したと言われている。多い時は二日に一度シベリアからの引揚船が舞鶴湾に入って来た。二隻同時に入港したこともあった。

二十一年十二月八日にナホトカからの第一便、大久丸、恵山丸の二隻が入ってきた。以後ずっとナホトカからソ連に抑留されていた人たちの帰還船が続くのである。ＮＨＫのラジオ放送で、

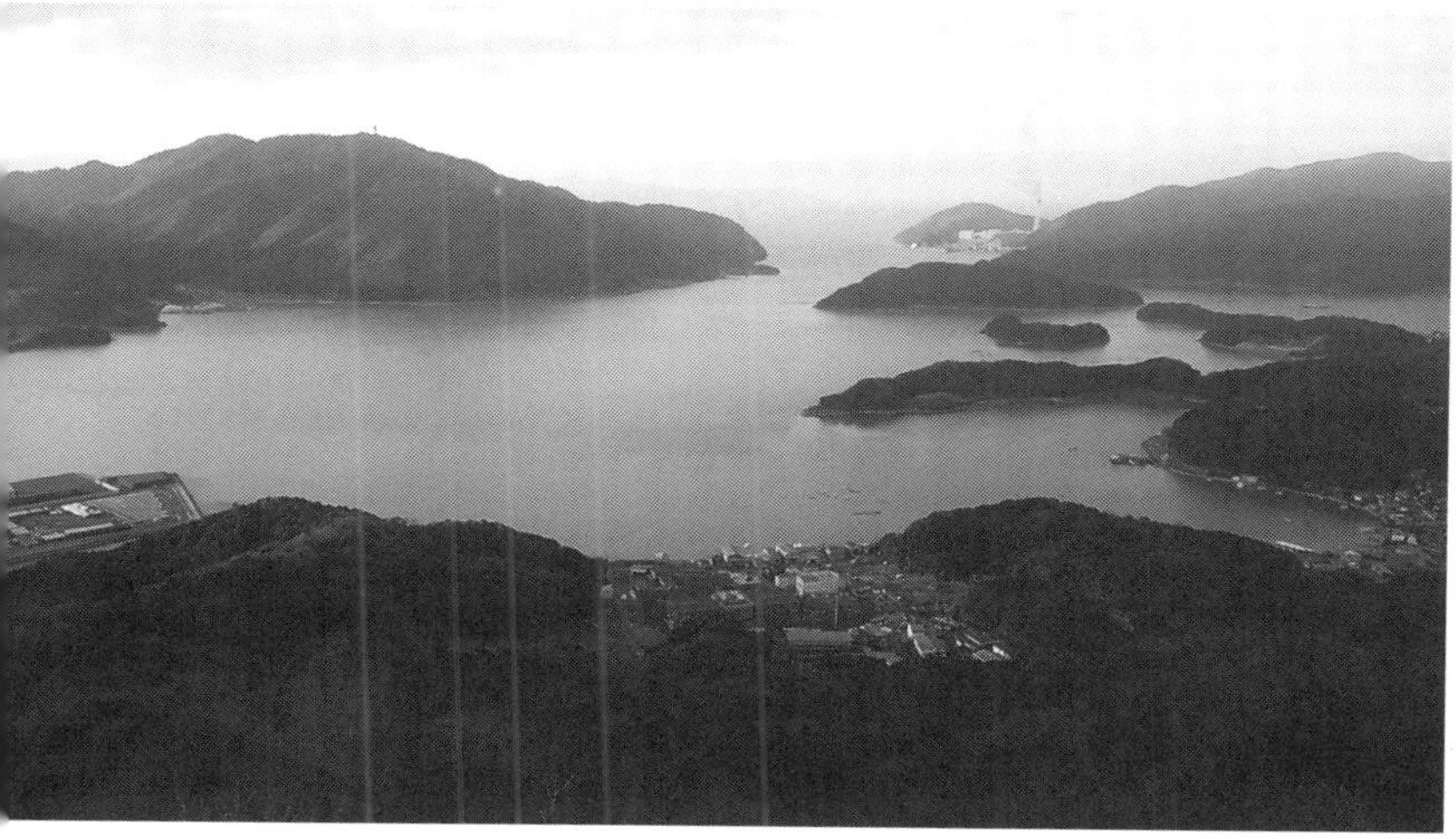

舞鶴湾の入り組んだ海。島々と入り江が美しい。真珠湾が三つ又の湾で南に入り口があるのに対して、舞鶴はちょうどそれをひっくり返したように二又で北に入り口がある。

毎日のように舞鶴港に入った連絡船のニュースが流される、あの時代を知る者は、その後何年たっても「舞鶴」という独特の名前と響きに、哀愁の念を抱かざるを得ない。シベリアの極寒の過酷な労働を強いられた収容所から、やっと生き延びて帰ってきた人たちの、夢にまで見た港である。

興安丸、高砂丸、恵山丸、信濃丸などが繰り返し使われた。それらの船が、舞鶴の港に着くたびに、その日の一番のニュースとして船の名前が読み上げられるのである。夫や息子の帰国を待ちわびる人々が、日本中から舞鶴の平《たいら》

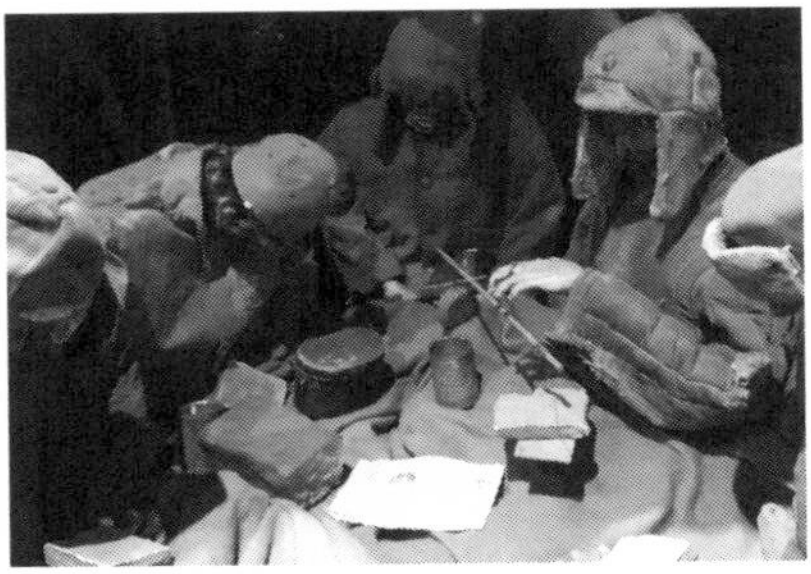

シベリアの抑留者が、少ない配給の黒パンを分ける等身大の人形模型。舞鶴引揚記念館。

栈橋に押し掛け、旗やのぼりに息子や夫や父親の名前を書いて待ったのである。涙の再会や、遺骨との対面、そして今度も帰ってこなかった人を待ち続けて、茫然と港にたたずむ子供連れの母親や、そして老夫婦がいた。清水みのる作詞の「かえり船」を田端義夫が歌って大ヒットしたのもこの頃である。人々は、この歌の歌詞「波の背の背にゆられてゆれて、月の潮路のかえり船」と最初の出だしを聞いただけで涙した。

アメリカ軍が舞鶴に特別関心があったのには理由がある。大戦後、元は連合国同士であったにもかかわらず、すでに水面下では、アメリカとソ連の戦いが始まっていた。大戦後すぐにソ連は自国の周辺に「鉄のカーテン」を張り巡らし、一切の情報が外に漏れないように、外からも入国を許さなかった。それはまた資本主義と共産主義の戦いであった。後に「冷戦」といわれるものである。

舞鶴に配備されたのはＭＩＳとＧＨＱ（General Headquarters：連合国軍最高司令官総司令部、

つまり占領軍）直轄の対敵諜報部隊ＣＩＣ（Counter Intelligence Corps）が置かれた。そこでシベリアから引き揚げてくる日本兵たちから聞き取りが行われた。ソ連で捕虜になっていた人たちから、ソ連の内部のようすをできるだけ聞こうとしたのである。表向きは、引揚者の監督をするというものであった。したがってこのことは、戦後もずっと多くの日本人が知らなかったことだ。私も今回の取材を始めるまでは知らなかった。フジオがハワイで何回も入隊に失敗し、最後に受かったのがこのＭＩＳ情報部隊であった。アメリカはこの情報部隊をとりわけ重要視していた。

旧海軍舞鶴の水交社の建物。海軍将校のための親睦、交流のための外郭団体。戦後は、進駐軍の宿舎として使われた。

シベリアからの引揚者を取り調べるグループはふたつあって、捕虜たちから一般的なソ連の情報を聞き出すグループをＨＩＤ（ヘッドクオーターズ・インテリジェント・デタッチメント：Headquarters Intelligent Detachment）といい、八十人から百人くらいの日系二世の兵隊があたり、ソ連の町や、港のようすを詳しく聞いた。ハバロフスクや、チタ、そのほか抑留されていた町のようす、道路や建物などひとつひとつを聞いて地図も作った。たくさんの抑留者の話を聞いて、壁に貼った大きな紙に書き込んでいくと、ソ連の町の詳しい地図もできるほどだったという。

私も会ったヨシノブ・オーシロによると、アメリカ軍が最も関心のあったものは、ソ連の核実験の情報であったと。どこで実験を行おうとしているのか、ウラン鉱はどこで採れるのか、それを日本の捕虜から聞き出したかったのである。

日本の兵隊はどんなに下っぱの兵隊でも、詳しく地図が書けたし、距離感もきちんと判断できた。たとえば電信柱の間の距離も歩幅で測ってほぼ正確に分かっていたという。いわゆる一般的な兵隊でも「兵用地誌」の心得があったのである。

一方、高木は、ソ連からの抑留者の中でもとりわけ共産党の洗脳を受けている者を探した。捕虜のあいだですでにアクティブ（自ら率先して抑留者の宣撫工作をする活動家）になり、日本に帰ってもソ連共産党の司令を受けて、アメリカ軍のようすを探ったり、日本に共産党政権をつくるために社会運動をしたり、あるいはオルグや騒乱を起こそうとしている者はいないか——いわば防諜の役割を持った部隊である。これが「対敵諜報部隊」ＣＩＣである。

フジオ高木は、このＣＩＣのチーフのひとりだった。こちらはわずか八人から十人ほどしかいなかったが、主たる目的は、引揚げの捕虜の中から、ソ連のスパイを見つけ出すことだった。アクティブというのは、ラーゲリ（収容所）の中で、捕虜に向けて発行されていた『日本新聞』や「壁新聞」などを熱心に読み、ソ連の教育によって「感化された人たち」である。この人たちは極端に共産主義にかぶれ、収容所の中で、かつての兵隊仲間や上司に対しても厳しく当たったので、帰国後に仲間から私的報復を受けて殺された人もいる。

また帰還者の中には、夢にまで見た帰国を果たしたにもかかわらず、岸壁で待っていた家族にも会わないで、赤旗を掲げて隊列を組み船を降りると、桟橋から東舞鶴駅まで「インターナショナル」や共産党の歌を歌いながら徒歩で行進し、列車で東京へ。そして代々木にあった共産党本部に行って全員が入党手続きをした集団もあった。彼らは「人民の敵である『天皇の島』に帰って来た」という意気込みで帰国したのである。

ＣＩＣでは、シベリアに抑留されないで日本に帰って来た関東軍の将校などから、事前に日本軍の組織や人員構成などを聴取していたため、それと突き合わせて、引き揚げてきた捕虜が嘘をついているかいないかを確認することもできた。中には偽名を使って、戦前

引揚船の代表だった「興安丸」。引揚船には船腹に十字のマークが入っていた。興安丸の名前を聞くだけで、多くの日本人は胸を打たれた。

入港した興安丸。祖国に帰って来た喜びで一杯の帰国者たち。

舞鶴の旧海軍機関学校。現在は、舞鶴地方隊の各部隊の作戦・運用に関する司令部。

舞鶴の旧海軍大講堂。現在は、海軍記念館と旧海軍資料館。

の軍隊の身分を隠している者もたくさんいたからである。素直に満洲国時代の自分の職業や、あるいは軍隊における階級を答える者もいたが、まったく答えない者もいた。「はー、後で言う」「あー、忘れた」、何を聞いてもそう言って返事をしない者もいた。

また抑留中に、一時的に、ひとりだけほかの場所に移され、一定期間収容所からいなくなっていたような捕虜は、特に要注意だった。なぜならその間、ソ連の諜報機関から、帰国後にアメリカ軍の情報を探るよう特別訓練や洗脳を受けた可能性があるからであった。また、日本で鉄道爆破や、騒乱を起こすよう指令されていた者もいた。

明らかに「要注意人物」と思われる者は、東京の上級機関に送って取り調べた。そうすると一週間でも、二週間でも捕虜は故郷に帰れないことになる。しかしそのためのお礼のお金がアメリカ軍から支給されたから、かえって喜んだ人もいたという。また、一度は無罪放免しても、その後一、二カ月たった後、帰国した先に行って本人がどうしているか調べることもあった。

進駐軍によるこうした調査や取り調べの詳しい実態は、多くの日本人はおろか、ＣＩＣの高木の下で働いていた秘書の上野陽子を始め、日本人職員も知らなかった。進駐軍は単に、引揚業務がスムースに行われるように監督をしているだけだと思っていたからである。しかし世の中は次第に厳しくなっていった。すでにスターリンの率いるソ連は、着々と次なる戦争、資本主義との戦いの準備を進めていたのである。やがて北朝鮮が突然に攻めてきて朝鮮戦争が起きることになる。

高木と同じ舞鶴のCＩCに勤務していた同僚のヨシノブ・オーシロは、後に次のように告白している（オーシロは、二〇二〇年現在でもハワイのパール・シティで健在である）。

尋問官は五人、「どこで捕虜になったか？」「収容所の待遇はどうだったか？」といった質問から始め、ひとり二十分くらい取り調べをするのが基本だったと。質問をして話の最後に、「労働者の権利とか平等」とか、そういった返事をする者はたいてい感化されている人間であったと。またこちらの尋問をあらかじめ予期していたかのように話をはぐらかすのも、あらかじめソ連で訓練を受けている人間であったと。

しかし、いつまでたっても打ち解けず、話をしない者でも、一日目は日本茶とたばこを勧め、また二日、三日と勧めている間に次第に心を開き、四日目にたばこを勧めた時に初めて心を開いて、正直にソ連での生活や、あるいは洗脳を受けた話をしてくれた者もいたという。要注意人物は、継続監視の対象として東京の本部に送った。
ヨシノブ・オーシロは後に、こうした取り締まりを行った三年の間に、都合二〇〇人を尋問したが、果たしてソ連の感化を受けたスパイをどれだけ摘発できたかは自信がなかったとも述べている。またオーシロは、舞鶴駐留中に両親の出身地である沖縄に休暇をとって帰っているが、沖縄はアメリカ軍の占領下で、同じアメリカ軍のオーシロでさえ、「入国」はかなり厳しかったと言っている。

高木は、その頃、戦後、飯野海運が併合した造船所に勤めていた迫水周吉という男と知り合っている。迫水周吉の兄は、戦前の鈴木貫太郎内閣の内閣書記官の迫水久常である。大蔵官僚で貴族院議員だった。弟の迫水周吉は、それまでは、鎌倉に住んでいて終戦前に疎開の意味で舞鶴に来たらしい。それまで同じ飯野海運に勤めていたかどうかは分からない。舞鶴から二十キロ北に行った和田という若狭湾の美しい入り江に、四、五軒の別荘があり、そのうちのふたつを飯野海運が持っていて、その一軒に住んでいた。毎日、舞鶴造船に列車で通っていた。娘の弥生はその頃聖心女子大学を出た秀才で、英語に堪能で舞鶴の駐留

CIC情報部の前で、秘書の日本人女性。右側は迫水弥生と思われる。サザエさんのような髪型が流行していた（ヨシノブ・オーシロ提供）。

軍で通訳や秘書をしていた。フジオ高木のいた部隊である。

迫水周吉は、会社の中でもかなりの上役だった。娘の弥生の記憶によると、資材関係のセクションにいたのではないかと。なぜなら高木があるとき、迫水のところに来て、その頃のコピー機、ブループリンターの機械を借りに来たのだという。造船所で使う船の設計図をコピーするとき使ったものだ。

その迫水を通じて、高木は、舞鶴造船を吸収した飯野海運の人間とも知り合いになり、日本海やソ連沿岸、樺太周辺の海図、ひいては日本軍そのものが持っていたソ連の地図まで手に入れている。引き揚げて来る捕虜がいたソ連の詳細な町の地図も手に入った。

壁に貼られた二枚の地図が、取り調べが進むに連れて、書き込みによってどんどん詳しく、また黒くなっていったと、高木の直接の部下であった上野陽子は手記に書いている。

高木は、自分の父親にも当たる年齢の迫水周吉をかなり信用していたらしい。迫水は自宅でバラを栽培していて、バラの植物愛好会にも入るほど植物好きだったという。迫水の娘、弥生は、高木と同じアメリカ軍の情報部で通訳と翻訳の仕事をしていたらしい。

オーシロによると、娘の弥生は背が高く、色が白く可愛い女性で、ランチやディナーなどさまざまな基地内の行事を行うホールのマネージャーの下で働いていたという。したがって高木やオーシロの部署とは違う課に属していたという。

高木が、知り合ったのは、舞鶴造船の責任者のひとりだった父親の迫水周吉が先か、あるいは娘の弥生が先か、オーシロに聞いたところ、おそらく弥生の方が先だったろうとオーシロは言う。迫水周吉は、後に高木が桜の苗木を植えるのにもひとかたならぬ協力をし、大阪の池田から苗木の調達をしている。高木は、この迫水の娘、弥生と結婚することになるのだ。

今年、二〇二〇年になって迫水弥生に、フジオとのなれそめを聞いたが、具体的なことは話してもらえなかった。この世代の人たちは、自分たちの恋愛や結婚に至る過程などを話すことはあまりしない。ただ、若狭湾の別荘地、和田の美しい砂浜にある「別荘」のような社宅に、周吉が高木を遊びに連れて来るようになったのが、そもそもフジオと弥生のふたりが接近する原因となったらしいことは分かった。

✿シベリア帰りの復員兵が語った不思議な話

高木や、オーシロが取り調べたシベリア帰りの復員兵からは、さまざまな話が聞けた。中には、信じられない不思議な話もたくさんあった。当時はもちろん軍事機密であったから、外部には何も言えなかったが、高木やオーシロは、五十年もたってからハワイのマスコミや雑誌の編集者に対して少しずつ、当時は言えなかった昔話をしている。いくつか紹介すると――。

日本の捕虜たちがたくさん送り込まれたシベリアの収容所に、マガダン金鉱というのがあった。極東のオホーツク海に面した港町であるが、東洋一という金の大露天掘りのあるところである。ソ連はそこで日本の捕虜たちに金鉱石を掘らせた。産出量も多く、戦後ソ連の経済をある時点まで支えたところだ。

その中にコルィマ鉱山というのがあって、そこから帰って来た兵隊たちが異口同音に言うには、鉱山の中には鉄道線の引き込みがいくつかあり、その中心にある踏み切りで、金鉱石を積んだ列車が通るたびに、手動で、道路を通るトラックや人の交通整理をしている女捕虜の信号手がいたというのである。日本の捕虜たちは鉱山の行き帰りに必ずその踏み切りを通った。時にはそこで何分も待たされることもあって、その信号手といろいろな話をしたと。その女性はなんと若いアメリカ人だった。

なぜ、連合国側のアメリカ人が捕虜となって、ソ連の金鉱で働かされているのか、彼女は言わなかったし、最後まで理由については分からなかったという。だがそのアメリカの女性捕虜はいつも日本人には親切にしてくれ、同じ捕虜の身であることを同情し合ったという。

そして二年がたった。日本の捕虜たちはいよいよ日本に帰ることになった。そのことを

郵 便 は が き

63円切手を
お貼り
ください

1 0 1 - 0 0 0 3

東京都千代田区一ツ橋2-4-
光文恒産ビル2

(株)飛鳥新社　出版部　読者カード係

フリガナ	性別　男・
ご氏名	年齢
フリガナ	
ご住所〒 TEL　(　　　)	
お買い上げの書籍タイトル	
ご職業　1.会社員　2.公務員　3.学生　4.自営業　5.教員　6.自由業 7.主婦　8.その他（　　　）	
お買い上げのショップ名　　所在地	

★ご記入いただいた個人情報は、弊社出版物の資料目的以外で使用するこ
ありません。

のたびは飛鳥新社の本をご購入いただきありがとうございます。
後の出版物の参考にさせていただきますので、以下の質問にお答
下さい。ご協力よろしくお願いいたします。

この本を最初に何でお知りになりましたか
..新聞広告（　　　　　　　新聞）
:.webサイトやSNSを見て（サイト名　　　　　　　　　　　　　　　　）
:.新聞・雑誌の紹介記事を読んで（紙・誌名　　　　　　　　　　　　　）
..TV・ラジオで　5.書店で実物を見て　6.知人にすすめられて
'.その他（　　　　　　　　　　　　　　　　　　　　　　　　　　　　）

この本をお買い求めになった動機は何ですか
.テーマに興味があったので　2.タイトルに惹かれて
.装丁・帯に惹かれて　4.著者に惹かれて
.広告・書評に惹かれて　6.その他（　　　　　　　　　　　　　　　　）

本書へのご意見・ご感想をお聞かせ下さい

いまあなたが興味を持たれているテーマや人物をお教え下さい

なたのご意見・ご感想を新聞・雑誌広告や小社ホームページ上で
載してもよい　2.掲載しては困る　3.匿名ならよい

ームページURL http://www.asukashinsha.co.jp

告げると彼女はとても喜んでくれ、無事に日本にたどり着けるようにと言ってくれたが、彼女は元気がなかった。「おそらく私はずっと帰れないだろう」とさえ言って涙ぐんだ。日本の兵隊たちは別れを惜しんで、お互いに元気でと慰め合ったという。

「ソ連にアメリカの、しかも女性の捕虜がいる」という情報を、高木は上層部に報告した。しかし、すでに終戦から三年目、ソ連は自分たちの国には「鉄のカーテン」を降ろし、外部の人間は一切入れさせなかった。それどころか国境を越えた者は、たとえ遊牧民であってもスパイと見なして、すべて拘束し、処刑していたのである。冷戦はますます厳しくなり、おそらく外交的に問題にしても解決できないことだったろうと、高木自身語っている。アメリカ軍を持ってしても、すぐには解決できなかったのである。

余談であるが、ソ連やモンゴル人民共和国にも、多くの捕虜が抑留されたが、その中に男たちに交じって少数だが日本女性も何人かいた。主人が抑留されるのにどうしても別れられなくて、男装してついていった女性もいる。私も十年ほど前に女性捕虜に一度話を聞きに行ったことがある。またモンゴルで捕虜になっていた女性のことは、拙著『草原のラーゲリ』（文藝春秋社）でかなり詳しく書いた。ウランバートルの党幹部学校の校長が、捕虜中から男装した日本女性を「発見」した話だ。

第二次大戦に勝利した連合国の一員であったソ連に、同じ連合国側の捕虜がいたという同じようなケースはほかにもあった。やはり日本人の捕虜たちが高木に言うには、自分の収容されていたところには、敗戦国であるドイツ人やイタリア人のほかに、アメリカ人やフランス人もいたというのである。

これも不思議なことであったが、あるフランス人は、ドイツ占領下のパリで反ナチの地下運動をしていた人たちのひとりだった。そういった人たちがパリ開放の時、ドイツ人と一緒に十把一絡げにソ連軍に捕まり、シベリアに送られてきたのだという。いくら弁明しても聞き入れられなかったらしい。本来なら、反ナチの運動を地下でしていたのだから、大戦後は、晴れて表彰されてもいいはずであった。しかしソ連軍はそういったことをまったく聞いてくれず、捕虜になったらしい。これもまた悲劇であった。

また、ソ連領内の中央アジア、カザフスタン共和国にあったカラガンダ・キャンプ九九という収容所から帰ってきた日本人捕虜たちが言うには、キャンプ九九には捕虜の中に、九百人の日本人の尉官、将校クラスと、三百三十五人のスパニッシュ・ファシスト、それに何人か分からないくらい大勢のソ連人がいたと。たくさんのソ連人が自国の収容所に、外国人捕虜と一緒にいることも不思議だったが、あるいはそれはスターリンの粛清によるものだったかもしれない。しかし、さらに理解できなかったのは、同じところにたったふたりだけであるがアメリカの兵隊がいることだったと。

このふたりのアメリカ兵が、ある時日本人の捕虜たちに言ったことには、彼らは、ビクトリー・デイ、つまりヨーロッパで連合軍が勝利した一九四五年の五月八日に、ソ連兵に捕まったのだという。なぜかというと、ベルリンでの勝利の祝賀会に彼らは酒を飲み、ふたりは勢いあまって川に飛び込み、向こう岸まで泳いだ。その向こう岸にはソ連兵がいたというのである。ドイツのおそらくソ連の占領地域だったのだろう。同じように戦勝を祝う連合国側の立場のソ連軍が、酔っぱらって泳いできたアメリカ兵をスパイだとしてつかまえたのである。そして彼らは、カザフスタンの収容所に送られたのだ。

そのアメリカ兵は、日本の捕虜たちがナホトカに送られ、いよいよ日本に帰る時までずっと一緒に同行してきたのだという。列車の中も日本人の捕虜と同じ車両、同じ座席に乗ってきたのである。なぜ日本人の列車の中にアメリカ兵が――、みんな不思議に思ったという。

高木はこう推測している。おそらくこのふたりのアメリカ兵は、「諜報の民間人としてナホトカから出航させ、アメリカに潜入」させられたに違いないと――。日本に帰る日本の捕虜たちと一緒に列車に乗せることにより、アメリカ兵に里心をつかせ、後でソ連を出たいならスパイになれ、と強要するのだ。それがソ連の常套手段だった。その頃のソ連は、西欧側にスパイを送り込むために、スペイン市民戦争に参加して捕虜になったアメリカ人やフランス人の証明書を使っていた。ほかのアメリカ人の証明書を使い、別人に成り済ましたスパイをアメリカに送り込むことはそう難しいことではなかったのである。そのひとりの名前はスティーブだったと高木は覚えている。

✿善意の陰で泣いた男

またこんなこともあった。

舞鶴に入港した病院船であったろう。ソ連で過酷な労働と栄養失調で衰弱し、また病気になり、あるいは激しい労働で怪我をして、歩けないような者は、病院船で舞鶴に引き揚げた。その中のひとりの日本兵が、舞鶴の引揚者の病室からどうしても、アメリカ軍の将校に会いたいという要請があった。

こんなことは初めてであった。だれも自ら進んで、いままで敵であったアメリカの兵隊に会いたいという捕虜はいなかったからだ。

高木が病室に行くと、痩せ衰えた男はやっとのことで起き上がり、簡易ベッドの上で正座をして深々と頭を下げた。高木はすぐに横になるように促す。男は起き上がるのも難しいくらい衰弱していた。

その男の話は驚くべき話だった。

戦前、満洲国は、アメリカや連合国側の捕虜を隔離するために、満洲里《マンチユウリ》や奉天に収容所を持っていた。その多くは太平洋戦争中に、フィリピンやインドシナ、また香港やマレーシアあるいはインドネシアなどから連れてきた捕虜である。アメリカ、イギリス、フランス、オランダのそれぞれ高級将校のみが収容されていてスペシャル・プリズンと呼ばれていた。

男は終戦まで、その奉天（英文字表記でムクデンという）の収容所で守衛のひとりとして働いていた日本兵だった。

日本側はそうは思っていなかったかもしれないが、西欧人にとって日本の収容所は過酷だった。第一、食料事情が違った。日本人の多くは米を主食にするが、西洋人はパンや肉であった。それだけでも西洋人にとっては苦痛なのに、その上食料そのものの量が少なかった。肉もなかった。収容所の人々はみんな次第に痩せていった。骨と皮だけになったような捕虜もいた。

そうした中で、彼らを可哀相に思ったその男は、ほかの看守たちに内緒で、こっそりといろいろな食料を監獄に差し入れしたのだ。

もし見つかったら大変なことになることは明らかだった。それでも男は、食料を運び続け、何かにつけて捕虜たちの面倒を見て、親切であった。捕虜たちは秘かに彼に感謝した。

やがて昭和二十年八月十五日が来た。捕虜たちは開放され、今度は監獄側の運営者や看守、日本兵たちが入れ替わって捕虜になる番であった。

連合国側の将校たちはそのことを早くから予期していた。それで自分たちに唯一親切にしてくれたその男のために、二通の手紙を書いてやった。これからその男をつかまえるであろう連合国側の将校宛ての手紙である。

「この男は捕虜に対して親切で、とても思いやりがあり、自らのお金をはたいていろいろな食料の差し入れをしてくれた。どうかこの男を許してやってくれ。決して罪には問わないように」と。

もう一通は、アメリカへの「亡命の招待状」であった。しかるべきアメリカ軍に対してこの手紙を差し出せば、男とその家族を無事にアメリカに連れ出すよう要請した手紙で、そのための交通費も支給するように、またそれを確約するために、アメリカ軍やイギリス軍の（囚われていた）将校が、何人も連名でサインをしたものであった。

ご承知のように、日本軍は終戦になっても、隊列を乱さず、軍の体制を維持したまま、みんなシベリアに連れて行かれた。率先して捕虜になったのである。あるいは捕虜になるのが宿命だったかのようにみんなが従ったのである。一部逃げた兵隊もいたが、引揚げの民間人の中に紛れ込んだもののの「戦列放棄」で肩身が狭かった、という話は多くの手記の中でご存じだろう。

ところが、ソ連の兵隊たちは、その手紙がまったく理解できなかった。それどころか、例によって疑い深く、英語の手紙を持っていること、しかもアメリカ軍やイギリス軍の将校のサインがたくさんあるということで、スパイに違いないと断定した。

男は、酷い拷問にあった。それも執拗に繰り返されたという。抑留後、彼は早くから体力を失い、死ぬ一歩手前まで衰弱した。しかし、持ち前の気力で、二年間かろうじて命を繋ぎ、引揚げの時は、やっとのことで担架のまま病院船に乗ったのである。そして舞鶴まで帰って来た。舞鶴でフジオ高木に会った時はもう衰弱しきって生命の限界に達していたと思われる。

男は高木にこれまでの経緯を話し、最後に、ふたつのことを高木に頼んだ。ひとつは自分の本籍と住所氏名を名乗り、そして親兄弟に自分のこれまでのことを伝えてくれと。舞鶴まで帰ってきたがとても故郷までは身体がモタないとも――。

もうひとつは、アメリカへの「招待状」を書いてくれた将校たち何人かの名前をあげて、自分がとても感謝していたこと、そして自分はいまや病気になり、また衰弱して、とてもアメリカまでは行けない、残念ながら約束が果たせなかったことを伝えてくれるように――

ということだった。

高木は驚いた。日本兵の中にもこうした捕虜に思いやりのあるやさしい兵隊がいたのか。またそれに答えて、連合国側の将校たちが、免罪の要請と、男をアメリカにくるようサイン入りで「招待状」を書いたこと――。

感動的な話だった。

高木は男に約束した。きっとあなたの故郷の家族にあなたが立派な兵隊であったことを伝え、またアメリカやイギリスの将校を捜して必ずや連絡すると――。

男はそれを聞くと、安心したように目を閉じた。最後の力を絞って高木に訴えたのであった。男はその日のうちに息を引き取ったという。

それから五十年たって、高木も歳をとり、この話を思い出して告白している。もう誰も、関係者は生きていないだろう。そして、この話をしてくれた日本兵とベッドの上で約束をしたふたつのことを、実は自分は守らなかった――ということを打ち明けている。

その理由を、高木はこう言っている。日本の両親や兄弟にも言わなかったのは、おそらくその兵隊の家族は、ソ連と戦って名誉の戦死をしたと思っているのではないか。またそう伝えられているのではないかと思ったこと。その方が、遺族にとっても、本人にとっても幸せだったのではないかと。また万一、敵の捕虜に親切にしたと分かれば、彼は逆賊になる恐れもあると思った——と。

それから、嘆願書と同時に、アメリカへの亡命と費用の負担を申し入れたアメリカ軍やイギリス軍の将校たちには、彼らが手紙を書いたことが、逆にソ連軍に疑いを掛けられ、そのためにその日本兵が拷問を受けて、結果的には死に追いやられたこと——このことは将校たちには決して伝えるべきではない、と高木は思ったのである。親切が逆に仇になったのである。アメリカやイギリスの将校たちは、この男の末路を知るべきではないと。ソ連の軍隊は、そういった人間の善意や、思いやりが通じるところではなかったのである。

しかし、五十年たったいま、よく考えてみると、自分の考えは間違っていたと高木は述懐している。たとえ悲しむべき知らせであったとしても、真実を伝えるべきだった——。高木は半世紀たって、自分も七十歳を過ぎ、残り少ない人生を感じる時になって初めてそのことに気づいたと言っている。これらの話は、一九九一年になって、『アドバタイザー・ナイト・シティ』（Advertiser Night City）紙の編集者であるマーク・マツナガが、フジオ高木とヨシノブ・オオシロから話を聞き、一部を『サンデー・スター／ブレティン・アドバタイザー・ホノルル』（Sunday Star : Bulletin Advertiser Honolulu）で述べている。

✿奇跡の出会い

このようにシベリア抑留の帰還者を調べているといろいろなことがあった。そして、ある時、高木自身の身の上にも、奇跡のような話が降ってきたのである。

ある日のこと、高木の部下で、日本人の若い秘書上野陽子が、急ぎ足で、彼のところに報告に来た。

舞鶴にいるアメリカ軍には引揚船が港に入る前に、捕虜の乗船名簿が無線で流れてくるのだが、その中に、上野はフジオ高木とおなじ岩国出身のタカキ・ヒデオ（高木秀雄）という名前を見つけたのだ。上野はすぐにフジオ高木の弟ではないかと思った。おそらくフジオの姉弟のうちのひとりに違いない。父親の森助とユキが一九三三年（昭和八年）に十五歳のフジオをひとりハワイに残して引き揚げた時、秀雄は七歳、その時に岩国に連れて帰られた弟に違いない。あれから十四年たっていた。

報告を聞いた高木も信じられなかった。岩国の実家から、弟が満洲へ開拓に行ったとは聞いていたが、あの秀雄が生きていて、しかもシベリアから――。

引揚げの捕虜が全員、高木のところに回ってくるわけではない。まず乗船客のほんの一割くらいがＨＩＤ（ＭＩＳの中の一部）の取り調べを受け、その中のさらにほんの一部、明らかに怪しいと思われる者だけがＣＩＣの高木やオーシロの部署に回ってくるのである。

「マネージャー、すぐに秀雄さんに会いに行ってあげてください。」

秘書の上野陽子は、やきもきして、早くフジオに弟のいる引揚者の宿舎に行くように促す。上野に言わせれば、彼の身分であれば、舞鶴の引揚センターのどこにでもすぐに出入りし、何でもできるのである。だが、フジオはすぐに会いに行こうとはしなかった。

東舞鶴港の引揚桟橋の北側は、元海軍の平《たいら》海兵団があったところで、木造二階建ての長い学校のような建物が平行してたくさん並んでいた。戦後はそこが臨時の引揚援護局となって引揚者の臨時の宿舎として使われていた。秀雄は、その中に収容されていた。任務に忠実なフジオが、その日の勤務を投げ出して、すぐに弟のいる宿舎に行くことを躊躇したのだ――と上野は思った。

しかし、次の日から高木が、それとなく建物や木の影から秀雄のいる宿舎のようすを窺っていることから、秀雄のことを気にしていることは間違いないと上野は感じた。

「マネージャー（フジオのこと）は、元々、一本気な性格で、軍人らしい精悍さと、そしてハワイアンに共通の陽気さを併せ持つ人で、また部下に対する心配りも細やかで温かかった」と上野陽子は後に書いている。プランテーションの中でたくさんの日本人が、お互いに助け合いながら育ったせいかもしれない。

そのフジオが、なぜすぐに弟のところに会いに行かないのか上野には理解できなかった。上野は必死だった。何としても上司を、シベリアから生きて帰って来た弟に会わせたいと思った。

だが、高木が何日も秀雄に会わなかったのには理由があった。

それから、三、四日して、高木が取調室から現れて、上野にボソリと言った。「弟に何か食べ物を差し入れしてやってくれ」と。

上野はよろこんで、すぐに食べ物を買って、宿舎に行った。もちろん上野もＣＩＣの身分証明書があるので宿舎にもフリーパスである。

「弟さんひとりにあげるわけにもいかないので、その寮の部屋にいた全員に持って行った」（その時何を持って行ったのかは分からない）。突然の上野の訪問と食料の差し入れに、周囲のみんなが喜んだのは言うまでもなかった。

復員寮の中は、大勢の人たちで雑然としていた。やっと日本に帰れたという安心感と、これからどうなるのだろうという不安とが渦巻いていた。もちろん毎回繰り返される平引揚桟橋での歓喜の再会と、そして反対に遺骨で迎える落胆した出迎えの家族、そのような悲喜が渦巻く無数の人間ドラマを、毎日のように見ていた上野だが、援護局の中の男ばかりの引揚者の集団の中に入ると、やはり異様な雰囲気を感じざるを得なかった。薄暗い部屋に男たちはみんな痩せて骨張って座っていた。明らかに栄養失調という病人のような男も横たわっていた。その上みんな頭からシラミ除けのＤＤＴを撒かれて、髪の毛は真っ白だった。しかし雪焼けで真っ黒な顔をしていた。二十歳を越えたばかりの若い女性の上野としてはかなり抵抗感があった。

上野はその中で、すぐに秀雄を発見したが、その顔を見てギョッとした。右目が開いてはいるが、真っ白だった。黒目がないのである。

だが気丈な上野は、その場で、すぐに秀雄に話しかけ、自分についてくるように言った。そして秘かにＣＩＣの取調室まで連れてきたのである。上野の独断であった。秀雄は自分だけ呼び出されて何事かと、気が動転したという。緊張で体中がこわばった。

取調室で、浮浪者のような格好をした秀雄と、制服を着たアメリカ軍のフジオとが向き合って座った。

フジオは静かに話しかけた。

「タカキ・ヒデオさんですね」

「本籍はどこですか？」

「お父さんとお母さんの名前は？」

あらためて聞くまでもなかった。フジオはすぐに弟に間違いないと確信した。それに間違いなく弟の面影があった。

「いつから満洲へ？　開拓団の名前は？」

「――満蒙開拓青少年義勇軍。団名は『長州』。西尾正市中隊。編成は山口県。昭和十五年三月内原訓練所入所。七月七日渡満。第三次十九中隊。入植は北安省嫩江《のんこう》訓練所であります」

秀雄は恐る恐るしかもたどたどしく言った。

「その時、歳はいくつだった？」

「十五歳であります」

「ああ――」とフジオは思った。自分がハワイにひとりで残された時とほぼ同じ年だ。秀雄もまた幼くして親元から離れて開拓団に――。

秀雄にしてみれば、生きた気がしなかった。一緒に帰って来た収容所の仲間から、彼だけひとり呼び出され、尋問室でアメリカ兵から取り調べを受けるのだ。アメリカ兵と身近に接するのも初めてだった。何も悪いことはしていない。なぜ自分だけ呼び出されたのだろう。

秀雄は極度に緊張し、また不安だった。

フジオはすぐに弟の気持ちを察した。これ以上相手を苦しめてはいけない――。

「ワシじゃや。フジオじゃや」とフジオはしばらく間を置いた後、一転して穏やかに山口弁でしゃべった。

秀雄は呆然としていた。相手が何を言っているのか分からなかった。想像すらしていないことが目の前で起こったからである。十四年も前、八歳の時、ハワイで別れた一番上の兄貴が目の前に現れたからである。しかもアメリカ兵として。兄貴が、アメリカの軍隊に入り、しかも舞鶴に来ているとは誰が想像できようか――。まったく思っていないことであった。しばらくは狐につままれたようだったと言う。返事ができなかった。

「どうしていた？　なんで満洲に？」フジオはまたゆっくり尋ねた。

秀雄は十五歳で満蒙開拓青少年義勇軍に応募したこと、シベリアで苦労したことなどを手短に話した。まるでしゃべっている自分が自分でないような、上の空の状態であった。

しばらくして、フジオが言いにくそうに言った。

「片目はどうした？」

秀雄はすぐに答えた。シベリアの収容所で、毎日レンガを焼く大きな窯の中で働いた。その時焼けたレンガの破片が飛んできて目の中に入ったのだと。

フジオは返事ができなかった。

「みんなの取り調べが終わるまで、長い者は二週間もかかる。場合によっては東京に行ってもらうこともある。お前は早く出してやるから、直ぐにでも岩国の親のもとへ帰れ」

フジオはしばらくしてそう言った。血を分けた弟に、自分がいま、最大限してやれることだった。また、そうすることができることをフジオはとても嬉しく思った。十五歳から長い間ひとりで、肉親の顔も見ることなく育ったから、余計肉親には好意を示したかったのである。

だが、秀雄はすぐに断った。

「ワシだけ先に帰るわけにゃいかん。シベリアで生死を共にしてきた仲間を置いて、ワシだけ帰るわけにはーー」

フジオはがっかりした。母親に続いて弟までも。せっかくの好意を聞き入れてくれないのだ。しかし、当時の日本人の仲間をお互いにいたわりあう感覚からすれば当然の言い分だった。それはハワイのプランテーションにおける日本人コミュニティの中で育ったフジオにはよく分かった。日本人だったら、自分のことと同じくらい仲間のことを大切にするからである。

秘書の上野陽子が、後に手記に書いているように、「フジオが（いつまでたっても弟に会いに行かず）秀雄のことをこっそりと、木の影から、ようすを窺っていた」というのは、本当は上野の大いなる誤解であった。実はアメリカ軍は、引揚者や復員兵たちは、船を降りた瞬間から、フジオとは別の情報部隊ＨＩＤの連中から一挙手一投足、見張られていたのである。ソ連で特別の訓練を受け、共産党に感化されてきた者を、探し出すためであった。そのことを高木はよく知っていたから、自分からは不用意に秀雄に近づかなかったのである。弟がそうした者から要注意人物としてマークされているかどうかが心配だったからである。上野はそんなことは露知らず、単にフジオが、弟を心配して影から見ていたと思っていたのだ。

その後、フジオと秀雄の兄弟は時間が経つのも忘れて子供の頃の話をした。ハワイで一緒にいた頃、秀雄はまだ小学校二年生だったこと、プランテーションの家の周りには共通の知人がいたこと、また家族が日本に帰ってしまった当初、フジオはひとりでも元気がよかったがそのうちとても寂しくなったことなど、正直に話した。話は尽きなかった。進駐軍と、復員兵の垣根は瞬く間に氷解し、昔生活を共にした、普通の兄弟になったのであった。

その晩、秀雄は薄暗い復員局の収容所に帰り、フジオはＣＩＣの宿舎に帰ってそれぞれ床に就いたものの、ふたりとも肉親との再会の嬉しさと気持ちの昂りを押さえきれなかった。元々、同じ家族として、生まれた時からひとつの小屋に生活していた者が、こうしてばらばらになり、ひとりは満洲から捕虜になりシベリアへ、そしてもうひとりはハワイから太平洋戦争に参加し、南の島を回って舞鶴へ。そこで十四年ぶりに再会した。元は同じ、ハワイのプランテーションの中で育ったのに、それぞれの歩んできたふたりの人生の違いを、あらためて感じないわけにはいかなかった。同じ兄弟なのに――。ふたりはなかなか寝つかれなかった。

余談であるが、秘書の上野陽子がなぜこれほどまでに、フジオと弟との再会にこだわったかは理由があった。彼女は、実は周囲には内緒にしていた、ある重大な決意と秘密を持っていたのである。

✿秘書、上野陽子の秘密

元々、上野陽子は満洲で育ち、英語を習い、関東軍のロシア語教官からロシア語も習った。母方の祖父は、第二次大戦の開戦時、アメリカ大使館にいた野村吉三郎（特命全権大使）である。日本軍の真珠湾の奇襲の前、何とか開戦を避けようと努力した人である。海軍大将であり外交官でもあった。終戦後引退して東京にいるその祖父に、彼女はひとり上京して何とか舞鶴の進駐軍で働かせてくれと頼んだのである。

また、これは未確認だが、彼女は満洲にいた時は新京にいて皇帝溥儀の近くにいたと証言する人もいる。彼女は帰国後、奈良の女子高等師範学校（通称、奈良女高師）を卒業し、教員になる予定だった。当時、女性としては日本で一番のエリートコース。その将来を投げ捨てて、舞鶴のアメリカ軍の基地に来たのである。なぜだろうか。若干二十代も少し過ぎたばかりの年齢であった彼女が、舞鶴の進駐軍のＣＩＣに勤めるようになったのは、実は十八歳の時に別れた彼女の許婚を探すためであった。許婚は彼女の兄の先輩で、大学を出て、海軍の航空隊に入り、将来を期待された人材であった。陽子とは幼い頃からの知り合いでもあった。その彼が朝鮮の航空隊からシベリアに連れて行かれたと人伝てに聞いていたのである。

昭和二十一年十二月八日に、ナホトカから帰還船の第一便が入ってくると聞いて、彼女は住んでいた神戸からひとり舞鶴に来て、大久丸と恵山丸の二隻を平桟橋で出迎えたが、許婚は降りてこなかった。第一、その船に乗っているかどうかさえ分からなかった。

乗船名簿を誰よりも早く見たいと彼女は思った。すべては許婚を探すためであった。彼女に言わせれば、極寒のシベリアで苦労しているであろう恋人に比べれば、自分の人生の針路変更などはたいしたことではなかった。当時の若い女性としては大胆な行動であった。

彼女は、祖父に頼んで推薦してもらい、進駐軍の情報部CICに入った。ナホトカから帰ってくる帰還者を最初に知ることのできるセクションであった。願ってもないところである。

彼女はCICのマネージャー、フジオ高木の秘書として働きながら、毎日のように入ってくる引揚船の名簿を、目を皿のようにしてチェックした。港に入る前に、無線で舞鶴のアメリカ軍には乗船名簿が送られてきていた。それで偶然タカキ・ヒデオの名前を発見したのである。上官のフジオ高木が、ハワイで別れた弟に再会できたのは、ほかならぬ上野陽子のお手柄である。

こうして上野陽子は舞鶴で働きながら、許婚の帰りを待ち続けた。毎日のように乗船名簿をひとりひとり、誰ひとりとして見逃さないよう必死の思いで名前を辿った。生きているのか死んでいるのかそれすら分からなかった。

「乗船名簿で、明日は、明日はと、希望を託しながら恋人の名前を探す日々は、どんなにつらい毎日であったことか」と上野は後に語っている。

引揚船が着くたびに、悲しい出会いがあった。真っ先に降りて桟橋を渡ってくるのは、地元舞鶴の女学生たちで、一列に並んだ彼女たちの胸には白い布で包まれた四角い箱が首から吊るされていた。シベリアで亡くなった兵隊たちの遺骨である。一隻ごとに二十人、三十人という時もあった。帰国の夢もむなしく異国で果てた兵隊たちの骨であった。昭和二十年から十三年間に及ぶ引揚船の長い歴史の中で、遺骨で帰って来た人は実に一万六千柱を超えたという。

この頃、毎日のようにＮＨＫのラジオで放送されていたのが、「尋ね人の時間です」という番組であった。本当は「尋ね人」というタイトルだったが、番組の始めにアナウンサーが「尋ね人の時間です」と言うので、この言葉が番組の代名詞になった。

子供だった私の記憶では、毎日決まった時間に十分間か、十五分間放送されていたと思うのだが、とても淡々とした、しかし丁寧な口調で、原稿を読み上げる放送だった。祖母がラジオを付けっぱなしにしていて、熱心に聞いていた。私もよく聞いた覚えがある。戦争で、離れ離れになり、連絡先が分からなくなった人が、投稿し、それを簡潔に縮めて要項だけを読み上げるのである。

たとえば「元、何とか部隊にいて、ビルマの何とか方面に行った何の誰兵衛さん、お母さんとご兄弟が捜しておいでです。お心当たりの方、また誰兵衛さんをお知りの方はご連絡ください」と。

あるいは「元、満洲の奉天の鉄西地区で、清酒の工場に勤めていた誰々さん、同僚の何とかさんが捜しています。従業員の方もいらっしゃいましたらご連絡ください」といった調子だ。これを聞いて、多くの人が連絡を取ったのだという。まったく尋ね人のいない人でも、その番組を聞くことにより、戦争で、さまざまな経験をした人がいることを知り、また多くの別れや、悲劇があったことが分かるのである。

読み上げられた短文のひとつひとつの後ろに、大きな人間ドラマがあった。また満洲からの引揚げの途中、わずか一週間だが、一緒に行動を共にし、逃避行を経験した人、その時世話になった人を捜している、というような人もいた。別れる時名前も出身地も聞いていなかったのだという。果して無事に日本に帰っているのだろうかと——。軍隊の数字の部隊名や、知らないアジアの地名も多く出てきて、子供だった私にも地名は半分も知らなかったが、投稿者が訴えている内容はよく分かった。

「尋ね人の時間です」は終戦の翌年、昭和二十一年（一九四六年）の七月から、昭和三十七年（一九六二年）の三月末まで続けられたそうで、なんと足かけ十六年も続いたという。ほかに「引揚者の時間」というのもあって、これは一九五七年（昭和三十二年）の三月まで、十年近く放送されたということだ。

毎日、毎日、「尋ね人の時間です」は、子供だった私にも、「戦争」がどんなものだったかを間接的に教えてくれ、その中で生きた「人間同士の情」を教えてくれ、アジアや満洲に目を開かせてくれたように思う。上野陽子も、毎日この番組を職場で聞いていたという。

そしてついにその時がきた。上野陽子が、毎日舞鶴で待っているにもかかわらず、彼女の神戸の家と、東京の許嫁の実家の二カ所に、許婚の友人だという人が尋ねて来たというのである。友人は許婚からの手紙と、そして「遺品」を届けに来た。彼を最後まで看取った海軍航空隊の戦友が、シベリアから持ち帰って来たものだった。

手紙は彼の母親と上野陽子に宛てたものだった。

「栄養失調と寒さのため体力が尽きて、残念だが日本には帰れそうにない。婚約の約束を破ってしまい本当に申し訳ない――」彼が死の間際に陽子宛てに書いた手紙だった。

その手紙には、強制労働をした「金」の採掘現場で見つけた、キラキラ光る五センチ角ほどの平らな雲母の破片が入っていた。彼が生きて帰れたら、陽子への土産にしようと大事に持っていたものだった。

上野はどんなにか彼が、日本に帰りたかったかを思った。寒い寒いシベリアの大地で、ひとり死んで行くのは、どれほど無念だったろうかとも思った。

彼はすでに一年半前に亡くなっていた。その思いを戦友は伝えに来たのだった。小さな雲母の破片は、上野にとってはかけがえのない婚約者からのプレゼントだった。上野は手紙を握って泣いた。何日も泣き続けた。

舞鶴はこのような悲劇が無数にあった。引き揚げた人の数だけ悲劇があったといってもいい。上野陽子の悲劇もその中のほんのひとつにすぎなかった。夢にまで見た引揚げ、その引揚船の中で舞鶴港を目前にして亡くなった人も多い。また担架に担がれて上陸し、引揚援護局の収容所の中で命を落とした人も何百人といるのだ。

やがて、朝鮮戦争が始まろうとしていた。部隊が何となく慌しくなってきたのを、上野はうすうす感じていたが、高木は何も言わなかった。舞鶴に駐屯する別の部隊が、ある日部隊ごといなくなったり、また別の部隊が入って来たりした。

✿桜を植えた日系アメリカ兵と迫水周吉

フジオ高木には、ずっと考えていることがあった。一度は岩国の母に、家の修理代として提供し、断られたお金のことである。「アメリカ兵の金は受け取れない」と母が拒絶したお金だ。母親だって咽から手が出るほど欲しかったはずである。

「もし、お前に日本人の血が流れているのだったらその金を、この惨めな日本人のために使いなさい」と母が言った。

高木は、父親ともいえる迫水に相談した。迫水はこれまでにも何かにつけて協力を惜しまない男だった。

高木は、桜の木を植えるのはどうかと提案した。

桜の木なら、日本人は誰だって喜ぶだろう。それに日系のアメリカ人は親から散々桜についで聞かされている。桜を見ないうちは、日本人の心は分からないとも。

「前から、桜のことをフジオはよく口にしていた」と、後に結婚することになる迫水弥生も証言している。

迫水は元々、庭にバラをつくっていて、愛好会にも入っていたから、花や木には造詣が深かった。話はすぐに決まった。迫水が大阪の池田市から桜の苗木を取り寄せてくれることになった。池田は昔から、埼玉県の安行《あんぎょう》のような植木や苗木の町であった。しかし一度に百本。終戦後、いくら池田といえどもすぐには揃わなかったと思われる。あるいは何カ月もかかったかもしれない。なぜかというと戦争中は何がなんでも食料増産が叫ばれ、とても植木どころではなく、むしろ桜の苗木を育てることさえ禁止されていたのである。

それは、京都の代々続く桜で有名な植木職人、桜守の佐野藤右衛門のところでもそうだった。十五代目の藤右衛門は、大谷光瑞の要請で、アジアからヨーロッパまで、「桜の街道」をつくるべく、桜の苗木百万本の増植計画を立てていたが、国家の一大事に、桜などつくるのはけしからんと、苗木の大半を引き抜いて食料の増産をさせられたのである。おそらく池田市も同じようであったろうと思われる。

一方で、「迫水の娘、弥生からの紹介だといって布川《ふかわ》治に共楽公園に桜を植えたいという相談があり、布川から当時の舞鶴市会議員、矢野健之助に連絡した――」という記述が、舞鶴で発行された『碑とその語るもの』（一九七五年、瀬野祐幸著。私家版）という小冊子に書いてある。

舞鶴の共楽公園の丘に桜を植えるというのだから、当然、市の許可が必要だったのであろう。布川はどういった人物かよく分からないが、「クリスチャン仲間」と書いてあるから、迫水弥生はクリスチャンで、布川と同じ教会に通っていたのかもしれない。この時の仲介のお礼のつもりだったのか、布川治の家の上には桜の木が一本贈られていて、現在でも布川の自宅の裏手の広場に枝を伸ばしているとも書かれている。『碑とその語るもの』という冊子の中の「共楽公園地区の碑その六」である。

この冊子のことは、後に述べる『ハワイ報知』（The Hawaii Hochi）という新聞の座談会の中でも引き合いに出てきて、延国千恵という女性が座談会にこの冊子を持参している。延国千恵は、舞鶴出身で、やはり駐留していた日系米兵と結婚し、ホノルル在住の女性だ。

一九四九年十一月に、池田からソメイヨシノの苗木百本が東舞鶴駅に着いた。その同じ日に、高木は軍の編成替えで京都に転勤になった。高木は桜の苗木百本を東舞鶴駅で確認し、その植え付けを、その時駅で偶然に出会った日系二世アメリカ兵たちに頼んだのである。お互いに顔見知りだったかどうかは分からないが、舞鶴駐屯のハワイ出身日系アメリカ兵ということでは同じ仲間だった。高木は名前も聞かないままだったらしい。兵隊たちは快く引き受けた。高木は翌日舞鶴を後にした。

高木は、仲間のアメリカ兵が、日本人がいまこんなに飢えているのになぜ、食料を援助しないのかと言われたと、後に証言している。それからまた、桜は高木が寄付しただけではなく、この時桜の植え付けを頼んだ日系のアメリカ兵たちも、自分たちの集めた金で桜の苗木をさらに買い、舞鶴市内のあちこちに植えたのだ、とも言っている。

おそらく舞鶴にいた日系アメリカ兵だけでなく、迫水周吉も舞鶴造船の部下を動員して、桜の植え付けに協力したのに違いない。ひょっとしたら市の代表として市会議員の矢野健之助も参加したかもしれない。矢野はそれから二十四年後に共楽公園に「ハワイ日系二世をしのぶ友好平和のサクラ」碑を建てている。この碑が、後にさまざまな疑問と問題提議をもたらすのである。

桜は舞鶴港を見下ろす共楽公園の丘に七十本、残りは市立和田中学校ほか近くの学校に植えられたとされている。

桜を植えたのは一九五〇年（昭和二十五年）の春だったという。これは後に述べる日系アメリカ兵エドウィン今村の証言である。しかし、高木自身が語るところによれば、一九四九年の十一月に桜の苗木が東舞鶴駅に着いた——というから、おそらくその年のうちに植えられたと見るのが正しいと思われる。翌年は朝鮮戦争の起こった年である。

高木の秘書であった上野陽子によると、すこし前から舞鶴の駐日米軍の中で不穏な動きが感じられたが、陽子たちにはその理由は一切知らされなかったという。しかし間違いなく何かが起こっていることは分かったと。突然兵隊の一部がいなくなったりしたが、もちろん行く先は上野には知らされなかった。高木の転勤もそうであった。

軍隊が突然いなくなって一番困るのは、アメリカ兵とつきあっていた日本の女性たちである。彼女たちは、兵隊たちの宿舎であった旧「水交社」の門のところまで来て追い払われたり、また、赤レンガの隊の建物を囲む金網に取りすがって泣いたりしていた。そういった女性たちを上野は何人も目撃した。彼女たちは必死になって赤レンガの建物の入り口から自分の恋人である兵隊が、ひょっこり出てくるのではないかと何時間も立ち尽くして見つめているのであった。

上野は何度かそういった女たちから、兵隊たちの行く先を教えてくれと聞かれたが、もちろん知らないし、知っていても教えられなかった。兵隊とはいえ、自分の恋人や、あるいは主人が、どこに行くのか、いつまた帰って来るのかまったく知らされていないのである。上野にしても自分の身の上を考えると、身につまされるのであった。上野は彼女たちが本当に可哀相だったと書き残している——。

✿朝鮮戦争からベトナム戦争へ

一九五〇年（昭和二十五年）から朝鮮戦争は三年間続いた。準備万端を整えた北朝鮮軍は、奇襲侵攻により南北休戦ラインを越えて怒涛のごとく押し寄せ、軍備で弱体な韓国軍は押しまくられた。一時は釜山周辺を除いて、韓国の大半が北朝鮮軍の占領下になった。それまでマッカーサーは韓国にはあまり関心がなかったらしく危機意識が少なかったともいわれている。後に、国連軍は占領した北朝鮮軍の背後を突いて、海から仁川に強行上陸し、形勢は逆転したが、今度は中国人民軍（義勇軍と言った）の参戦により、再び三十八度戦の境界線まで押し戻されて休戦した。

フジオ高木、迫水弥生の結婚式は、京都河原町三条の教会であげられた。終戦後間もない1951年（昭和26年）。日本がまだ食料難の時代に、このような豪華な結婚式を挙げられたのは、進駐軍ならではであったろう。

一九五一年（昭和二十六年）にフジオ高木は、CICの秘書のひとりだった迫水弥生と結婚している。フジオ三十二歳、弥生二十三歳であった。朝鮮戦争の真っ最中であった。舞鶴のCICでフジオと一緒だったヨシノブ・オーシロの話によると、おそらくふたりは京都のアメリカ軍のホームと呼んでいた宿舎兼セレモニーのできるホールで結婚したのではないかとのことであった。しかしこれは間違っていた。二〇二〇年の二月に、ロサンゼルスの南、長女のいる町にフジオ高木の妻、弥生さんが九十二歳で健在であることが分かり、本人に電話で聞いたところによると、ふたりは、京都河原町三条のカソリックの教会で式を挙げたということであった。知り合いがそこで神父をしていたというのである。白いウエディングドレスとモーニング。見上げるようなケーキの写真を見ると、終戦後間もない時、このような結婚式をするのは、めずらしかったと思われる。進駐軍の兵士である高木ならではの結婚式であったろう。

高木もヨシノブ・オーシロも朝鮮戦争に行っている。そして情報部隊として町に入って情報を収集した。もちろんシビリアン・クローズ（私服）である。具体的にはどこでどのような仕事をしていたか分からないが、ずっと後になって、岩国にいる甥にあたる秀雄の息子、高木寛が、フジオから直接聞いたところの話として、次のようなことを語っている。フジオはその後何度も岩国を訪れている。

あるところでフジオは民間人に成り済ました北朝鮮の工作隊か、あるいは軍隊かに直接捕まり、半月間拘束されたのだという。町中でも南北、朝鮮人が入り交じって混乱状態だったのである。現にこの戦争のさなかに、北の民間人が大量に南に流れ込んできた。誰が味方で誰が敵か分からなかった。その頃日本にいた多くのアメリカ兵たちは、ほとんど朝鮮に送り出されていた。高木は、甥の寛に、人をやたらに信じてはいけない、朝鮮という国は本当に何があるか分からないところだから、十分注意するようにと話したと言う。フジオは自分が町中で捕まり、半月間拘束された時は、生きて帰れないと思ったと――。

後に分かったことだが、この戦争にも多くの日本人が参加していた。特に木造の掃海艇に乗って、朝鮮周辺の魚雷の除去をした体験者に具体的に話を聞いたこともある。

朝鮮戦争が終わった後、フジオ高木がどこで勤務していたのかはっきりとは分からない。勤務先が京都であったとか、あるいは東京にいたという人もいる。

軍人の妻は、夫の赴任先はともかく、行く先を、基本的には知らない。たとえ妻であっても、軍の行動は決して公言してはならないことになっているからである。それは日本軍も同じであった。真珠湾攻撃で機動部隊の空母に載っていた日本軍の兵隊も、戦後も長い間、自分が真珠湾攻撃に参加したことを家族には言わなかったという。したがって高木弥生さんも、「フジオは、出張で行ったかもしれませんが、朝鮮戦争に行っておりません。ベトナムには行きましたけれど――」とおっしゃる。

高木は、職業軍人であったから、おそらくアジアのアメリカ軍の基地や、あるいは米本土の基地も後に勤務したに違いない。ベトナム戦争に参戦したのは間違いない。しかし前述のオーシロの証言によると、われわれ情報部隊は戦地でもいつも私服で町の中や村で情報収集をしていたと。

甥の高木寛が後に語ったところによると、高木は、南ベトナムの農村に行って、アメリカ製のトラクターの販売か、あるいは農機具の支給、また農作業も手伝っていたと言う。情報部員だったから、民間人に成り済まして、業者と一緒に農村の支援をしていたのだろう。

その時、アメリカ製の大きなトラクターは、底の深い泥の田圃に埋まって動けなくなってしまうが、日本製の小さな耕耘機は実によく働き、役に立った——という話を、高木は寛にしたという。情報部隊だから、農村のようすを窺うため、あるいは農村工作のために、民間人の中に紛れ込んで、そういった農機具の調達などの仕事をしていたと思われる。それはどこの国の軍隊でもやることで、満洲国時代の関東軍の特務機関が、東蒙公司《とうもうコンス》という貿易商社を隠れ蓑にして農民や、牧人（牧畜民）の中に入ってパイメン（白面。メリケン粉のこと）を配ったりして、潜伏していたのと似ている。巷の情報をつかむためであった。

高木が、ベトナムのどこで農村工作をしていたのかは分からないが、おそらく北ベトナムの国境に近いところだったと思われる。

高木が農作業や、トラクターを運転している時、よく北ベトナムの戦闘機から機銃掃射を受けたという。その時、身を守る確実な方法があった。トラクターや、車のボンネットに、日の丸の旗を広げておくことだったと——。これも寛が叔父の高木から聞いた話だ。

それには理由があった。日本ではほとんど報道されていないが（後にひとりふたりは名乗り出たこともあったが）、第二次大戦後も、ベトナムにはたくさんの元日本兵が残り、一時はベトナム独立に加担した部隊もあったが、その後は農村に逃げ込んで、あるいは農民になって生活をしていた。戦争に負けて、ベトミン軍に投降し、あるいは逃げ出して農民になって生きていた。その数も日本で知られているよりははるかに多い数だったらしい。兵隊たちは、捕虜になったという汚名を着せられることを拒み、また敗残兵として「脱走し」、戦後名乗り出ることを拒んだ。戦隊を個人的に離れるということは罪になったからである。その上、日本に帰っても日本中が焼け野原で、多くの人が死んだと聞かされ、日本に帰るより、このまま農村で、ベトナム人になって生きていこうと――。そう思った人が相当数いたとしても不思議ではない。

農村では、日本人はよく働いた。米作りもよく知っていた。さまざまな生活改善も村の陰のリーダーになって教えた。そしてベトナムの女性と結婚した。この日本人の活躍や努力は、南ベトナムだけでなく北ベトナムでもよく知られていたことだと言う。後になって分断された北ベトナムにも多くの旧日本兵がいたからである。だから、日本人のいるところにはたとえ南ベトナムであっても、北の戦闘機は攻撃をしてこない。機銃掃射は受けないのだ。高木はそう言ったという。

農作業をする時は、まず日の丸の旗を出して、車のボンネットに広げることから始めるのだと——。

多くの旧日本人兵士が、こうしてベトナムに残り、やがて土になって消えていったのだろう。もちろん日本の郷里では、夫や息子が戦後もベトナムで生きていることも知らず、名誉の戦死者として墓に祀った。多くの戦争未亡人や、親を失ったたくさんの子供たちの中には、そういったケースが少なからずあったのではないか。私の子供のころ、各町には母子寮があり、父親のない子供たちが母親と住んでいた。私のクラスに何人もいたのである。そういった子供たちの中には、おそらく戦死したと思われていた父親が、あるいはベトナムに残って生きていた人もいるのではないか——そう思うと、なんだか悲しい気もする。残された日本の母子も、戦後の経済状態、貧困の中で苦労したからである。私のクラスにも、小学校に何日も来ない母子家庭の子がいて、ある時先生が、授業中にもかかわらず、私にその子の家に行ってようすを見てくるように言った。すでに先生も何度か行っている。そして台所のかまどに、火を炊いた跡があるかどうか見て来いと言ったのである。かまども冷え切って灰もなく、何日も飯を炊いた跡がないのであった。

ベトナム戦争は三十年以上続いた。アメリカは一九五四年からフランスに代わってベトナム戦争に加担したが、それより前、第二次大戦前から、日本軍の南方派遣軍、独立混成旅団の参謀だった井川省少佐はベトミンと連絡を取り、また終戦後は部下中原光信少尉に命じて武器をベトミン軍に提供したり、フランス軍と対峙して独立戦争にも加担した。それに参加した日本軍軍人もたくさんいたのである。彼らの多くも日本には帰らないで、ベトナムに残った。

高木が、ベトナムに何年から何年まで行ったかは分からない。アメリカ兵の経歴を調べるのにはかなりの手続きが必要なのだと、MISのベテランズ（退役軍人会）の会長、ローレンス・エノモトは言う。前出の『ホノルル・アドバタイザー』（Honolulu Advertiser）のマーク・マツナガは高木から次のような話を聞いている。

一九六八年一月三十日、ベトナムの旧正月に、北ベトナムと南ベトナム民族解放戦線は、突如、南ベトナム全域で大攻勢を仕掛けてきた。すでに一年近く前から準備されていた攻撃とされ、各都市に潜行していた私服の兵士たちが、一斉に立ち上がったのである。アメリカにとっては、ベトナム戦争を通じて最大の山場であり、敗北、撤退に至った歴史に残る「テト攻勢」である。それまでは、アメリカの通信社の情報を信じていた日本のマスコミも、一夜にして「大逆転」が起こり、大慌てで紙面を刷新した。それまでは、まだまだアメリカの支配する南ベトナムの地域は広いと思っていたのである。ところが、ふたを開けてみると、南ベトナムの大半がすでに北ベトナムや解放戦線の支配下にあった。私服のいわゆる民兵が相当数入り込んでいたのだ。確かに前々から昼間はアメリカ軍、夜は北ベトナム側が支配しているとも言われていた。

何と「解放」の次の日には、南ベトナムの各都市で、赤と黒の二色刷りで「サイゴン陥落・解放」の大見出しを掲げたタブロイド判の華僑の新聞が一斉に配られた。号外のようにまかれたらしい。すでに前からそこまで用意されていたことになる。

この時の新聞を私は間もなく手に入れた。私が前から懇意にしていた香港の小さな通信社のジャーナリストが日本に持ち帰ったものだった。彼はサイゴン最後の日にアメリカ大使館に逃げ込み、さらに大使館員と一緒にアメリカ軍のヘリコプターで危機一髪、沖に停泊するアメリカの戦艦に逃げたのだと言う。大使館の建物の上の方から見ていると、眼下の庭先に「まるで猿のように」垣根を越えて飛び込んでくる「ベトコン」が見えたとも言う。

テト攻勢のその日、高木はサイゴンから東南に十二キロほどの町、ブンタウ（Vung Tau）の町にいた。おそらく私服であったろう。彼はすぐにサイゴンに戻らねばと思った。高木は町で日本人の車をヒッチハイクした。日本のビジネスマンとその家族が雇っていた車だった。町はすでに南ベトナム軍と北ベトナム側との交戦が激しく、なかなか前に進むことができない。日本のビジネスマンがすぐに、お雇いの運転手に、日の丸の旗を車のバンパーの上につけるように指示した。「日本はベトナムで戦争をしていない」とビジネスマンは大きな声で高木に言った。

高木は思わず「降ろしてくれ」と言う。私服で民間人を装っているが、彼自身はアメリカ軍の兵隊である。アメリカの兵隊が、日本の日の丸をつけて、逃走するわけにはいかない。ビジネスマンがすぐに「ここで降りたら死んでしまう。どうするんだ」。高木は反論する、「いや、私はアメリカ人だ。真珠湾で日本人のパイロットから機銃掃射を受けたんだ」と。

しかし、周りの風景は、そんなことを言っている状況ではなかった。日本のビジネスマンは、穏やかに高木を説得した。「アメリカ兵であろうが、日本人であろうがいまは命が一番大切なんだ」と。

第三章

「かえり船」の港の見える丘

✿舞鶴の丘が桜の名所になる

一九四九年（昭和二十四年）暮れに、フジオ高木と迫水周吉によって大阪府池田町から取り寄せられた百本のソメイヨシノは、舞鶴に残っていた日系のアメリカ兵と、迫水以下舞鶴造船の青年たちによって植えられたが、やがて、共楽公園の丘の上で、次第に枝を張り大きくなった。十年たち、二十年たち、見事な桜に育った。年ごとにその桜はたわわな美しい花を咲かせ、舞鶴の桜の名所となった。それまではあまり気づかなかった市民の人たちも、春になると次第に丘の上に押しかけるようになった。

それでも最初の十年くらいは、その桜を植えたのは終戦当時舞鶴に進駐していた日系のアメリカ兵、それもフジオ高木ということを知っていた人もいたはずである。しかし、二十年もたつと市会議員だった矢野健之助も、共楽公園に桜を植える許可を求められたフジオ高木の名前を忘れ、またその仲介をしたクリスチャン布川治も、舞鶴造船の迫水周吉ももうこの世にいなかったのかもしれない。

一九七三年（昭和四十八年）になって、市会議長をやっていた矢野健之助は、あの時の日系アメリカ兵のことを思い出し、苗木を寄付してくれた男と、彼に代わって百本の桜の植え付けを手伝ってくれたほかの日系アメリカ兵たちのために、記念碑を建てようと思い始めた。それより前、舞鶴駐在の日系アメリカ兵と舞鶴造船の青年たちが、何度か親善の野球試合をしたことがあるのも思い出した。新聞にも何度かそのことが報道された。舞鶴の青年たちは「オール舞鶴」という寄せ集めのチーム。日本もだいぶ復興し、落ち着いてきた頃である。

その頃、矢野が聞いた話は、かつて舞鶴にいた日系アメリカ兵たちは、一九五〇年からの朝鮮戦争に駆り出され、「全員が死亡した」という話であった。矢野は心を痛めた。その昔、桜を寄付し、日本の青年たちと一緒に植えてくれた日系アメリカ兵たちが全員戦死した――。

それならばこの見事な桜の下に、彼らの記念碑を建てて、桜を植えてくれた日系アメリカ兵の霊を弔わねばと思った。いま共楽公園で毎年見事な花を咲かせる丘の上のソメイヨシノは、その時の兵隊たちのおかげだ。終戦四年目、その頃の日本人は食べる物にも不自由をし、その日暮らしで、とても桜を植えるようなゆとりなどなかったのだから――。

そこで矢野は、いろいろな人に会って、桜を最初に寄付してくれた人の手がかりを尋ねたが、誰も覚えている人はいなかった。果してその人が生きているかどうかも分からない。朝鮮戦争で死んだのかも知れなかった。

矢野健之助は、ハワイから来た日系アメリカ兵が共楽公園に桜の植樹の許可を得に来たことだけはハッキリ覚えていたのだが、どうしても名前を思い出すことができなかった。あの時きちんと名前を書いておけばよかった――。

ちょうどそうした折に、終戦後、日系二世の兵隊と結婚した舞鶴の女性、延国千恵が法事でハワイから里帰りしていた。矢野は、その噂を聞き、延国千恵の家を訪ねて、「終戦後に共楽公園の丘の上に桜を寄付した日系アメリカ兵を知らないか？」と尋ねた。もちろん延国も知らなかった。戦後、舞鶴駐屯軍の日系米兵と結婚し、ハワイに住んでいる女性はたくさんいたけれども、そんな話は聞いたことがなかった。

何とかそのアメリカ兵に感謝の意を込めて、記念の石碑を建てたいという矢野に、延国千恵はホノルルに帰ったら、地元の新聞に舞鶴に桜を植えた人を探す記事を書いてもらうことを約束する。

延国は、帰国後、早速ホノルルで『ハワイ・タイムス』という日本語新聞社を尋ね、桜の記事を書いてもらう。しかし反応はいまいちだった。その記事を読んで、ひとりエディー・ハシモトという人から延国に電話があったが、ちょうど延国が留守だった。そしてその後は一度もかかってこなかったという。おそらく舞鶴に桜を植えたことを知っている人間だったか、あるいは実際に桜を植えるのを手伝った日系アメリカ兵かもしれなかった。もちろん桜の贈り主そのものも現われなかった。

仕方なしに、矢野は自分の知り得るかぎり昔の話を思い出して、いろいろな人に石碑を建てたいという話を説いてまわり、寄付を募った。かなり熱心だったという。それで矢野を入れて二十人の募金が集まった。矢野は行動力のあるやり手の市会議長だった。終戦後の日本人の虚脱状況と、焼け跡の惨状も身をもって体験していた。また戦前の教育を受けている者らしく、桜を植えてくれた人に対する恩義も人一倍感じる男だった。

あの頃の日本人は、毎日食べることで精一杯、とても桜どころではなく、当時、何で桜なんか植えるのだ、と思った人も多かったという。

✿「ハワイ日系二世をしのぶ友好平和のサクラ」碑、建つ

一九七三年四月十一日、共楽公園の丘の上の、桜に囲まれたちょっとした窪地に石碑は建った。立派な石碑である。それが「ハワイ日系二世をしのぶ友好平和のサクラ」の碑である。桜が植えられてから実に二十四年後のことであった。

碑は、メインの石に、鳥取県千代川《せんだいがわ》の上流、佐治川に産する日本でも三大庭石といわれる有名な石、緑色千枚岩の佐治川石が使われた。白い斑入りの石であった。台座を入れると二メートル以上あった。題字は当時の市長、佐谷靖が書いた。

その石は、明石市で建設業をやっていた舞鶴出身の木村寿賀市が寄付をしたらしい。おそらく碑の建設工事も彼が引き受けたのであろう。傍に、立派な碑誌も建てられ、裏に碑を建てた発起人の名前が代表矢野健之助の後に二十一人書いてある（一名は後で付け加えられた）。

「ハワイ日系二世をしのぶ友好平和のサクラ」の碑。右は碑の謂れを書いた碑誌。

碑誌のオモテ面には石の寄贈者木村寿賀市の名前で、サクラ碑の謂われが書いてあるが、内容はおそらく、発案者である矢野健之助が書いたと思われる。

確かに二十数年前、自分のところに布川治を通して、日系アメリカ兵から共楽公園に桜を植えたいと申し入れがあった。だが矢野はその頃のことをはっきり覚えていないのだ。その頃の舞鶴市は桜どころではなかった。焼け野原にバラックは建っていたが、造船所や軍関係の仕事はなくなり、失業者は町にあふれ、仕事もなかった。海軍の町だった舞鶴は、戦後、人口も次第に減り、瀕死の状態だった。

矢野は当時を知るいろいろな人に、桜を寄付した日系アメリカ兵の手がかりを捜して歩いたが結局分からなかった。そして『ハワイ・タイムス』にも記事を書いてもらったがこれといってはっきりとした反応はなかった。それでとうとう自分の記憶と、巷でいわれている話を矢野が纏めて碑文にした。それは次のような文面であった。

✿矢野健之助の碑文の問題点

「第二次大戦後、海軍のまち舞鶴市は大きな転換に迫られ、市民は方途を失って虚脱化していました。荒れはてたまち並みと山野、この中で、若いサクラの樹木が次々植えられ、舞鶴市民に平和と復興の勇気をつけてくれました。

この『友好の使者』は、（昭和）二十年後半から舞鶴市に駐留した米軍のハワイ出身二世兵士二十三人です。『国籍はアメリカだが、祖国は日本、荒れた祖国に少しでもうるおいを』と、二十一年春どこからかサクラの苗木約百本を運んで、共楽公園と付近の学校周辺に植えました。

その年、二世兵士らは朝鮮戦争の勃発で舞鶴市を去りました。

その後に伝えられたのは、二世兵士全員戦死の報、百本のサクラはスクスク育ち、いまでは、舞鶴のサクラのリーダー格になっています。舞鶴市を荒廃化し、二世兵士らの命をも奪った『戦争』、世界平和のための犠牲ともいえます。

祖国日本の平和と復興の願いが込められたこのサクラをみんなで育て、二世兵士らの冥福を祈って碑を建設しました。

寄贈者　明石市中朝霧丘九番十三号　寿建設株式会社

代表取締役　木村寿賀市」（カッコ内は、著者の加筆）

この碑が立った一九七三年四月十一日の『京都新聞』の記事（丹後版）によると、「きょう記念碑除幕。共楽公園由緒のアロハ桜満開」という記事が載っている。桜が満開の時に合わせて除幕式をやったのだろう。

新聞の記事にも、碑文にあるように「二十六年前、舞鶴に駐留したハワイ日系の二世米兵士二十三人は、地元の人たちの温かい思いやりに胸を打たれて、百本のソメイヨシノを寄付した。この時の二十三人はその後、朝鮮動乱に出役、全員が死亡するという悲しい最期を遂げた。それだけに毎年必ず咲くアロハ桜は見る人を感動させている――二十六年前

友好平和のサクラの碑誌には、桜を植えた日系アメリカ兵が、その後、朝鮮戦争に行き、全員死亡したことが伝えられた、と書いてある。

は高さ二メートルにすぎなかった桜がいまでは十五メートルに成長し、みごとに咲いて春を振りまいている」と書いている（傍点は著者の加筆。この数値は後に誤りであることが判明する）。また記事は同時に、同じ舞鶴の桜の多い与保呂地区にある水源地の桜の七割が、テングス病などの被害を受けて花が例年のように咲いていないと報告している。「七割が全滅。花の名所、明暗二相」と題した記事である。共楽公園の方は被害がなく見事な咲きっぷりだったらしい。

　実は、私がこの桜のことをいろいろ聞いて回るうちに、この碑文にはかなりの問題があることが判明するのだが、当初、そのことに私はまったく気がつかなかった。矢野健之助の記憶違いと思い込みがたくさんあった。そのため後でいろいろ議論を引き起こすことになる。少しずつ解明していこう。

それからもうひとつ特筆すべきことは、二〇一九年に私が二度目に、共楽公園に行った時、このアロハ桜の碑の周りに、明らかにかつて一九四九年、高木が寄付し、迫水周吉と日系アメリカ兵が植えた太い古木ではなく、中くらいの太さの比較的若い桜がたくさんあったのに気が付いたことである。

それは、矢野健之助の話を聞き、『ハワイ・タイムス』に記事を書いてもらった延国千恵が寄付をした桜に間違いはなかろう。おそらく、一九七三年の碑の建立と同時に、あるいはその前後に植えられたもの。誰も目にとめないが、窪地の手前に、小さな白い看板があって、延国智恵子が植えたと書かれている（この看板には、千恵ではなく千恵子と書かれている）。「友好と平和の桜碑　建設記念植樹」と題されている。舞鶴出身の延国が、日系アメリカ兵と結婚し、舞鶴からハワイに渡った人間として、終戦後、ここに桜を植えた日系アメリカ兵に思いをはせて、さらに自分も植樹したのであろう。しかもその日系の兵隊は朝鮮戦争

進駐した日系アメリカ兵と結婚した延国千恵（子）は、法事で舞鶴に帰った時、市会議員の矢野健之助が尋ねて来て、終戦後、共楽公園に桜を寄付した兵隊探しを頼まれた。アロハ桜の碑が建てられた時、延国も碑の周りに桜を寄付した。現在、その木も大きくなり見事な花を咲かせている。

ですでに死んでいるのかもしれなかった。記念植樹のタイトルの横に、小さく「ハワイ在住　中舞鶴出身　延国千恵子」と書かれている。終戦後、舞鶴出身の女性が、いまも海の向こうのハワイに住み、どっこい元気で生きていることを、彼女は舞鶴の人たちに、いや「舞鶴の空」に、訴えたかったのではないか——と私は思った。小さな看板に、彼女がいまも健在でいることの証しを「中舞鶴出身・延国千恵子」のつつましやかな小さな字が物語っていた。

この証拠を裏付けるものとしては、瀬野祐幸という人が、舞鶴の石碑について纏めた『碑とその語るもの』という本の中で書いている。石碑が建った時、「その左手奥にも若い桜の苗木が何本も植えてあった」と。しかし、その若い新しい桜の苗木が、実は延国千恵が植えたものだとは瀬野は気が付かなかった。瀬野は旧家に生まれ、海軍の技手《ぎて》を経て、戦後は近畿財務局で大蔵事務官をした人だ。舞鶴では名士である。アロハ桜の碑と古い桜の樹ばかりが注目されて、延国が植えた若い桜の木には誰も注意を払わないのである。

それから五年ほど後の一九七八年頃、ホノルルに、舞鶴ライオンズクラブの会長であった山本という人が現れて、やはり舞鶴に桜を寄付した人を探した。これは後に、ハワイの邦字新聞『ハワイ報知』の、やはり桜を植えた人を探す特集で、渡辺憲市が証言したことだ。その後も「桜の贈り主捜し」が続けられていたことが分かる。渡辺は、元舞鶴駐屯日系アメリカ兵ＭＩＳである。ライオンズクラブの山本という人は、おそらく矢野健之助から頼まれてハワイに来たのであろう。ハワイでは、舞鶴にいた元日系アメリカ兵たちが、戦後「舞鶴クラブ」（Club Maizuru）という親睦会をつくっていた。初めは年に二回集まり、後には年に一回、それも、年を重ねるごとに呑兵衛ばかりが残って集まっていた。山本はその舞鶴クラブの人たち五、六人に集まってもらい、話を聞いたが、やはりはっきりとした情報は得ることができなかったという。ハワイでの、「桜の贈り主捜し」は、二回目であった。

✿真珠湾に行った日本の練習艦隊

それからさらに五年がたった。桜が植えられてから三十二年目である。

一九八二年十月十八日、ハワイの真珠湾に日本の海上自衛隊の護衛艦「あさぐも」と、練習艦「かとり」が錨を下ろした。

二隻の船は練習航海で、海上自衛隊の幹部候補生、江田島第一術科学校の幹部候補生第三十二期の卒業生を乗せていた。海上自衛隊の練習艦隊が遠洋航海を始めて二十六回目、ハワイ経由で北米と中南米も回ることになっていた。

港に入る前に、一度湾内で停泊するのだ。この時真っ先に乗り込むのが、防衛担当領事と自衛隊のホノルル駐在連絡官、それにボランティアで海上自衛隊の広報の仕事をやっている小笠原文武が乗り込んだ。元々、小笠原は映像作家で、自衛隊の広報映画もつくったこともある関係で、ハワイに移住後も毎年自衛艦が入るたびに出かけて隊員の世話をしていた。この時の練習艦隊の司令官は田辺元起、副官の首席幕僚は平間洋一一等海佐（当時）だった。

平間洋一は父親も元日本海軍、息子の洋一は戦後防衛大学校に進み一期生。一九八〇年から舞鶴の第三十一護衛隊の司令として舞鶴にいた。暇を見ては市民講座に通い、舞鶴の歴史から、書道、和歌なども勉強した。この時の歴史講座で知り合ったのが、舞鶴商工会議所の会頭だった。

翌年、平間は練習艦隊の首席幕僚に任命され、晴海埠頭を出発し内地巡航で舞鶴へ寄港。船上のレセプションで再び青年会議所の会頭に会った。するとその男が、「平間さんもご存じでしょう。共楽公園の見事な桜の山を。しかし、この桜は、昔、終戦後に舞鶴に来た進駐軍、それもハワイ出身の日系のアメリカ兵が桜の苗木を百本寄付したんですよ。いま、市もいろいろ手を尽くしてその兵隊を捜しているのですが、未だに誰だか分かりません。平間さん、今度ハワイに行ったら、その兵隊を捜してくれませんか」と言う。さらに続けて「その桜を植えた日系二世の兵隊たちは、舞鶴の青年たちと野球の親善試合をしたりして日本の青年たちと交流したのですが、一九五〇年に朝鮮戦争が勃発し、彼らはすぐに動員され、桜を植えた二十三人は全員戦死したそうです」と――。

そんなこともあったのかと平間は驚き、さっそく隊の写真班に命じて、共楽公園の桜の写真と、謂われが書いてある「ハワイ日系二世をしのぶ友好平和のサクラ」の石碑の写真を撮ってこさせた。せめてその写真をハワイにいる二十三人の遺族たちに渡してやりたいと思ったからである。

「日系二世の兵隊たちが植えてくれた桜が、いまはこんなに大きく、見事な花を咲かせていますよ。植えてくれた兵隊たちは残念ながら朝鮮戦争で亡くなられましたが、桜はいまでも舞鶴の多くの人たちに心から喜ばれていますと――」そう遺族に知らせてやりたかったのである。

平間は桜の謂われを聞いて、すぐにその遺族たちに思いを馳せた。平間もまた、思いやりのある自衛官であった。

平間はそれまでにも、ハワイには十回以上、十四年前には、明治百年、ハワイ移民百年の記念祭に常陸宮に随行したこともあるベテランであった。

とまれ一九八三年秋、平間は護衛艦「あさぐも」と練習船「かとり」を率いて、江田島の幹部候補生学校の卒業生を乗せてハワイに行った。司令官は田辺元起だったが、田辺はいわば名誉会長で、平間は、アメリカ軍との折衝や日米両軍の情報会議、礼砲の交換、音楽隊などのイベント、親善のレセプションも含めて、渉外事のすべてを引き受けて忙しかった。この時に手伝ってくれたのが、くだんの小笠原文武だったのである。

小笠原は、平間から預かった舞鶴の桜とアロハ桜の碑の写真（パネルにしてあった）をすぐに『ハワイ報知』の記者、庄司光伯に持ち込んだ。それが『ハワイ報知』で記事になった。三十二年前の桜の苗木の贈り主を探す記事だった。

・・・

するとと今度は、何人かの元兵隊で舞鶴にいたことのあるハワイ日系の兵隊たちから連絡があった。実は、前述したように、戦後舞鶴にいた兵隊たちの親睦団体で、毎年二回くらい集まっている「クラブ舞鶴」という会があったのである。名乗り出たのはそのメンバーだった。

そこで『ハワイ報知』の庄司光伯は、それらの関係者の中から、小笠原を含めて、主だった五人に集まってもらい、座談会を開いた。その座談会の一部始終が、翌年の新聞の正月大特集「舞鶴共楽公園に咲くアロハの桜・秘話」という記事になった。一九八三年の『ハワイ報知』一月一日の八ページぶち抜きの大特集である。

平間は、後にこのことを海上自衛隊の交友誌『水交』に書いている。

平間はその後、呉の自衛隊に転勤になり、後にフジオ高木が舞鶴に招かれて来た時は、勤務で舞鶴には行けなかったという。その後、彼は自衛隊を退き（退官時海将補）防衛庁の戦史部に。さらにその後、防衛大学校の教授になって学者の道を歩んだ。後に戦後六十年を記念してフジテレビがアロハ桜のテレビ番組を撮る時、テレビの取材班が平間のところに取材に来ている。余談だが、彼はまた、後に呉の戦艦「大和」の記念館「大和ミュージアム」の設立にも関わっている。長い間時間をかけて資料を集め、展示品を収集していた当時の市長小笠原臣也に協力し、さまざまな面でアドバイスをした。

✿ハワイで桜を植えた人を探す

『ハワイ報知』において、何人かで座談会をすることにより、当時の舞鶴駐留部隊のことや、桜を植えた兵隊のこと、また日本人と野球をしたり、あるいは朝鮮戦争に駆り出されたりした兵の手がかりも出てくるのではないかと、庄司光伯は考えた。

確かに、この八ページにも及ぶ、座談会の記事を丁寧に繰り返し読むと、終戦後の舞鶴はおろか、当時の日本の荒れ果てた町々のようすから、貧しい日本人の生活や思い、また進駐軍と日本人との関係、そして日本人の知らない在日進駐軍の仕事や実態が見えてくる。

1983年1月元旦の『ハワイ報知』紙の桜を植えた人探しの大特集。

これらは私としても、基地の町で育った「少年体験」があるから、後になって「そうだったのか」と思うこともとても多かった。

以下、『ハワイ報知』の特集記事から、いろいろな手がかりや問題点を探ってみる。もちろん、最終の目的はアロハ桜の苗木を百本寄贈した兵隊を探すことであるが、六人の座談会から、ハワイの日系人の歴史から生活、そして移民の一世、二世の思いも浮かび上がって来ることに興味を覚えた。

繰り返すと、平間洋一がハワイに持ち込んだ舞鶴の桜とアロハ桜の石碑の写真パネル三枚がまず『ハワイ報知』の記者、庄司光伯に持ち込まれた。そして、最初に出た記事が、十月二十二日に掲載された「舞鶴市のアロハ桜」というタイトルで、「桜を植えた日系人は誰か？」という小さなお尋ねの記事であった。

そしてこの記事を見て、日系人の何人かから新聞社に連絡が入った。そのうちのひとつが広兼美恵子からの手紙である。

「舞鶴市『アロハの桜』の記事、拝見しました。（日系二世の）亡き夫も（桜に関わった）そのひとりではないかと思われますので、一筆お知らせします。

（夫は）舞鶴駐留は昭和二十三年から二十五年（まで二年間）。

昭和二十五年八月、朝鮮動乱にて朝鮮へ、（二カ月後）十月戦死。

残された遺児も（いまは）ハワイ大学卒業後（結婚して）三十二歳の主婦となっております。

私は（オアフ島にある、第二次大戦、朝鮮戦争で犠牲になったアメリカ兵の国立の墓地である）パンチボウルにお参りし、立派に子供を育て上げたことを（主人に）報告するのをひとつの誇りとしております。
広兼二郎　昭和二十五年十月十二日戦死。朝鮮にて。当時二十五歳」（カッコ内の記述は、著者の加筆）

というものである。文章は簡潔で短いが、多くのことを物語っている。二十五歳で亡くなった夫、その時妻美恵子はもっと若かったかもしれない。おそらく結婚後、一年と何カ月で夫は朝鮮戦争に行き、しかも二カ月で戦死。その後彼女は子供を抱えてどのような生活をしたのであろうか。舞鶴の両親は、ふたりの結婚を歓迎してくれていたのだろうか。ハワイにはいつから来たのか。子供を抱えてひとり、さぞかし苦労をしたに違いない。

そしていまは子供を立派に育てあげたことを誇りにしていると。頑張った美恵子の心意気が感じられる。子供を立派に育てたことが、何ものにも代えられない女の勲章でもあろう。そして亡き夫が、舞鶴にいる時、仲間と一緒に桜を植えた中のひとりではないかと、訴えているのである。頑張った戦争未亡人の誇りとともに、私にはとても悲痛な叫び声に聞こえた。夫が桜を植えたのではないか、ということより、自分の存在そのものを知ってほ

『ハワイ報知』を見て、桜を植えた日系アメリカ兵の中に、自分の主人がいたのではないかと名乗り出た広兼美恵子は、舞鶴で結婚後、すぐに夫が朝鮮戦争に行き亡くなったが、自分は立派に娘を育ててきたことを女の誇りと思っていると書いてきた。夫、広兼二郎の墓。

しい、そういった願いが感じられる。短い手紙の行間から、彼女の人生を推し量ると涙が出てくるのである。

一方、『ハワイ報知』には、ほかに何人かから電話も入った。元日系アメリカ軍の舞鶴駐屯部隊MISのメンバーからである。前述したように、舞鶴に駐屯したことのある日系兵士たちが、戦後ハワイに帰り、ホノルルでつくった「舞鶴クラブ」の会員である。

そこで『ハワイ報知』の庄司光伯は、そのクラブのメンバーから何人かを選んで、集まってもらい、座談会を行った。その中から桜を植えた人の糸口が見つかると思ったのである。

その座談会の話の中心になったのが、練習艦隊司令部首席幕僚の平間洋一が持ってきた三枚の写真の最後の一枚であった。写真は大きなパネル状で、一枚目は立派に咲いた桜の写真。二枚目の写真は、共楽公園の「ハワイ日系二世をしのぶ友好平和のサクラ」碑の写真、そして三枚目は、その傍らにある碑誌のアップで、石碑を実際に建てた建築業の木村寿賀市の名前にはなっているが、内容は市会議員の矢野健之助が書いたと思われる碑文である。

この碑文に対して、出席者みんなが異議を唱えた。それは「われわれ情報部隊ＭＩＳが舞鶴に進駐したのは昭和二十年後半からではない。二十三年である。人数は百人をはるかに超えていた」「桜を植えた日系アメリカ兵は朝鮮戦争に行って全員死んだというのはおかしい」ということであった。それについては後述するが、碑文にはほかにもいろいろ問題点があった。

また、以前にも私はある人の新聞投稿で経験があるが、こうした「瑕疵のある文面」は、逆にさまざまな議論を巻き起こし、そのために多くの人が意見を申し出て話題になり、議論が深まるという利点もある。碑文は先に紹介した通りである。

この碑の後ろに、白い看板があり、碑の裏面にある碑建設代表者の矢野健之助の名前とともに、二十名の名前がある。発起人、つまり碑を建てる時にお金を出した人たちの名前であろうが、碑の裏側の名簿の最後に彫ってある加古川市の谷本年治の名前が、後ろの白い看板には載っていない。つまり碑には二十一名の名前が書いてあり、看板には二十名しかない。後で石碑に一名追加したのであろう。石碑の左の余白の空間が狭すぎる。

石碑の名前は、江守芳太郎、渡辺彌蔵、福井淳蔵、岡田武雄、中西勇、池田淳郎、千阪正、毛受雄、大下省治、山田良敏、小西茂樹、門脇春雄、岸田隆一、小宮山勝、真下吉之助、小林鐵男、吉村源三郎、竹橋春雄、常見道夫（看板は通夫）、坂梨諒、谷本年治（加古川市平岡町土山）の二十一名である。

『ハワイ報知』の記事で、新聞社に電話をかけてきた人は、まず谷口ストアの谷口氏、ワイパフの佐藤虎次郎氏、後藤健治氏、ベン海東氏であった。谷口ストアというのはホノルルの大きなスーパーでまた日本人会の名士である。庄司光伯はこれらの人から話を聞き「舞鶴クラブ」のメンバーの中から、五人を選んでもらい、それと、平間洋一一佐との取り次ぎをしてくれた小笠原文武を入れて庄司が司会、都合七人で座談会をした。
メンバーは、
渡辺憲市（元少尉、証券会社勤務）、
浜武勇（元軍曹）、
田中政美（元軍曹、建築関係）、
稲福政仁（元軍曹、コーストガード）、
延国千恵（舞鶴出身、駐留軍の日系二世兵士と結婚、ホノルル在）
であった。このうち女性の延国千恵と、『ハワイ報知』に手紙をくれた広兼美恵子や、また浜武勇、それに後に判明した桜を寄付したフジオ高木と迫水弥生は、みんな「舞鶴駐留の日系アメリカ兵と、舞鶴の女性との結婚」という組み合わせである。日系アメリカ兵が、駐屯地の日本女性と結婚したケースがいかに多かったかが分かる。

✿『ハワイ報知』の正月大特集

『ハワイ報知』が行った元舞鶴駐在の日系二世兵士の座談会「舞鶴市共楽公園に咲くアロ

ハの桜・秘話」の特集記事は、一九八三年の一月一日の正月特集号で、一ページの半分以上を割いて（下側は広告）、しかも八ページにわたる大特集だった。舞鶴の「アロハ桜」の碑が建立されてからちょうど十年目に当たる。各ページのタイトルだけを列記すると、

・「百本もの桜を、一体誰が植えたのか？」
・「われわれの任務は、ソ連の情報を集めることだった」
・「ポトマック川の桜を思い出して植えたのだろう」
・「情報部隊が前線で戦死することはまずない」
・「十年前タイムスに載ったが、反応がなかった」
・「コトンクの桜じゃ面白くもなんともない」
・「ついに判明した桜を植えた野球チーム」

といった感じだが。延国千恵を除いてはみんな「舞鶴クラブ」のメンバー。終戦後一時期、特に朝鮮戦争の前に舞鶴にいた人たちである。当然、その頃の日系アメリカ兵の話になる。さまざまな話が出たが、分かったことを大きく纏めると、

一、終戦後、一九四七年に舞鶴にやってきた日系アメリカ軍は、二年のあいだ舞鶴に駐屯し、渡辺憲市、元少尉が言うように彼の所属する「第五〇〇情報部隊」の第三五四と第三五五の二個中隊が、シベリア帰りの抑留者から、ソ連のようすを聞いた。渡辺の言によれば、舞鶴に駐屯した日系アメリカ兵は、情報部隊で五十人くらいいたと（しかし、後に『毎日新聞』の広岩近広が残した上野陽子へのインタビュー記事では、七十五人から八十人となっている。それによるとまず軍事情報部であるMISが、シベリア帰りの兵隊を取り調べ、その中で特にソ連に感化された人間、帰国後、日本で共産主義運動をすると思われる人を、さらにCIC対敵諜報部に回す。つまり二重関門になっていた。MISは人数が多く、CICは、八人から十人と人数が少なかったと。証言する人によって人数が違う。高木と一緒にいたヨシノブ・オオシロは、MISは全部で百人いたという）。

二、ハワイの日系兵士は入隊後、まず基本的な訓練の後、フジオ高木と同じように、アメリカ本土のミネアポリス のキャンプ・サベッジで日本語や諜報活動の訓練を受ける。高木はその後キャンプ・リッチに行っている。対談に参加した渡辺憲市、浜武勇は、その後移ったカルフォルニアのモントレーの学校で勉強している。一般的に日本人は、子供の時から本願寺で行われていた日本語学校に行っているとはいえ、実際には日本語はあまりうまくなかった。日系人といっても、人によって日本語の習熟具合はかなり差があったらしい。ヨシノブ・オーシロは、自分は日本に来た当初、小学校一、二年の日本語しかしゃべれなかったと言う。

三、「クラブ舞鶴にいた奥野という男が一昨年亡くなったけれど、彼はよく言っていたよ。『ワシらが植えた舞鶴の桜は、もう大きゅうなっとろうのう。きれいに咲いとるかのう』」と、田中政美元軍曹は座談会で言っている。広島弁か、山口弁である。ここで、桜を植えたひとり、奥野という人が出てきた。

四、いずれにしても、座談会の参加者の中でフジオ高木を具体的に知っている人は誰もいなかった。前述したように、延国千恵が瀬野祐幸著の『碑とその語るもの』という冊

座談会に集まった人々。前列左から浜武勇、田中政美、稲福政仁。後列左から渡辺憲市、延国千恵、小笠原文武。アロハ桜の額の写真は、練習艦隊の首席幕僚、平間洋一一等海佐（当時）が舞鶴から持ち込んだもの。

子を持参していて、みんなに見せ、その中に、「高木二世という人が、CICに勤務していたタイピストの迫水（弥生、周吉の娘）に桜を植える相談をし、彼女がクリスチャン仲間の布川《ふかわ》治を紹介、さらに布川が、当時、舞鶴市会議員だった矢野建之助を紹介した」という話が出てくる。おそらく共楽公園へ植樹をするために、当時は絶対権力を持っていたなんでもできる進駐軍とはいえ、公式に市の許可が必要だったのであろう。しかも、布川は、高木が提供したという百本のサクラのうちの一本を貰い、自宅の近くに植えていまでもその樹がある――と。

そこで座談会出席のリーダー格の渡辺憲市（元少尉）が、「高木という将校は（われわれの大勢いたMISと違い）CICだった」と言う。「CICというのは二十三人いたのですか」と司会の庄司が聞く。野球をしたのが二十三人だったからだ。「いや十人もいなかった。ＣＩＣには高木以下三名しかいなかっただろう」。渡辺はちゃんと自分たちのＭＩＳのほかに（ワンランク上の対敵諜報部隊の）ＣＩＣがあったというのを知っていたのである。

「高木二世というのは少尉ですか？」と小笠原。「そうだ。コトンクのね」と渡辺は答えている。コトンクというのはハワイの日系人が、アメリカ大陸の日系人に対してのスラングで、やや馬鹿にしていう言葉である。渡辺は高木が「ハワイではなくアメリカ大陸出身の二世だ」と言っているのである（だからわれわれとは付き合いがなかったという意味である）。

「われわれはミネソタで訓練を受けた後は軍曹だが、日本に来てから将校になった人もいる。私もそうだ」と渡辺。高木がすでに将校だったと暗に言っているのだ。同じ訓練を受けても白人は卒業と同時に将校になるが、日本人は軍曹止まりだった。当然に差別があったのである。フジオ高木はいつ将校になったのかは分からない。

ここから座談会の話は、ミネソタの訓練の話になっていった。高木の話はそれ以上発展しなかったのである。高木は、本当は座談会のみんなと同じハワイ出身の二世だったが、渡辺が、「高木は米本土の二世だ」、つまりコトンクだと言ったために、みんなが興味を失ったのかもしれない。渡辺の見解は間違っていたのだ。

五、矢野健之助という人は、この舞鶴の「ハワイ日系二世をしのぶ友好平和のサクラ」の碑の建立をリードした人で、碑の後ろの「立て札」に建立に尽力した人の名前がずらりと書いてあり、その巻頭に、ひときわ大きく彼の名が書いてある。

ずっと後、二〇一八年になって、初期のアロハ桜の保護、育成に協力した植田暎正（元海上自衛隊勤務、八十二歳）に話を聞くと、矢野健之助はやり手の市会議員で、ヤノケン、ヤノケンとみんなから呼ばれていた人だと。舞鶴市民は本名の矢野健之助という名前は知らなくても、ヤノケンは知っていたと。とにかく話がうまく、金集めもうまかったらしい。そのおかげで碑が建ったのだ。

六、座談会のあいだに「舞鶴に駐屯していたわれわれが桜を植えたのを知らないのだからフジオ高木はコトンクではないか」という発言がさらにあり、この新聞特集の七番目

座談会に延国が持参した舞鶴の碑を書いた冊子『碑とその語るもの』。元海軍技手、瀬野祐幸著。この中で、瀬野は「3丁目の布川治の記憶では、クリスチャン仲間の迫水（CICタイピスト）の紹介で、高木2世が自分に桜を植える相談を持ち込んできたので、矢野市議に相談した」と植樹のいきさつを書いているが、高木2世だけは、その後の消息がハワイでも分からなかった。

のタイトルにあるように「（日系アメリカ兵が桜を植えたというこの話は）コトンクの桜じゃ、面白くもなんともない」という小笠原の発言になり、一同が爆笑したとある。

コトンクというのは、前述したように、ハワイの日系人が、メインランド、つまりアメリカ本土の日系人を指していう言葉で、つまり「椰子の実がコトンと落ちた時の音」からきた言葉。「固い石頭」という、少し馬鹿にした意味がある。アメリカ大陸の日系人は、圧倒的多数を占める白人の社会の中で差別され、常におとなしく遠慮しながら、かつ、辛抱強く生きてきた歴史があり、反面ハワイの日系人は、ハワイの人口の中で多数を占め、大戦中も一部の親日派を除いては、大半は収容所に入れられないで過ごした。同じ日系アメリカ人でも意識においてはかなりの違いがあった。

しかし、この座談会が開かれた一九八二年の末には、フジオ高木はすでに除隊しており、ワイキキからそれほど遠くないのショッピングセンターで働いていたと思われる。高木はハワイ生まれで、コトンクではなかった。

したがって座談会の三番目のタイトル「ポトマック川の桜を思い出して植えたのだろう」というのも的を射ていない。ひとりのちょっとした発言から、座談会は思ってもみない方向に流れることが多々ある。

七、一番問題になったのは、碑文の中の「昭和二十年の後半から、舞鶴に駐屯した日系二世の二十三人」という記述である。舞鶴に情報部隊が来たのは昭和二十二年であり、これはおかしい。終戦直後に駐屯したのは、別のアメリカ軍部隊のことであろう。

八、さらに問題なのは、「昭和二十一年春、日本人と野球の親善試合をし、かつ共楽公園に桜を植えた二十三人が、朝鮮戦争に動員されて、全員戦死した」という碑文である。これは座談会のみんなが疑問を呈した。すでに述べたように、高木が舞鶴に行ったのは昭和二十二年（一九四七年）であり、「舞鶴クラブ」の渡辺以下、座談会に出席した四人も同じである。また二十三人というのはあくまで野球をした日系アメリカ兵ではあるが、情報部隊であったかは分からない。

九、舞鶴にいた情報部隊（M－S）の数は人によって証言が違うが、五十人から八十人も、あるいは百人（ヨシノブ・オーシロの証言）もいたから、二十三人ではない。ましてC－Cを入れるともっと多くなる。

それからみんなが、口をそろえて言うのは、「日系二世の兵隊で朝鮮動乱に振り向けられたのは、全員ではなく、かなり少なかった」と。それにわれわれは情報部隊であったから、最前線に出されることはなく、私服で町の中に入って情報収集する。知っている範囲で戦死したのは二名だけであると。

座談会の中で稲福政仁が「自分が知っている（朝鮮戦争の）戦死者は、斉藤だけである」という。これに『ハワイ報知』に手紙をくれた前述の広兼美恵子の主人広兼二郎を入れ、渡辺憲市の知っている島袋を入れても死者は三人である。かなり少ない。これが座談会の四番目のタイトル「情報部隊が前線で戦死することはまずない」という言葉になったのだ。

この三人の名前は、ずっと後になってハワイの日系人イサミ・ヨシハラの情報をもとに調べたところ、次のように確認できた。それはロサンゼルスにある「国の戦争でなくなった日系人の記念館」の庭にある、第二次大戦、朝鮮戦争、ベトナム戦争の三つのメモリアルのうち、朝鮮戦争でなくなった人の記念碑「一九五〇〜一九五三年　朝鮮戦争に人生を捧げた日系人の碑」で確認を取ることができた。

記念碑の写真を拡大鏡でひとりひとり見ていくと、奥さんが『ハワイ報知』に手紙をくれたジロウ・ヒロツ（広津二郎）はすぐに見つかった。メモリアルの二列目の下から八番目にその名前が彫られていた。またそのメモリアルには、斉藤という名前が三人、すなわちマサキ斉藤、マサヤ斉藤、ツギオ斉藤が載っている。朝鮮戦争で亡くなったのはこのうちのひとりであろう。また島袋はふたり。ロバート島袋とシンジ島袋（またはシンゴ島袋とも読める）である。これもどちらかに違いない（野球をした二十三人の写真の中には、チャーレス島袋という名前もあるが、この人は亡くなってはいない）。

しかし、座談会の中で、『ハワイ報知』の庄司光伯も言っているが、彼もまた、「舞鶴にいたアメリカ進駐軍三百二十人のうち、二十三人のハワイ二世部隊の隊員が、舞鶴市民と野球をし、この人たちが桜を植え、さらに朝鮮戦争に行って全員死亡した」というのを基本的には信じていた。石碑と同じ内容で、しかも石碑の建った一九七三年の四月十一日の『毎日新聞』にも同じことが書かれている。

座談会に出席した人たちは、誰も舞鶴で野球をやったという話は聞いていない。またその人たちが桜を植えたとしても、全員が朝鮮戦争に参加し、また全員が死亡したというのもおかしいと。なぜならわれわれは情報部隊で、たとえ戦争に行っても最前線で戦うことはなかったと繰り返し言っている。亡くなったのは三人しか知らない――。

というのが座談会の成り行きだった。

「桜を植えた全員が朝鮮戦争で死んだ」という話は、当時は舞鶴市民の間で、まことしやかに流れていたのであろうが、一体この石碑に書いてある話の言い出しっぺは誰なのだろうか――。

十、また『ハワイ報知』の庄司光伯は、座談会で二世の兵隊たちに、終戦後の廃墟だった日本に行って、同じ日本人としてどう思ったかを、繰り返し聞いている。

浜武勇は、「最初、東京のどこを見ても焼け野原。高い建物がなくてね、平原みたいにフラットでしたよ。車に乗って座間に行ったが、子供が一杯ついて来るわけよね。ボロを来て、なんでも『くれ、くれ』と言って。可哀相でね、持っているもの全部あげました」と言う。

元軍曹稲福政仁は、「そうね、やっぱり悲しかったね。持っていたみかんなんかあげたり、いろいろあげたけど、乞食のように落ちているものを拾ったりしているのを見ると、悲しかった」と。

こういう話は身につまされる。身に覚えがあるからである。私自身も経験があるが、田舎でアメリカ軍のレーダーのある山に続く未舗装のバス道に、シンチューグンのジープや、トラックが停まると、子供たちみんなで駆け寄って、いろいろなものをねだった。よく「ギブミー、チョコレート」と言ったというけれど、兵隊だって、いつもチョコレートを持っているわけではないから、たいていはチューインガムだった。それでもしつこくねだるともう出すものがないので、兵隊たちが財布を出して、お金をばらまく。当時、私は一日小遣い銭として五十銭玉か一円玉をもらい、一個五十銭のねじり飴を一個か二個を近所の雑貨屋で買っていたが、シンチューグンは一円玉だけでなく、十円札や、百円札をばらまいた。兵隊たちは財布をひっくり返して撒いてくれるのである。百円を拾った私の家の隣りの子は、すぐに親に取り上げられたが、後でずいぶん誉められたという。当時は、昼は蒸かした芋だけ、夜だって、おかずがないときは麦飯に醤油だけを掛けた醤油飯を食べたのである。

とにかく、自分たちと同じ民族である日本人が、惨めな暮らしをしているのを見て、日系アメリカ兵は何といっていいか分からない悲しみを覚えたのに違いない。しかも身につまされた。かつてハワイでは子供の頃から学校の先生や親から、お前たちは誇り高い伝統ある日本民族だと、教えられていたから。余計、目の前の悲惨な日本人の生活を見て、心が痛んだのである。

また、座談会に唯一出席した女性の延国千恵の発言から、舞鶴の女性で、進駐した日系二世部隊の隊員と結婚した者が結構多かったことが分かる。私は最初、このことに気がつかなかった。

隊としては情報部隊であるから、「なるべく市民とは接触するな」というのが軍の建前だったらしいが、座談会では、みんな異口同音に「多いに接触したッ！」と述べている。しかも舞鶴の女性と結婚したいという希望がたくさんの隊員から出たのだと。日系の二世たちがいかに日本の女性に感心を持っていたかが分かる。

「在日米軍はできるだけ日本人と接触しないように通達があったが、われわれは大いに接触した」と、座談会で。

延国千恵は家の隣りが写真屋で、その家のおばあちゃんと、延国のお母さんとが道で話していたところへ、日系二世の兵隊が来て、写真の現像を頼んだ。何でもハワイでその現像所を紹介されたのだという。それから延国の家にも来るようになり、彼女のお母さんが、兵隊にスイトンとか芋の煮たのを食べさしたりしているあいだに、娘の千恵と知り合いになり結婚することになったのだという。

結婚には軍の許可が必要であった。そしてその審査を、やはり日系人の座談会にも出席している渡辺憲市などが担当したのだという。

「あの頃は知り合ってすぐに結婚というのがあまりにも多かったのですよ。それで、なぜ結婚するのか、単に（女性が）アメリカへ行きたいから結婚するのか、それとも本当にふたりが愛しあっているのか、われわれは見極めなければならなかった。また女性の生活環境をも聞いたのは、単に貧乏から抜けだすためにアメリカ兵と結婚するのではないか——。そういう人も多かったから」と渡辺は言う。

その頃は、三十日前に申請しないと結婚を許可しないという軍からのお達しがあった。後に解除されたらしいが、今日会って、明日結婚する、という者もいたらしい。知り合って、結婚が許可されるまで三十日、という冷却期間が設けられていたのかもしれない。つまり一カ月たつと「お熱」が冷めるかも分からないからであろう。

渡辺によると、部隊五十人がいたらそのうち十人くらいは舞鶴の女性と結婚したのだと。

しかし離婚した人も多いという。座談会の出席者が知る範囲内でも、奥さんが舞鶴出身というのは、『ハワイ報知』に最初に手紙を寄せた広兼二郎と美恵子、それから座談会が終わってから電話を掛けてきたエドウィン今村、それに出席者の浜武勇など、四、五人にのぼった。

このように座談会はいろいろな話が出て、盛り上がり、また大戦中の日系兵士たちの仕事や、また舞鶴での任務のようすがいろいろ垣間見えておもしろい。私が子供の頃の「基地の町」で知っていたことの何倍ものシンチューグンのようすや、当時の日本の実態を知ることができたのである。

しかし、肝心の誰が桜を植えたかについては、座談会の中で出てきた奥野という、すでに亡くなっている仲間と、座談会の後、電話がかかってきたエドウィン今村という人のふたりだけである。このふたりは間違いなく「自分は実際に桜を植えた」と、座談会出席者に話をしている。今村は、(当時)ワヒアワに住み、ヒッカム空軍基地で働いているという。『ハワイ報知』の庄司光伯が、後で電話をしたところ、間違いなく自分も桜を植えたひとりだと言ったらしい。しかし、誰が桜の苗木を用意したのかまでは知らなかった。

エドウィン今村は、一九四八年から一九五〇年まで、座談会に出席した四人のメンバーとほぼ同じ経歴だが、所属部隊が違ったらしい。

今村は、「桜を植えたのは一九五〇年の春。碑文にある昭和二十二年というのは間違い。また桜を植えた二十三名というのはどこからきた数字か分からない。しかも朝鮮戦争に行き、全員死亡したというのも、信じられない。自分が知っているのは、桜を植えたふたりが亡くなったことである」と話している。

今村もまた座談会のメンバーと同じように多くの疑問を呈しているのだ。そして今村は、後で同僚の渡辺憲市に一枚の写真をことづけている。それは、十四名の日系二世のアメリカ兵と、一名のおそらく上官であろう白人の兵隊が写っている写真。日系の兵隊はみんな野球のユニホームを着て、前にバットやグローブを並べている。そして、この野球チームの十四人が桜を植えたのだとも――。

『ハワイ報知』の庄司光伯は、この今村の言葉で、この野球チームこそ桜を実際に植えた人々だったとし、座談会の締めくくりとして「ついに判明した桜を植えた野球チーム」とした。この時の写真のメンバーは、

ハリー村田（ホノルル）
スタンレー木津（ソルトレーク市）
稲嶺清勇（ホノルル）
ブラッキー安竹（パールシティ）
トム大城（ワイパフ）
ジェームス西川（日本在住）
チャーレス鶴巻（ホノルル）
チャーレス島袋（ホノルル）
トミー大石（ロサンゼルス）
ブラッキー田川（ホノルル）
リチャード佐藤（エワ）
ディック猪口（ワイパフ）
ミッキー脇田（ホノルル）
（不明）佐々木（ワイパフ）

舞鶴で、日系二世のアメリカ兵と日本人の野球チーム「オール舞鶴」が、野球をやった時の写真。『ハワイ報知』の記者、庄司光伯はこのメンバーが桜を植えたのではないかとした。

の十四人である。

しかし、厳密にいえば、その写真がいつ撮られたか、また写真の中に、明らかに桜を植えた今村も、そして「奥村が生きていたら」といわれた奥村も、また主人が桜を植えたのではないかという手紙をくれた広兼美恵子の主人、広兼二郎も写っていないのである。それに桜を植えた一九四九年暮れは朝鮮戦争の直前で、舞鶴の部隊は異動などで慌しく、野球どころではなかったのではないかとも考えられる。おそらく野球をやったのはそれより前であろう。だが、この中の何人かが桜の植樹に関わっていた可能性は否定できない。

座談会に出席した、渡辺以下四人のメンバーは、舞鶴に来る前、長崎では野球をやったけれど、舞鶴では野球をやったことは一度もなかったとも証言している。

✿呉の瀬戸内少年野球団

話はちょっと横道にそれるが、終戦後の、進駐軍と日本の少年や青年が野球をやった件については、私もちょっとした思い出がある。小学校に入るか入らない頃であった。ある時アメリカ兵と地元の青年たちとで野球をする話が持ち上がった。私の母親は小学校（呉市長迫町）の先生をしていたのだが、おそらくそのお膳立てを母親がしたのではないかと思う。日本の青年たちは母親の教え子だった。日曜日だったか、母親の勤めていた学校のすぐ上に海軍墓地のある山があって、「大和」をはじめたくさんの有名な軍艦や巡洋艦、潜水艦などの石碑や石塔が並んでいた。その山の下が広場になっていて、そこで、アメリカ軍と、日本の青年たちが野球をしたのである。

私は母親に連れられて、広場まで行った。母親は審判をやったり、また実際にバッターボックスにも立ったりした。まだ母が若かった時代だ。私が五歳とすると、母は三十歳を少し越えたばかり。逆算すると一九四九年ということになる。私はルールも何も知らないが、アメリカの兵隊たちが打った球の方が圧倒的に遠くへ飛んでいたように思う。

野球をやっている間は幼かった私はほったらかし。

多分一試合が終わって、もう一試合やろうということになった。それで私は、二試合目が終わる前にひとりで海軍墓地から歩いて家に帰って来た覚えがある。どちらが勝ったのか後で聞いたけれど覚えていない。

何十年か後に、その時野球に参加していた母親の教え子のひとりで、すでに八十歳を越えた碓井優《ゆたか》から、「アメリカ軍と野球をさせたのは、あんたのお母さんが初めてなんだ」と言われたことがある。「その時のお母さんは若くてきれいだった」とも。碓井は、後にコスモ・エイテイというベンチャー・ビジネスを立ち上げ、石川島播磨重工（呉海軍工廠の一部が、石川島播磨重工になっていた）から七十九人を引き連れて世紀の大脱藩劇を演じ、マスコミでも有名になった人である。

碓井はその後、三十年来の付き合いの映画監督篠田正浩に、自分が若い時アメリカ兵と野球をした話をし、その時若い女の先生も一緒だったと——。それを篠田が作詞家、阿久悠に話をした。それがきっかけで、阿久悠が小説『瀬戸内少年野球団』を書いたのだという。阿久悠は作詞家だが、それで直木賞の候補作品になった。こちらの舞台は呉ではなく淡路島で、その小説は篠田正浩がメガホンをとって映画になった。この映画で終戦後の進駐軍と日本の青少年との野球が有名になった。

若き日の母親が、夏目雅子のモデルだったのだろうか。そういった話が、当時の卒業生の間で、まことしやかに伝わっているらしい。もちろん本当かどうかは分からない。母親の話はともかく、この時代、全国で進駐軍と、日本の青少年が野球の交流試合をするのが流行ったのだ。

呉出身の碓井はまた、郷里の自慢話として、戦艦「大和」の話を篠田にし、その話をもとに「大和」の大型模型をフィリピンに造って映画を作ろうとしたという。

と、いうわけで、『ハワイ報知』の座談会は、多くの問題を提議し、また終戦後の舞鶴や、進駐軍の実態をある部分教えてくれたが、結局桜を植えた本人、フジオ高木の消息は分からなかった。実は高木は、その時ワイキキからそう遠くないカハラ・モールのショッピングセンターで、スーパーアドバイザーとして働いていたのである。『ハワイ報知』の八ページにもわたる「アロハ桜の記事」を高木は見たのか、見ていなかったのか。あるいは見ていても名乗り出なかったのか。たとえ見ていなかったにしても、おそらくすべての日系人のあいだで話題になったことは間違いない。何しろ数少ない邦字新聞の正月元旦の大特集である。

いずれにしても、『ハワイ報知』の庄司光伯は、事実ははっきりしないが、最後に現れたエドウィン今村の話を信用し、彼の持ち込んだ、野球チーム「オール舞鶴」の日本人選手たちと親善試合をした十四名の日系アメリカ兵の写真を載せ、かつ名前を公表した。つまりこの十四人が桜を植え、かつ朝鮮戦争で死んだのではないか――とし、座談会の締めくくりとした。何とか結論づけないとまとまりがつかなかったからであろう。ただし、実際は、桜を植えた人たちと、野球をやった人たちと、朝鮮戦争で亡くなった人たちは、同じではないのである。それでも、高木は名乗り出なかった。

第四章

フジオ高木
はじめて死の淵に立つ

✿フジオ、除隊してカハラ・モールで

フジオ高木は一九七二年に除隊した。五十三歳であった。二十年とも三十年続いたとも言われたベトナム戦争は、一九七五年四月三十日、サイゴン陥落で終結したので、ベトナム戦争終結の三年も前に高木は軍隊を除隊していたことになる。退職後、民間人になった高木は、一時、オアフ島の、ショフィールド・バラックスの陸軍基地の中にあるスーパーPX（軍の大型購買所）で働いていたらしい。元同僚のヨシノブ・オーシロが、ある時、基地の中で偶然高木に会ったのだという。その時高木は、オーシロに「PXに花を卸している」と言ったという。そこでどのくらい働いたかははっきりしない。

第二次大戦後、職業軍人でない兵隊は、早くから除隊して民間人になっている。兵隊たちの多くは、志願で、それも学業半ばで志願しているから、高校も出ていない者多い。それでアメリカ政府は戦争が終わった時、そういった兵隊たちのために、基金を設け、もう

一度学校に戻ったり、また大学に行けるようにお金を出したのである。ヨシノブ・オーシロはそれで大学に行き教育学の博士号をとっている。敗戦国であった日本の復員兵が、食べる物もなく仕事もなく、苦労したのとは大いに違うところだ。

その後、高木はワイキキ近くのカハラ・モールという高級住宅街にあるショッピングセンターで、メインテナンス・スーパーアドバイザーとして働いている。メインテナンス・スーパーアドバイザーというのは、現場で働く従業員の総監督のような仕事であったろう。そこで高木は、一九八七年まで、除隊後の花屋も含めて十五年間働いている。妻の弥生は、後にハワイ大学で日本語の教授になっている。弥生は、フジオが除隊する少し前から大学で、日本語専攻の学生や、四年次の高学年の生徒を教えていたという。当時大学で教鞭をとっていた少し若い同僚の聖田京子に言わせると、弥生は日本ではレベルの高い御嬢さん学校を出て、言葉遣いもきわめて丁寧、奥ゆかしくまた思慮深い女性だった。彼女は、戦争がなかったら女医になりたかったと言っていたと。

一九七〇年代から八〇年代は、アメリカの大学では日本語熱が高く、ハワイ大学でも日本語学科が一番大きく、先生だけでも五十人もいて、もっとも盛んな時だった。日本語教育はとても活気があった。

弥生夫婦はカイルアに住んいて、オアフの一番東、少し大学から離れていたので、いつもいい車に乗っていた。それもアメリカの中産階級らしく、五年ごとに新しい車を買い替えていたという。

『ハワイ報知』新聞の「アロハ桜の謎」と題した座談会の四年後、フジオ高木は、カハラ・モールのショッピングセンターを退職している。六十八歳であった。実はこの退職にも理由があって、それはずっと後になって判明するのだが、ここでは述べない。

そして、高木は、退職を待っていたかのように、その翌年（一九八八年）に、来日している。おそらく舞鶴に来て、かつての職場であった旧海軍の赤レンガの建物や、昔懐かしい平桟橋と引揚援護局跡周辺の、いまは海上自衛隊の基地になっている港などを見て回ったことと思われる。高木が舞鶴を去って実に三十八年目であった。若くて彼が最も自信に満ちていた時の職場だった。いわば青春の思い出の土地でもあった。

舞鶴はかつての焼け跡やバラックの並ぶ町から、戦後復興期を経て新しい家も多くなっていた。かつてのあの焼け跡のみじめさはなかった。高木を最も喜ばせたのは、舞鶴湾のたくさんの入り江や、島や、そして木々の多い山々の緑であった。そして若くて美しかった妻弥生と出会った町であった。

懐かしさはひとしおだったと思われる。あるいは妻の実家、誰がいたか分からないが迫水家にも寄り、義父周吉の墓にもお参りをしたのかもしれない。そして父母の故郷、山口県の岩国、弟の秀雄にも会いに行っている。ふたりで、両親の墓参りをした。高台の墓から日本の野や山や山裾に広がる田畑を見ながら、高木は秀雄に「ああ、ここにずっといたいなあ」とつぶやいたという。

「だったら替わろうか？」と秀雄は冗談を言った（フジテレビ終戦六十周年記念特番での秀雄の供述）。フジオはとりわけ第二の故郷の山や野に、思いを寄せたのである。美しい日本の里山であった。

特筆すべきは、高木はその前後、京都から北陸石川県の能美《のみ》市に足を伸ばしていることである。なぜ、能美に行ったのか。

実は、能美市は、かつて四十六年前、あの忘れもしない日本軍のパールハーバーの攻撃の真っ只中において、高木の目の前に不時着してきた日本の爆撃機のパイロットの故郷であった。

「朝日長章」、胸の名札に書いてあった名前。高木はずっとその名前の漢字を忘れなかった。飛行服の胸の名札に書かれていた漢字である。

海の色が血で真っ赤に染まり、自分と同じ年頃の日本の若いパイロットが自決、その顔は、当時二十二歳の青年フジオ高木の脳裏に焼きつき、いつまでも残っていた。

自決したにもかかわらず、その目は少しも苦痛そうではなく、澄んだきれいな目をしていたと、高木は同僚のヨシノブ・オーシロに話している。その青年の実家に行って両親に会いたい、会ってそのときのようすを伝えたい——ずっと高木は思っていたのだ。

能美のパイロットの自宅にはすでに両親はいなかった。その代わりに、千代子という女性が高木を出迎えた。若く見えたが、すでに六十五歳。その女性こそ朝日長章の妻であった。いや、正確にいうと妻ではなく許嫁であった。開戦当時はなんと十九歳だったという。千代子は、長章が真珠湾で「名誉の戦死」をした後、結婚することなく、そのまま朝日家に入り、養女となって生涯、義理の両親の面倒を見て暮らしたのである。

この時の出会いのようすや気持ちを、高木は文章にもまた録音にも残していない。後に、妻の弥生の話によると、この時、高木は直径二十センチほどの真珠湾の珊瑚礁の石の固まりを、わざわざハワイから持って行き千代子に手渡している。真珠湾の透明な海の底にある珊瑚礁の岩のかけらである。いくつかの珊瑚がくっついた石であるが、高木がどれほど、あの日、自決した若いパイロットに対して、思いを寄せていたかが分かる。

千代子にしてみれば、四十六年ぶりの恋人の「遺品」との出会いであった。彼女は、若い時のわずかの時間、それも長い人生の時間から比べればほんの一瞬とも思える婚約者との出会いと別れ、そしてその面影を、生涯慕って生きてきたのである。

石川県能美市にある朝日長章の墓。肖像写真の入ったもので「故海軍一等飛行兵曹　勲七等　功五級　朝日長章　於ハワイ空襲参加戦死　昭和十六年十二月八日　行年二十一歳」とある

✿隠されていた来日の理由

実は、高木の朝日長章の実家訪問には、ある重大な事実が隠されていた。それは私が、一連のアロハ桜の話を追いかけて最後に出てきた事実で、私もこれにはいささか驚き、胸を打たれた。

高木が、生涯、思い出したくない、あるいは忘れようとしても忘れられない、あの日本軍の真珠湾爆撃の日――、仲間から罵られ、首を絞められて船から降ろされたこと。またその日歩いて、おそらく十時間もかかって夜中に家にたどり着いた日のこと。二日後、「ジャップは薄汚い日本のスパイだ」と、今度はピストルで脅されて職場を追われたこと――。そんなことすべての原因となった艦上爆撃機の不時着と、若いパイロット。そして読めなかった飛行服の名札。それらを再び心の奥底から引っ張り出して、あえてその遺族に会いに行ったのには、もうひとつの大きな理由があったのである。

それは、かつて一緒にＣＩＣで働いていたヨシノブ・オーシロの証言であった。彼によると、一九八七年、高木は軍隊を除隊後、単に十五年間働いたからカハラ・モールやめたのではなく、六十八歳になったからやめたのでもなかった。彼は悪質な癌になっていたのである。何の癌だったかオーシロは覚えていないが、後に甥の高木寛に聞くと大腸癌であった。

高木は、オアフ島の南斜面の高台にあるトリプラー陸軍病院に入院した。環太平洋地域では最も設備の整ったアメリカ陸軍の誇る近代的な大きな病院である。ベトナム戦争の時は、多くの傷病兵が運び込まれたことで有名である。

当時は、まだ癌と言えば死に直結する病であった。

見晴らしのいい高木の病室からは眼下にホノルル空港と、そして真珠湾が見えた。病院からの景色はまさにハワイ一と言っていいほど。朝昼晩と、真珠湾は太陽の位置によってさまざまに変化し、輝いた。美しかった。

高木は大手術を前に、初めて自分の死を意識した。歳も歳である。ひょっとしたら手術がうまくいかないかもしれない。この歳で大きな癌の手術は死に直結する可能性があった。

彼は初めて死の淵に立った。いままで朝鮮戦争の最中に半月間拘束された時も、またベトナムで、北ベトナムの戦闘機から機銃掃射を浴びた時でさえも、彼は自分が死ぬかもしれないなどと考えたことはなかった。しかし今度だけは違った。今度の病だけはいままでと違う。ひょっとしたらもうこの世に帰って来れないかもしれない――。

手術を待つ間に、彼はベッドの上で、毎日、真珠湾を見ながら時間を過ごした。新聞を読んだ。隅から隅まで読んだ。その時偶然、次のような記事が目に留まった。

それはベトナム戦争に関する小さな記事であった。ベトナム戦争が終わって十二年たっていた。

言うまでもなくアメリカ人にとって、ベトナム戦争は苦い経験だった。高木自身も情報部隊としてベトナムの各地を転戦した。ベトナム戦争に関する記事にはとりわけ関心があった。

高木がベッドの上で見た小さな記事は、ベトナム戦争で亡くなったアメリカ兵の遺族が書いた記事だった。それはこう訴えていた。

「戦争が終わって十二年もたつのに、まだわが子の遺体も、遺品すら帰って来ない――」と、嘆いているのである。「息子がどこでどのような死に方をしたのかも、まったく分からない」という。遺族にとっては未だにベトナム戦争の悲しみは続いているとも――。

長いベトナム戦争で亡くなった兵隊の骨や遺品が帰って来ないのは、ひとりやふたりではなかったろう。しかし亡くなった兵隊の遺族にとっては、かけがえのない肉親である。「私たちの息子は、どこでどのような死に方をしたのか」、遺族はずっとそれを知りたがっていた。

その記事は、高木に、四十六年前の真珠湾で、目の前で海に沈んで行った艦上爆撃機のパイロットを思い出させた。彼は高木たちのすぐ目の前で自決し、高木らの手によって海に沈められた。ジャケットを脱がされた後、ひとりで静かに透明な海の底に沈んでいった。彼の遺体はいまでもあの真珠湾の海底にあるはずである。家族は、そのことを知っているのだろうか。いやどこで亡くなったかも知らないであろう。その時のことを知っているのは、いまや自分しかいないのだ。

トリプラー陸軍病院の病室から眼下に遠く、美しい真珠湾が見えた。海が太陽の光を反射してきらきら光っていた。日本の遺族は、まだ彼の帰りを待っているのではないか――。

真珠湾を見ながら高木は考えた。もし、このたびの癌の手術が成功し、自分が再び生を得ることができたら、あの時の艦上爆撃機のパイロットの遺族に会いに行こう。そしてあのパイロットの最後の瞬間を話してやろう。彼の死を見届け、その時のようすを話せるのはいまや私しかいない。

癌の手術の前、死の淵から彼はそう決心をしたのだ。手術は二度行った。高木が日本に出かけ、朝日長章の家族のもとに行こう思ったのには、こうした理由があったのである。退院後、彼は真珠湾で亡くなった「朝日長章」というパイロットを再び調べ始めた。だがなかなか分からなかった。軍の施設でも調べた。戦争が終わって四十二年たっていた。この時高木は、日本軍が、日本のために戦って死んだ兵隊たちの資料をきちんと調査整理していないことに不満をもらしてる。

ともかく時間がかかったが、遺族が石川県の能美市にいることが分かった。

朝日長章の実家で許嫁の千代子に会ったのは、高木にとってもショックだった。許嫁のまま、夫のいない家に入り、嫁として生涯を生きるということはアメリカ社会で育った高木にとってはとても信じられないことだった。結婚もしていないのに、「夫」のいない許婚の家に、まるで嫁に入ったように生涯をささげるのか——。

能美市の実家で、高木はその昔の自分の真珠湾での体験を話した。正直に真実を話すのが務めだと思ったからである。助けに行った救命ボートの前の波の中で、パイロットは上下に揺れていた。自決した青年の勇気に、高木は本当にびっくりしたことなど。驚いたのは、千代子の方であった。いま頃になって、許婚の死の間際の話をしに来る人がいるなんて考えてもいなかったのである。

それは、六十五歳の彼女の身にはどう捉えていいか分からないほどの衝撃だった。彼女の前に二十二歳の若い朝日長章がよみがえった。

ひとしきり話した後、高木は近くの学校に案内された。すると驚いたことに、そこにはひとりの青年の大きな肖像画が壁に掛けられていた。その肖像画こそ、高木があの日、真珠湾の海の上で見た、あの清らかな目をして死んだ青年そのものであった。高木の瞼に、四十六年前のあの時の、あの海がありありと浮かび上がった。言葉にならなかった。

――朝日長章は、戦後も故郷では決して粗末にされてはいなかった――。高木は肖像画を見た瞬間に、生涯にわたり胸につかえていた、あのいやな重いしこりのような真珠湾の思い出が解消した。まるで空気のように空に舞い上がって消えたのである。本当に胸がすつきりしたと、高木は後にマーク・マツナガにしみじみ告白したという。この時高木の心の中で、本当の戦争が終わったのであった。

昨年、つまり二〇一九年になって、私は、能美市の朝日家にコンタクトをとった。住所と電話番号を調べて、電話をしたがいつもかからない。同じ、「朝日」という名前で、しかも下の名前に、長章の章という字がついている。おそらく息子さんであろう。許嫁だった千代子が婿養子をとったのかも知れなかった。

近所の人に電話をすると、いとも簡単に、お嫁に行って名字が替わっている妹さんも隣りに住んでいるから電話番号を聞いてあげようか、と言われた。しかし、しばらくして二度目に電話をすると、ダメダメ、といって今度はけんもほろろに電話を切られた。ずいぶん雲行きが変わった。おそらく、私のこと、つまり「話を聞きたいという人から電話がかかってきた」ということが、本人に伝わり、本人が断ったのであろう。頼みの綱はぷっつりと切られた。

一カ月後、私は毎年参加している「全国桜シンポジウム」に行った。毎年、全国の各都市で開催されるもので、その年は、福島県の二本松で開催された。その時のパーティーで偶然テーブルが一緒になったベテランの桜守が能美市の人であることが分かり、千載一遇のチャンスとばかり、彼に折り入って、「朝日長章」の実家を訪ねてくれないかと頼んだ。桜守は、快く引き受けてくれた。話も、桜の話である。しかも植木屋をやっている桜守の家から朝日家はそう遠くないところだった。私はこんな人に出会えるなんて、奇遇だと喜んだ。

しかし結果は、ノーだった。会いたくないということだったらしい。

「同じ能美のそう遠くない古い植木屋のワシに、話をしたくないと断るのも、考えられない――」と桜守は言った。よほど話したくなかったのであろう。

私は考えた。おそらく「真珠湾の英雄」が戦後、いろいろな「平和運動」のなかで中傷にさらされたのではないか。そしてお国のために死んだのは、無駄死にだったと――。

戦後はとにかく、日の丸もいけない、桜もいけない、ましてゼロ戦や、戦争の話をすると右翼だ、軍国主義者だと、そう決めつけられる風潮があった。

おそらく私の推測では、当時、朝日長章は、艦上爆撃機に乗って真珠湾に奇襲攻撃をかけ、帰ってこなかったけれど、攻撃は結果的には大きな成果を上げた。地元では彼は一躍英雄となったに違いない。家の前には、「英雄の家」か、あるいは「英霊の家」と書かれた札が出され、近所や町の人たちが入れ替わり、彼の肖像を拝ませてくれと訪ねて来たのではないか。そのたびに、許嫁の千代子は家の前で長章の写真を胸に門に立ち、みんなに見せた。そして、結婚しないままに許婚に死なれた千代子は人々の同情を誘った――。昔はそういったことは珍しいことではなかったのである。お国のために命を捨てたのだから。

知人のノンフィクション・ライターの遠藤雅子は、ソニーのシドニー駐在の夫と一緒に現地に長く住み、オーストラリアと日本人の歴史を研究していた。彼女によれば、真珠湾と同じように、大戦中シドニー湾に奇襲攻撃をかけた日本海軍の三隻の潜水艦（伊二二、伊二四、伊二七）が、それぞれ特殊潜航艇を放ち、湾内深くに侵入した。何隻かは成功したが、湾内の網に引っ掛かって攻撃できずに自爆した。守りの堅い、シドニー湾に遥か北方の日本から来て、決死の攻撃を試みた男たち。失敗した者もいるとはいえ、その英雄的行為に対して、敵ながら勇敢だったとしてオーストラリア軍は彼らのために海軍葬を行い、石碑まで立てているという。日本では忘れられた存在だが、オーストラリアではつとに有名である。当時、日本で、朝日長章が称えられても不思議ではなかった。

✿高木はなぜ名乗り出なかったのか

高木が、二回の癌の手術、すなわち死の淵から生還し、日本に来て、舞鶴の懐かしい港を見学し、そして能美に行き、爆撃機のパイロットの遺族に会っても、彼が、共楽公園に桜を寄付した本人であることは舞鶴市の人たちには伝わらなかった。もちろん彼が黙っていたからである。

長い間、舞鶴市の矢野健之助や、ライオンズクラブの山本という男や、延国千恵が捜しても、フジオ高木がなぜ見つからなかったかについては、ずっと後になり、高木の舞鶴時代の秘書、上野陽子がその理由についてこう言っている。

ヨシノブ・オーシロも言っているように、七十五人から八十人いたという情報収集グループＨＩＤと、わずか十人たらずの高木やオーシロのいたＣＩＣは、組織上一線を画していた。単に情報収集と、対敵諜報という役割の違いだけでなく、お互いにあまり交流がなかったのだ。

またその後、ハワイに多くの兵隊たちが帰っても、職業軍人だった高木の退役は彼らよりずっと後、そして彼は親睦会「舞鶴クラブ」にも属していなかった（このオーシロのいうＨＩＤ〔Headquarters Intelligent Detachment〕と、座談会の中で渡辺憲市の言う、第三五四と第三五五の二中隊からなる第五〇〇情報部隊は、多分同じものを指すのだろうと思われる）。そのために高木の存在は、日本にいた時も、ハワイに帰ってからも、多くの日系アメリカ兵には知られなかったのである。ふたつの組織の違い、このことが「高木の発見」を遅らせたのだと、上野陽子は舞鶴市余部《あまるべ》で発行された地元の機関誌『あまるべ』第十四号に書き残している。

また、高木が、ハワイの新聞で何度も「桜を植えた人捜し」をやっているのに、なぜ名乗り出なかったかについては、私自身も疑問を持っていたが、それからずっと後になって、日本女性でアメリカ本土の日系二世と結婚し、また後年、夫婦でハワイに住みハワイの日系人にも詳しいスー江口から次のような話を聞いた。

つまり、「フジオ高木は、よくいうローカルボーイなんだ」と。ローカルボーイというと何だか田舎者という感じがするが、そうではなく「サムライ」なんだという。サムライという意味は武士道精神を持った男なのだが、またほかにも意味がある。

前述したように、アメリカの西海岸にいる日系人は、戦争中、有無を言わさず、全員、内陸部の沙漠の中の収容所に入れられた。戦後も白人の多い環境の中で、多くの差別を受けながら生活した。彼らは、背は低くても顔がどんなに東洋的であっても、白人たちに馬鹿にされないように生きる努力をした。清く正しく、そうすることが、白人社会の中で日本人がアメリカ人として信頼を勝ち取る唯一の方法であると――。どんなに貧しくても人の物は盗らない、嘘をつかない、常に真面目に一生懸命働く。「人に後ろ指を指されないように」、これが日系人たちの合い言葉だった。子供たちにも繰り返し教えたのである。

彼らはまた、白人のマナーも身につけた。礼儀正しく、たとえ人が見ていなくても家の中においても、服装はきちんと、いつもネクタイをして皮靴を履いていた。つまりパーフェクトな白人になろうとしたのである。もちろん英語もマスターした。

ところが、ハワイの日系人はずいぶんと環境が違っていた。日系人の多くはサトウキビやパイナップルの農場で働いていた。プランテーションである。経営者は白人だが、自分の農場の労働者のために、たくさんの住居を建て（初期に入植した人たちは自分たちで家を建てたが）、日本人をはじめ、ハワイの原住民、フィリピン人、インド人、インドシナ人、中国人、そしてポルトガル人などヨーロッパからもやって来た人たちの住まいが混在した。農園の中では、自分たちで食べる野菜畑を耕し、副業で花も作った。子供たちのために学校も作った。お寺もあった。つまりその中でひとつの村ができていたのである。ひとつの村の「生活共同体」であった。

プランテーションの中ではさまざまな言葉が飛び交った。自分の母国の言葉と英語が混じり合った一風変わった英語であった。これをピジョン英語という。正統な英語ではない。ハワイの移民の中で圧倒的に多かったのは日本人である。日本人より前から中国人は入っていたが、仕事に対する定着率が悪かったため、後に排斥されることとなる。日本人はプランテーションの中で大きな力を持ち、たびたび労働条件や生活環境の改善を要求して、ストライキも起こした。大戦が始まった時、サトウキビ・プランテーションの労働力の七割が日本人だったという。したがって、アメリカ本土のように、「全員」が収容所に入れられることはなかった。人数が多いし、それに何しろプランテーションそのものが成り立たなくなるからであった。
比較的大きな都市や、その周辺で暮らすアメリカ大陸の日本人に対して、ハワイの日本人は畑で働くことが多かったのである。

おそらく若い頃のフジオ高木は、英語もあまり得意ではなかったのではないかと、スー江口は言う。だから寡黙だった。あまり自分のことも、べらべらしゃべるタイプではない。しかし、多くの日本人は、しゃべらなくてもきちんと自分の仕事はやる、不言実行の人たちだった。それにみんなが一様に謙虚だった。そういった日本人がハワイには多かったと。気持ちはピュアで、しかも人には思いやりを持っていた。たとえば、人に物をやるときも、黙ってポンと物を投げて行ったりする、そういう人だったのではないか。それがサムライだ、とスー江口は言うのである。

だから『ハワイ報知』で「桜を植えた人探し」が話題になっても、フジオ高木は自ら名乗り出なかった。高木は寡黙で、自らの行動を自慢するようなタイプではなかった。実際、私が接した数少ないハワイの日系人も、そういった寡黙で遠慮深い人が多かったように思う。

✿プランテーションの日本人コミュニティ

それから、私がずっと最初から持っていた疑問——なぜ両親の高木森助とユキは、十五歳の長男フジオをハワイに残して、岩国に帰国したのか、ということである。さらに言えば、中学校三年生くらいの子供がひとりハワイに残されて生活して行けたのか——という疑問に対して、スー江口は次のように言う。

ハワイの農園の中での生活を考えれば、そんなに不思議なことではない。プランテーションのオーナーは、労働者のために住宅をたくさん建て、移住者は集団で共同生活をしていた。

スー江口が尋ねたある農園に行くと「アンクル」とか「アンティー」、また「ブラザー」とか「カズン」とか、お互いにそう呼び合っている人が多いことに気づいた。最初はこの農園は親戚同士ばかりかと思ったが、すぐにそれは、血のつながりがなくてもお互いに従兄弟とか、兄弟、と呼び合っている——ということが分かったのだという。血のつながりがなくても兄弟だという人たちのことを、「ハナイ・ブラザー」と言うらしい。ハワイの現地語と、英語のピジョンであろうか。

ワイロアや高木のいたワイアルアのプランテーションでもそうだった。ワイロアは日本人の一番古い入植地で、農園には多くの日本人がたくさんの小屋に住み、お互いに助け合い、協力し合って生活していた。ワイアルアでフジオは毎日のように近所の家に行き、家族同然のように一緒に食事をしていたと思われる。同じプランテーションの中の住民は、みんな家族同様だからである。だから両親はあまり心配することなく、フジオ高木をひとり残して日本に帰った。子供のうちひとりくらいアメリカに残って、アメリカ人になるのも悪くないのではないか、そう思ったのであろう。

また、高木森助夫妻は、何回かのハワイと岩国との往復の中で、ある程度大きくなった子供は、日本に帰ってもすぐには日本社会に適応ができず、苦労することが多いことを知っていたのである。言葉の問題、いじめの問題もあった。いまでも海外駐在の子弟にはそうした問題があるのはよく知られている。

✿もうひとりいたパイロットと、九九式艦上爆撃機

高木は、前出のハワイ大学が編纂した『ジャパニーズ・アイズ、アメリカン・ハート』

(Japanese eyes, American Heart)という冊子に収録された短い手記の中で次のように書いている。

真珠湾爆撃の二年後、アメリカ軍に入隊し、ミネソタのキャンプ・サベッジで日本語の習得と、情報部隊員としての訓練を受けたが、その時、「自分はあの真珠湾の自決したパイロットのことを調べた。飛行服の胸の名前が読めなかったあの名札の文字から、その人物が誰であったかどうしても知りたかった」と。

朝日長章、一等飛行兵曹（戦死後、二階級特進）。空母「加賀」から発進している。攻撃は第一波、第二波とあった。一度爆弾や魚雷を投下した後、再び空母に帰って爆弾を積み、再び真珠湾に押し寄せた。

参加した航空機の主だったものは、ゼロ戦と九七式艦上攻撃機、九九式艦上爆撃機である。

日本海軍の六隻の空母「赤城」「加賀」「蒼竜」「飛竜」「端鶴」「翔鶴」から発信した九九式艦上爆撃機は全部で百二十六機。九七式艦上攻撃機は百四十三機であった。ゼロ戦は、全部で百二十機、未帰還機は二十九機あった。ただし資料はそれだけで、それ以上は分からない。パイロットの出身地や経歴など、人物についてはまったく分からなかった――。

癌の手術の後、高木は朝日長章についてもう一度調べ直している。しかし真珠湾から四十六年たったその時点でも、日本軍の兵隊の、人間としての記録はなかった。高木は日本のそういった資料の不備に不満を漏らしている。というのは、アメリカやイギリスでは、死んだ兵隊がどんな経歴を持ちどんな人間であったか、そういった資料は、一兵卒に至るまできちんと国家が調査・整理、そして保存されているからである。例外としては、戦後、「満鉄会」という元満鉄に勤めていた人たちの会では、国の力を借りることなく、自分たちで何万人もいた従業員の本籍から、経歴、満鉄に入ってからの異動、その時の月給まで、そして異動するたびに、新しい住所を記録したカードを作っていた。その数、一万人以上もあり、いまでも名前さえ言えば、たちどころにそのカードを出してくれるのである。私も「満鉄会」の最後の常務理事天野博之（故人）にお世話になったことがある。一方、戦死者の資料は、靖国偕行文庫がかなり充実している。

後に私が元防衛庁の戦史資料室にいた渡辺剛に調べてもらったところ、次のようなことが分かった。パイロット、朝日長章は三等飛行兵曹、空母「加賀」から発進、第二四小隊の三番機、九九式艦上爆撃機に乗り込んで二五〇キロ爆弾を搭載し、急降下爆撃を行ったと。

九九式艦上爆撃機であれば、間違いなく二座、単座のゼロ戦ではないことになる。やはり上野陽子の手記や、マーク・マツナガのインタビューに出てきた「パイロットはもうひとりいた」というのは当たっていたのである。もうひとりのパイロットは、坂口登、操縦練習生第四六期の出身。朝日長章が偵察飛行練習生第四二期の卒業だから、四期下ということになる。つまり、二座の九九式艦上爆撃機の前の座席に、操縦士の坂口が乗り、後ろに朝日が乗っていたことになる。後ろのパイロットは、「高度の読み上げと目標物の確認」を行う。ふたりして目標に爆弾を命中させるのである。

いろいろな証言を読み返し、状況を考えると、前の席の坂口は、不時着した時、そのショックで死亡したか、着水後すぐに自決したかで、そのまま飛行機とともに海に没し、生き延びた朝日は、何らかの理由で航空機の外に出て、自決したか、あるいは高木やアメリカ兵の上司が、救命ボートで近づいていく過程で、自決した。朝日は波に揺られていたのか、海の上で上下していたと高木は言う。パイロットのジャケットは、ご存じのように海に浮くような救命胴衣になっている。しかも渡辺剛によれば胴衣の下は、体に固定するようにベルトを両太ももに回して股のところで固定してあるから、そう簡単に着脱できないはず。おそらく高木自身がそのベルトを外したと思われる。救命胴衣とジャケットが一体となった飛行服を脱がされて初めて、朝日はゆっくりとまるで自ら泳ぐように海の底に沈んでいった——。いろいろな証言をもとに構成すると以上のような結果になる。

また私は戦没者の身元確認で、次のような経験がある。

二十年ほど前に、前述したノンフィクション・ライターの遠藤雅子に同行して、シンガポールの「クランジ戦没者慰霊碑」（記念館とも）に行ったことがある。彼女は『チェリー・パーカーの熱い冬』や『シンガポールのユニオンジャック』など、オーストラリアと日本とのかかわりの中で起こった、歴史的事件をひとつひとつ検証しながら調べてきた作家である。『チェリーパーカーの熱い冬』は、進駐軍で呉にやってきたオーストラリア兵と日本女性の恋。白豪主義と戦う話だ。

『シンガポールのユニオンジャック』は、シンガポールに停泊する日本艦船に、地元漁船になりすまして爆弾を仕掛けたオーストラリア軍の行為は、国際法違反だとして、日本軍

前席の操縦士と後席の飛行位置確認の操縦士、2座であればゼロ戦ではなく、九九式艦上爆撃機であろう。固定脚であった。

がきちんと法に基づいて裁いた話である。

また前述したが、真珠湾の開戦とほぼ同時にシドニー湾に潜航してきた日本軍の特殊潜航艇の話も彼女から聞いた。攻撃に失敗した潜航艇の水兵も、敵ながら立派な軍人として、オーストラリアはその勇気を称えて記念碑も立てたのである。

クランジ戦没者慰霊碑は、シンガポールの丘の中腹に広大な芝生の敷地を持つ「イギリス国営の墓地」で、先の大戦だけでなく、いままでにアジアで亡くなったイギリス人およびオーストラリアを含む英連邦の国々の人を祀ってある。墓石だけでも四千四百基、合祀した人を入れると二万四千人以上あるという。ところがその入り口の立派な事務所で、調べたい人の名前を告げると、たちどころにその人の墓石の位置と番号、それに亡くなったその兵士の出生から死ぬまでの詳しい経歴をプリントアウトして提供してくれるのである。これには驚いた。

そうした歴史を長年調べている彼女に言わせると、イギリスという国は、「自分たちが一歩でも足跡を残した外地を大切にする。そこで亡くなった人は、必ずその地で埋葬し、決して本国には持ち帰らない」のだという。これはビクトリア女王の時代からの決まりだと――。世界制覇を目指したイギリスらしい掟だ。またイギリスはこのクランジ墓地だけでなく、現在でも十カ所ほど、外国にイギリス国営の墓地を持ち、維持、管理しているらしい。しかもそこにはきちんとした学芸員を国の費用で常駐させ、死者の経歴や歴史を調べ、整理しているのだという。兵隊であれ、民間人であれ、イギリスのために働いた人は、手厚く葬り、またその人の生きた証しを、きちんと記録、保存しているのだ。

ともあれ、高木は軍隊に入り、ミネソタにいる時から、あの攻撃機のパイロットの出生を調べていたことが分かる。そして、六十八歳で癌になって、自分の生命がそう長くないかもしれないと悟り、どうしてもあの時のパイロットの遺族に会いに行こうと決心したのだ。あの四十六年前、真珠湾の海の上、目の前で自決した青年の家に行こうと、高木は思った。おそらくこれがきっかけで仕事を辞めたのに違いない。死の淵に立って、初めて彼は「人間として自分がやり残したこと」に気がついたのである。

第五章

受け継がれる桜を植えた人の心

✿真珠湾攻撃五十周年と、リメンバー、パールハーバー

ところで、舞鶴市が、「戦後、共楽公園に桜をプレゼントしたのは、フジオ高木だ」と、いつ知ったのであろうか。『ハワイ報知』が座談会を開いてから八年の月日が、また高木が退職した後、舞鶴に来て、さらに石川県能美市のパイロットの実家を訪ねてからでも四年がたっている。高木の来日が、直接、「桜の贈り主、高木の発見」につながったのではないであろう。

私の調べた限りではあるが、おそらくそれは、高木が来日してから四年後の『読売新聞』の特集記事によってではないかと思う。一九九一年（平成三年）の十二月、あの日本軍の真珠湾攻撃から五十年目という節目の年のことであった。

なぜそれを見つけたかというと、私はこれまでにも何かを調べていて行き詰まると、新

聞のバックナンバーをめくる。それも延々とめくる。すると、意外なところで道が開けてくることがあるのだ。以前に書いた拙著『紫の花伝書』（集広舎、二〇一二年）で、花だいこんの日本への来歴を調べた時は、半年間、毎日のように新聞をめくったことがある。それでも探せないこともあった。またある時はインパール作戦を調べ、当時日本の新聞でどのようにこの作戦を報じていたか、その経過を追って、一年以上にわたり、時を追って新聞めくりをしたことがある。過去にさかのぼって、当時の人たちと同じ「現体験」をすることができるからだ。今度の場合は「真珠湾」であるが、成果があったのは、真珠湾攻撃が行われた一九四一年（昭和十六年）ではなく、五十年後の一九九一年（平成三年）の新聞であった。

あの奇襲攻撃から半世紀、ハワイではジョージ・ブッシュ大統領（シニア）を迎えて「真珠湾攻撃五十周年記念式典」が行われようとしていた。全米から千人近いマスコミもハワイにやってくる。すでにアメリカの新聞やテレビは十一月から、真珠湾の報道を始めていた。アメリカの新聞は、この五十周年をきっかけに、半世紀前の日本軍の攻撃をどのように報じ、どのような世論を形成するのだろうか――。

この記念日を境に「リメンバー、パールハーバー」が再び叫ばれ、反日世論が高まるのではないか――。その上、日本側がその時最も心配していたことは、日米の経済摩擦。対アメリカの貿易黒字が最高点に達し、さらに日米経済摩擦が激化して、「日本叩き」が本格化することに、多くの日本の新聞は戦々恐々としていた。

「第二次大戦を経験した最後のアメリカ大統領になる」と言われたジョージ・ブッシュが真珠湾攻撃の報道を聞いたのは、高校生の時だった。彼は一刻も早く軍隊へ行き、国のために働きたいと大学進学をやめ十八歳で海軍へ入った。当時はそうした青年が多かったのである。その後、空母に乗り込み、一九四四年春、ウェーク島で参戦、親友のふたりを失い、ベッドに臥して男泣きに泣いたという。また九月には、小笠原諸島の父島の、日本軍の通信施設の破壊を命ぜられる。乗り込んだ航空機は、爆弾や魚雷を積んだ三人乗りの雷撃機グラマン・アベンジャー。しかし日本軍の猛烈な対空砲火にあい被弾、パラシュートで脱出して海上へ落ちる。そして何時間も海の中を漂流してやっと味方の潜水艦に助けられた。あとのふたりは行方不明になったという。ブッシュは太平洋戦争の歴戦の勇士だった。

そのブッシュ大統領が、真珠湾五十周年にハワイに来て何と言うだろうか、日本のマスコミは心配していた。

また『読売新聞』は、対日強硬派のトップにいた自動車会社クライスラーのアイアコッカ会長のインタビューを載せている。日本車の輸入で一番被害を受けている会社だ。

彼は、「真珠湾で亡くなった二千四百人の犠牲者のためにも、生き残ったたくさんの人にも、真珠湾は単なる『歴史上の事件』として忘れてはならない。真珠湾がなぜ起きたかというと、それはアメリカの対日政策の寛容と慎重さが、日本人の拡張的な攻撃性を助長させたのだ――。同じことはいまでもいえる、いまの日本の経済的侵略は、まるで真珠湾の時と同じだ。アメリカは過去十年間に四千憶ドルの赤字を抱えているのに、日本の市場は閉鎖的だ。戦後、アメリカは膨大な援助と日本の防衛をやってきた。それなのにアメリカの市場は開放されており、日本は多くの輸入制限をしている。今度の五十周年記念日には五千人以上の観光客がホノルルに行くが、みんな日本人経営のホテルに泊まることになるのだ――」と皮肉まじりに訴えている。

とまあ、こんな調子だった。まるでいまのアメリカと中国の関係のようでもある。一番心配しているのは日本の新聞だった。

そのほか、『読売新聞』は、「世界が求める日米協調」という見出しで、日米の大学教授の対談をしたり、両国の経済人のトップともいうべき、ソニーの盛田昭夫とデービッド・ロックフェラーの対談を行っている。ロックフェラーはチェース・マンハッタン銀行の会長。ふたりとも、単に経済人のトップというだけでなく、広い視野を持ち、慈善事業や文化活動も積極的にやる文化人でもある。

結論から言うと、ふたりとも「日米公平な市場をつくって共存するべき」ということで話をまとめている。「真珠湾は過去のもの」であるとも――。かなり日本に協調的な会談であった。

日本側の心配をよそに、こうした融和的論調も次第に多くなっていった。そして十二月八日の新聞には、記念式典でのブッシュ大統領の記念演説が掲載された。

「第二次大戦はもはや歴史だ。われわれはすでに、全体主義を壊滅し、それに勝利した」「いまは平和な時代を迎えている。それは天皇ヒロヒトがマッカーサーに会ったことが、日本が民主的な国をつくろうとしたことを象徴している」と述べている。

この演説は多くの日本人にとっては意外だった。日本人が心配する割りには冷静に、真珠湾五十周年記念式典は行われたらしい。歴史を客観的に見ようとするアメリカ人に対して、そうしたことにあまり訓練されていない日本人は、常に、歴史を「いいとか悪い」で判断したがる傾向があった。いまでもそうである。

✿ついにフジオ高木、発見

このように、日本の各紙が記念日の半年も前から真珠湾のさまざまな記事を書く中で、ユニークだったのは、『読売新聞』の「真珠湾の人々、あれから五十年」と題した七回にわたる連載企画であった。それはあの時、すなわち一九四一年の十二月八日、アメリカでは七日であるが、真珠湾攻撃に関わった人、また反対に真珠湾にいて攻撃を受けた側の人を、何人か捜し出してきて、その人たちがあの時どこで何をしていたか、またその後の人生をどう生きたかを取材したものであった。

一回目は、真珠湾を攻撃した駆逐艦「秋雲」の砲術主任の弟と、同じ時ホノルルの高級ホテルのウェイターとして働いていた兄、ふたりの兄弟が敵と味方に別れていながら、心のどこかではお互いを心配していたという話だ。弟は、家族の者にも自分が真珠湾の作戦に参加したことをその後もずっと言わなかったという。兄弟ふたりは真珠湾攻撃から十二年たって、戦後初めて再会したというお話――。

連載第二回目は、あの時真珠湾の戦艦「テネシー」の水兵だったアメリカ兵と、その隣りに停泊していた戦艦「アリゾナ」を、みごと撃沈させた日本のパイロットとの対面であった。そしてお互いに自分の身の上話をしたという話だ。両者とも子供の時に親を亡くしていた。敵味方であっても、お互いがそれぞれの人生を語り、生い立ちを語ると、人間としてお互いを理解することができ、相手を許すことができたという話だ。

また、五回目だが、みごと真珠湾で玉砕し、白木の箱で村に帰って来たパイロットの家族の物語。パイロットは「英雄」となり、勇士として讃えられた。彼の通った国民学校には遺品の陳列室ができ、家の前には「勇士〇〇曹長之生家」と標柱ができた。たくさんの村人が「英雄を拝ませてくれ」と訪れたという。そのたびに、姉が遺影を胸に玄関先に出たのだという。姉はみんなに弟の日記を読んで聞かせ、彼の思い出を語る——といったものだ。おそらく、朝日長章と同じような経歴であろう。

連載はそのほか、ロシア文学にはまり、戦争を嫌って病気を装い、兵役を逃れた人をインタビューしている。彼はその後、「特高」に追われながらも逃げ続け、戦後も隠れるようにして田舎でひっそりと生涯百姓をしながら暮らしたという。「世間」の目を逃れるためだった。

また、真珠湾の攻撃、つまり日米開戦の直後、ワシントンの大使館を飛び出して帰らなかった男の話もある。彼の姉の夫は駐米大使として、和平の工作をしていた男であった。彼はすぐに収監されたが、戦後はずっとアメリカに留まり、日本人を救済するための「ララ物資」を提供したり、また日本からやって来る若き音楽修行者たちを助けたりしたという。その人たちが、戦後、みんな有名な音楽家になったという。小沢征爾もそのひとりだった。

真珠湾の人びと
あれから50年
荒れた民心慰めた桜
日系元軍人の願い花開く

真珠湾攻撃から50周年目（1991年）に当たり、『読売新聞』が特集した『真珠湾の人びと―あれから50年』の連載7回目で、フジオ高木は初めてマスコミに登場。植樹から42年目にして初めて、桜の贈り主が分かった。

そして連載の最後の七回目が、なんと舞鶴に桜を寄付したフジオ高木、弥生夫婦のインタビューであった。前述したように、私が調べた限りでは、これが日本のマスコミにフジオ高木が登場した最初ではないかと思う。おそらく『読売新聞』の記者がホノルルでフジオ高木を発見、会見をしたのであろう。誰が取材したのかインタビュアーは書かれていない（一九九一年（平成三年）十二月八日）。タイトルは「真珠湾の人びと―あれから五十年。荒れた民心慰めた桜、日系元軍人の願い花開く」である。

舞鶴では、日系米兵たちが桜を植えたという石碑（アロハ桜の碑）は残っているが、桜の贈り主の名は誰も知らない。そこで初めて、高木夫妻の登場となるのである。内容の筋はすでに私が調べて書いた通りであるが、直接インタビューをした分、いままで分からなかったことも、既存の情報に対して少しずつ内容が違うところも発見した。印象的なエピソードもある。

まずひとつは、高木が終戦直後、舞鶴に行って一番心を痛めたことは、終戦後は日本人が焼け跡の廃墟のような住宅に住み、惨めな服装をして、みんなが町を虚ろな表情をして歩いていたこと。引揚者の追跡調査で、青森駅に行くと、ホームに十銭硬貨が落ちているのに誰も拾わない。みんなが住む家がない、食料がないと言っているのに、そのお金を誰も拾わないのが高木にとって不思議だった。それは舞鶴に帰ってからもずっと彼の心の中に引っかかっていたと。

――高木は、それは日本人みんなの心がすさんでいたせいだと言っている。

その頃の十銭がどれほどの価値か分からないが、あまりに小さくてそこは日本人としての誇りもあったのではないかと私は思うが、本当にそれが十銭だったのかどうかも分からない。しかし高木はそう考えている。その頃の多くの日本人の心が破壊し、また荒廃していたことも確かであったろう。

それから、桜については、インタビュアーが、舞鶴ではあなたが贈った桜に対して地元の人たちが「アロハ桜」の碑を建て、いまでも桜の保護をしているという話に応えて、「そうですか。みなさんに喜んでいただいていますか」と謝辞を述べている。「ハワイでは、小さい時から日本の桜の美しさを聞いていた。日本に行くまでは、桜は白黒の写真でしか見たことがなかった。日本に来て初めて本物を見たことにより、母に断られたお金で、桜を植えようと思った」と。

高木は、日本に来て桜を見たのは、前述したように駐屯した岡山の民家の庭で見た時と、東京の焼け野原で、半分焼け焦げた桜の木が生きていて、春になり一部の枝から花が咲いたのを見た時である、と証言している。

またその当時、高木夫妻は、白い砂浜で全米一と言われているダイアモンドヘッドの東、海辺の町カイルアに住んでいたということが分かる。

それから確認できたことは、頼んでいた桜の苗木百本が舞鶴に届いたのは、突然の転勤命令の出た朝のことだった。やむなく残っていた日系の米兵に後を託したと――。

また、私がフジオ高木について調べ始めたきっかけのひとつである、あの真珠湾に飛行機が落ちてきた時の話についてである。

最初に手に入れた資料、『ハワイ報知』には、ただ「高木はパイロットの名札の字が読めなかったために仲間とのあいだでトラブルがあった」という一言、一行しか書いてなかった。

高木本人の書いたハワイ大学の手記には、浚渫船での仲間とのトラブルは一行も書いてない。したがって何のトラブルなのかも分からなかった。私は、この一行が、単に仲間とのあいだでトラブルがあっただけとは思えなかったのである。それで執拗に何があったかをいろいろな人に尋ねたのである。結果はすでに述べた通りであった。

しかし、このたびの『読売新聞』の連載には、高木自身がその経緯について具体的に述べている。私がその後調べ、いろいろな人から聞いた経緯とほぼ同じもので、本人の言葉で、はっきりしたことが確認できたのは嬉しかった。それはすでに述べたように、単に「トラブルになった」だけではなく、高木にとっては生涯忘れることのない衝撃的で、苦い思い出となったのであった。すなわち仲間のアメリカ兵からジャップと怒鳴られ、首を絞められて職場から追放されたことなどだ。

この時、真珠湾の日本軍の攻撃の後の軍艦のすさまじい残骸と、真珠湾の死体の海をみた高木が、四年後、今度は日本で、アメリカ軍の攻撃と空襲の後の惨状を見ることになろうとは――。「なぜこんな戦争を始めたのか」と、高木はその時本当に憤ったという。自分と同じ日本人が大勢、焼け跡で惨めな姿をしていることに、人一倍心を痛めたのもまた彼であった。

空襲の後の日本の惨状を見て、同情したのは日系人ばかりではなかろう。白人のアメリカ兵も、そしてイギリス連邦軍の兵隊たちもそうだったと思う。日本を焼き尽くし、消滅させる。徹底的に焼き尽くせば、日本人は意気消沈しておとなしくなり、抵抗すらできなくなるだろう。アメリカ軍による空襲をもくろんだ高官はそう宣言している。このカーチス・ルメイ少将などが行った「空襲の成果」は広く世界に宣伝されていて、当時満洲国からソ連に連行され、奥地の病院で働いていた日本の女性（田中長子、当時二十二歳、九州在住）も、日本に帰りたいと言ったら、「日本はもう無い。日本人はみんな焼かれて死んでしまっている。帰ってもお父さんもお母さんももう誰もいないよ」と言って、ソ連に残るように言われたという。多くの一般的なソ連人もみんなそう思っていたという。それほどすさまじい日本への空襲だったのだ。

私が思うには、終戦後の惨状を日系の兵隊だけでなく、ほかの進駐軍の兵隊たちもよく知っていて、おそらくアメリカ本土に帰ってその話を多くの人にしたに違いない。それで戦後のアメリカ人の多くは、日本に対してかなり同情的になった。そのためわれわれの小学校の脱脂粉乳などの食料の援助だけでなく、ララ物資やその他の多くの援助などのほかに、有形無形に日本に対しては同情的であったのではないかと思う。しかしそういったアメリカの同情的な世論は、日本の戦後の惨状を実際に知っている、ある一定の世代までである——。

✿ベトナム観光の秘密

高木はまた、ベトナム戦争に対する思いも深い。

ちょっと話が横道に逸れるが、私が二〇〇五年になってから、ベトナムを北から南まで縦走した時、昔の南北ベトナムの境界線周辺、特に非武装地帯（demilitarized zone: ＤＭＺ）を含むその両側は、いくつもの激戦の地であり、そこには多くの戦跡があった。いまでこそ、ベトナム観光は多くの若い日本の女性が押し寄せ、主として買い物目的のツアーが多いが、われわれの世代は、ベトナムと言えば「ベトナム戦争」「ベトコン」「北爆」「枯葉剤」の時代である。しかし、いまから考えると、当時の新聞が果たしてどれだけ真実を伝えていたかは極めて疑わしい。テト攻勢以来の突然のサイゴン「解放」の逆転劇もそうだ。また中国の文革派の影響を受けたカンボジアのポルポト政権の市民の大量虐殺もなかなか報道しなかった。また、鄧小平の北ベトナム「侵攻」もその実態は隠されていて、後に「中越国境紛争」と言い換えている。カンボジアも、北ベトナム国境も、現場の記者たちはその実態を知っていたのに、本社の中国寄りの幹部やデスクによって隠蔽されていたのである。

ベトナム戦争の戦いの跡をめぐるツアーが、現地で組まれていて、私はそれに参加した。ツアーにはいろんな国籍の観光客が入り交じっていた。

ドンハの町、ヒエンルオン橋、ベンハイ川、そして村ごと穴を掘って地下に潜ったビンモック村にも行った。地下トンネルの中は、蟻の巣のように枝分かれしていた。しっとりとした赤土の「地下道」で繋がった「村」であった。地下道の両側に部屋があった。そのほか、かつて新聞で何度も取り上げられた有名な村もあった。

また周辺では、幾重にも続くなだらかな丘のすべてが、何百本もの「切り株」で覆われた不思議な山々を見た。切り株だと思ったのは、すべて枯葉剤で枯れた枝のない、先の尖った木々であった。樹木全体が根もとから一メートルばかりを残して枯れ、なくなっていた。しかも枯れた切り株の間に、山全体が白い土のような砂で覆われていた。白い山に無数の切り株の山々。自然界ではあり得ない風景である。異様な景色であった。

実は白い砂のように見えたのは「中和剤」だそうである。三十年たっても、山がそのような状態だった。新しい草や木が生えないのである。これは原爆を投下された広島の放射能の比ではなかろう。広島では、原爆投下の翌年から雑草が生え始めている。

われわれはいくつかのグループに別れて「戦跡めぐり」をしていた。グループの中には多くのアメリカ人、それも老夫婦がいた。しばらくして、ふと気がついたのだが、彼らはあちこち見ている間、ほとんどものを言わないのである。ただ静かに説明を聞き、黙って見学して歩いていた。時々、ぼそぼそとふたりで話をしているだけ。他のグループのアメリカ人夫婦もそうであった。あの底抜けに明るくて、元気がよく、おしゃべりなアメリカ人ではないのである。

その時になって私は、はたと気がついた。

「そうか彼らはベトナム戦の老兵なのか」。彼らは自分たちがかつて繰り返した、長くて激しい空襲や爆撃の跡を見て回っているのだ。実際に攻撃や、爆撃に参加した人たちに違いない——と。

一九七五年にサイゴンが陥落してから三十年たっていた。爆撃の跡を見ながらアメリカの老兵たちは何を思っていたのであろうか——。まるでゲームのように、飛行機の上からスイッチひとつで爆弾を投下し、枯葉剤も撒くことができるが、そのため地上はどのような状態になったのか。彼らはいま初めて身を持って体験しているのだ。

ベトナム観光の多くは、かつての北爆や枯葉作戦にかかわったアメリカ兵、それも歳を取った老兵たちと、その家族で支えられているのだ。それは、第二次大戦後、日本にやってきて、日本中一面の焼け跡を見た進駐軍の兵隊たちと共通した思いだったのではないかと思う。

これは私の持論だが、対軍事施設ではなく、婦女子を含めた「非戦闘員の無差別爆撃」

という世界史に前例のないほどの日本本土への空襲と同じことを、アメリカはベトナム戦争の「北爆」で繰り返したと見ている。日本ではこれを「絨毯《じゅうたん》爆撃」といったが、町のすべてを焼き払う、すべての人を焼き殺す、そうしたら必ずや国家は消滅し、国民は戦う意識さえも失い、生き残った民もきわめておとなしく「従順」になる、そうした「成功例」をアメリカはベトナムで再び繰り返したのだ。日本の空襲は、小さな都市を含めて全国二百都市以上、五十万人から百万人が亡くなったともいわれている。沖縄戦の比ではない。

　それから『読売新聞』のフジオ高木へのインタビュー記事で分かったことは、高木が岩国の実家に帰り、母親に会ってお金を提示し、これで家を修理するか建て替えてくれと言った時、実家は岩国の郊外で、空襲の被害を受けて壊れていたのではなく、昭和二十年九月の「枕崎台風」で壊れたのだということも分かった。岩国市民だけでなく、西日本の多くの日本人が、終戦の年、八月十四、十五日の最後の空襲から一カ月後にも、日本列島を横断した近来にない大型台風の被害を受けていたのである。最大風速五一・三メートル、住宅の損壊九万、浸水した住居は二十七万以上、死者、行方不明は二千五百といわれている。

高木の実家もそのために大きな被害を受けていた。日本は空襲という未曾有の災害の後、時をおかず、やはりいままでに例のない天災に見舞われて来ていたのである。「枕崎台風」であった。

この連載を読んだ後においても、私としてはまだ気になることがあった。それは、舞鶴の「アロハ桜の碑」にも書いてあるように「舞鶴に進駐して来た日系部隊が、その後朝鮮戦争に行き、全員死んだ」という話は、いったいどこから出てきたのかということである。

✿朝鮮戦争に参加した日系二世のアメリカ兵

最後まで分からなかったのは、『ハワイ報知』の座談会でも出てきたように、舞鶴で桜を植えるのを手伝ってくれた日系アメリカ兵たちが、日本の青年たちでつくった野球チーム「オール舞鶴」と親善試合をし、そして朝鮮戦争に行って全員死亡した——という話である。この話を誰が市議の矢野健之助に吹き込み、その結果、矢野が、アロハ桜の碑の隣りの碑誌にそのような経緯を彫るに至ったかである。

前述したように、少なくとも舞鶴にいた情報部隊のＭＩＳおよびＣＩＣのメンバーの中にはそのような事実はないという。自分たちの知る限りでは、亡くなったのは三名だけであると――。

舞鶴には情報部隊のほかに、戦う兵隊としての日系人がいたのだろうか。あるいは別のアメリカ兵の部隊が、朝鮮戦争に行き、全滅したのだろうか。実態はなかなか分からない。

そういった疑問を持ちながら三カ月ほどたった時、戦前に北京に暮らして、北京の小学校（国民学校）に通っていた人たちの親睦会が今年も行われた。「北京老小孩児会」というグループの会である。私は前々から、参加者とも縁があり、その会に出席しているのだが、二〇一八年は十月二十四日に新橋の中華料理店「維新號」で行われた。その席でそれぞれ会員の近況報告があり、その中のひとり、初めて参加した岡田徹也（昭和七年生まれ）が、次のような発言をした。私が「舞鶴の日系二世の兵隊が朝鮮戦争に行き、全員死んだという話がある」という話に答えて「自分の韓国の友人が、朝鮮戦争で日系アメリカ兵と一緒に行動を共にしたが、全員捕虜になった。しかし、自分だけは朝鮮籍だったために『逃げて』

こられたが、あとの日系アメリカ兵たちは、全員殺された」と——、そう韓国の同級生が言ったと言うのである。

私はびっくりし、詳しく話を聞こうと、日を改めて岡田徹也に会いに行った。そこで聞いた話は次のようである。

岡田は、戦前天津にいて小学校に通っていたが、ある年大水が出て、市内が水につかり、学校も閉鎖されたので、一定期間だけ北京の小学校に通ったという。それで今回初めて「北京老小孩児会」に出席したのだと。

その岡田のいた天津の小学校の四年生の同級生に朝鮮人、李愚伯《リーウーボク》がいて、自分とは仲がよかった。李のお母さんは李朝の血筋の身分のある人で、天津で高級洋服店を開いていた。岡田の母親もその店に出入りし、母親同士も仲がよかったのだという。

しかし、終戦で離れ離れになり、そのままになっていたが、戦後何十年かして天津の小学校の同級生の会合に行くと、その年、朝鮮の友人、李は来ていなかったが、別の友人が、「李が、あんたに会いたがっていたよ」と伝達してくれた。そこで岡田はさっそくソウルにいる李に連絡すると、ぜひ、韓国に遊びに来いという。

岡田は夫婦ふたりして、韓国のソウルに行き、旧交を温めた。そこで李は岡田夫妻を、板門店に案内した。その板門店の近くに、臨津閣《イムジンガク》（Imajin-Gak Memorial Park）という大きな公園があり、そこに朝鮮戦争で亡くなった日系アメリカ兵の死者の名前を刻んだ石碑があったという。

それで、友人李が言うには、「自分は戦後、家族と一緒に天津からソウルに帰ったが、一九五〇年になって朝鮮戦争に参戦した。そして日系のアメリカ兵と一緒に行動を共にした。しかし、一網打尽に捕虜になった」と――。

岡田徹也が戦前、天津小学校の同級生だった李愚伯に案内されて訪れた板門店。臨津閣公園で見た朝鮮戦争で亡くなった日系アメリカ兵の碑。

しかし、「自分はとても若く、朝鮮人だというと、許してくれた。朝鮮語が話せたので、ごまかして逃げることができたのだ」とも――。

話は、岡田を通してのマタ聞きだし、もう何年も前の話だから詳しくは分からない。李がいたのはどのような部隊で、なぜ日系アメリカ兵と行動をともにしたのか、部隊の通訳をしていたのか、などもっと詳しく聞きたかったが、岡田自身もよく覚えていない。

とにかく、ひとりだけ助かった、そしてあとの日系アメリカ兵は全員殺されたのだという。

李愚伯は、命は助かったものの、一緒にいた者は全員殺されたのでとても悔やんだという。申し訳ないと思った。それで彼はのちに自分で費用を出して、日系アメリカ兵の名前を刻んだ立派な石碑を、板門店近くの臨津閣公園に建てたのだという。日本から行った岡田夫婦はその前で写真を撮り、その写真を私にも焼き増ししてくれたのである。

ついでにいうと、李は終戦後、働いていた印刷工場の日本人の社長がいよいよ日本に引き揚げることになった時、そこで働いていた李をすごく気にいってくれ、その工場を李に譲ってくれたのだという。こういった話は、よくある話だ。多くの日本人が終戦後日本に引き揚げる時、自分のやっていた工場や、会社や商店などをすべて朝鮮人に譲り渡してきたのである。李はその工場を大事に維持経営し、いまでも印刷会社の社長をやっているという。お金持ちだった。岡田は、お金持ちなら、立派な石碑を建てるのは簡単だと思った。

板門店の臨津閣公園のモニュメント。日系アメリカ兵の碑に、4名を追加するためにアメリカ本土やハワイから集まった日系人たち。朝鮮戦争で「彼らは、自由と民主主義を守るために命をささげた」と（『ラフ・シンポウ』）。

それにしても奇特な人であるとも。

私はすぐに、岡田にソウルの友人に手紙を書いて、もういちど真相を詳しく教えてくれるように頼んだ。李とは、ここ何年か前から手紙のやりとりは途絶えているが、まだ亡くなってはいないだろうという話だった。返事はなかなか来なかった。

そのあいだに私は岡田からもらった板門店の公園の日系アメリカ兵の碑の写真をハワイに送った。昨年、舞鶴に新しい桜の苗木を植えに来た陸軍のＭＩＳ情報部のＯＢでつくる親睦団体（MIS Veterans Club）の会長、ローレンス・エノモトにである。ハワイの在郷軍人会の会長である。アメリカでは、こういった団体が親睦だけでなく、社会に対してさまざまな慈善活動をやっている。どこの国もそうであろうが、自分たちの隊の歴史や記録、遺族の世話など、また一般の社会に対しての奉仕活動も熱心である。

しばらくしてローレンス・エノモトからメールが来た。やはり舞鶴に来たメンバーのイサミ・ヨシハラや、また旧知のスー江口からも。写真や資料が届いた。イサミ・ヨシハラはハワイの日系二世で、戦後長いこと、日本のアメリカ軍基地でエンジニアとして働いていたベテランである。兄が、第一〇〇歩兵大隊で戦死している。それらから分かったことは、ロサンゼルスには、「日系人戦争記念館」というのがあって、その庭に日系二世の戦争の犠牲者が祀ってあると。

そこには三つの大きな碑があって、

「第二次大戦中に亡くなった日系人の記念碑」

「朝鮮戦争で亡くなった日系人の記念碑」

「ベトナム戦争で亡くなった日系人の記念碑」

である。それぞれ亡くなった人たちの名前が全員刻んである。

第二次大戦では八百十二名、そのうちハワイ出身者は五百八名である。その中には彼らの上官であった白人の士官三十人も含まれているらしい。すなわち「第一〇〇歩兵大隊」である。

ベトナム戦争の犠牲者は百十六名、ただしそれははっきりと日本の姓を名乗る人だけの数で、たとえば父親がフィリピン系であるとか、ハワイ原住民などの場合は、なかなか分からないのだという。頭の名字が日本名でないからである。したがってそういう人たちを入れるともっと増えるらしい。

肝心の朝鮮戦争は、二百四十七人である。この中に、舞鶴にいた日系人が何人いるかは分からない。それとこの碑には、後に八名の日系人が追加されているから全部で二百五十五人ということになる。追加されたのは二〇〇八年に四名、二〇一五年に四名である。

イサミ・ヨシハラから送られてきた資料の中には、『ラフ・シンポウ』（Rafu Shimpo）のバックナンバーがあった。『ラフ・シンポウ』というのは、元は「羅府新報」と書き、羅府、つまりロサンゼルスの日本語新聞で、日系二世、三世、四世が多くなるに従って、日本語より英語表記が多くなっている新聞である。

それによると、アメリカやカナダに住む多くの日系人が臨津閣公園に行き、朝鮮戦争で亡くなった日系人の霊を弔ったという記事である。イムジンガクというのは、岡田徹也夫妻が同級生の李愚伯に連れて行かれた公園である。有名な板門店のある南北境界線のすぐ南にある「一般人が自由に行ける最北の公園」で、朝鮮戦争の撃戦地である。韓国は、そこに三万五千坪の平和公園を造って、各種慰霊碑、記念展示館、展望台やさまざまな施設を設け、ほかに、戦争中の戦車や、蒸気機関車なども置いている。

『ラフ・シンポウ』の記事は、二〇〇一年にその臨津閣公園に三百人を越える日系人が出かけ、メモリアル塔の前で写真を撮り、そして亡くなった二百四十七名の名前を彫った「碑」の前で式典をし、朝鮮戦争で亡くなった日系人の霊を弔ったのだという記事である。

またその後、二〇〇八年に再び集まって、碑に四名の日系人を付け加え、さらに二〇一五年にも、四名を付け加えている。つまり全部で二百五十五名になった。これは、ロサンゼルスの「朝鮮戦争で亡くなった日系人の記念碑」に刻んである人の数とピタリ一致する。

私が岡田からもらった写真によると、後の追加の八名は、石碑の表が一杯で入らなかったためか、裏に彫られていた。写真では字は読めないが、ルーペで数えると人数だけははっきり確認できた。二百五十五名。臨津閣公園の李愚伯が建てたという碑の死者の人数と、ロサンゼルスの日系戦死者の碑の人数が一致するのだ。

日本人は死者を弔うことにおいては、とりわけ大切に思っていると思うが、アメリカの日系人たちも、きちんと石に名前を刻み、しかも後で二回も追加し、そのたびごとに韓国まで行ってセレモニーを行い、石に名前を付け加えているのである。

しかし、その石碑が、岡田が言うように、本当に李愚伯の個人の寄付で建てたのかどうかは確認できなかった。岡田から出した李への手紙の返事はその後ずっと待っても届かなかったからである。ご存命なら、同級生の岡田と同じ、二〇一九年時点で八十六歳である。

この岡田を通しての李愚伯の話は、結局本人には確認できなかったが、しかし、「朝鮮戦争の期間中に日系二世の兵隊たちが一網打尽に捉えられ、全員殺された」という話は、おそらく韓国の中で、まことしやかに伝えられたのではないか。その話が、在日朝鮮人を通して、京都にも、そして市会議長の矢野健之助の耳にも入ったのではないかと思う。

✿高木夫妻がついに舞鶴市に招待される

『読売新聞』の真珠湾の五十周年記念に関する記事と、連載の最後のフジオ高木へのインタビューは、さまざまな情報と、新たなる疑問を提供してくれたが、この記事を、舞鶴の人たちも見なかったはずはなかろう。共楽公園に桜の苗木を贈ったのはまさしく「フジオ高木」という人物であった。

舞鶴市は、その二年半後の一九九四年に、高木夫妻を舞鶴に正式に招待したのだ。なぜ二年半後になったかというと、おそらく二度の癌の手術があったためであろう。

妻の弥生と長女、それに元ＣＩＣの同僚であったヨシノブ・オーシロもハワイから駆けつけている。ついに舞鶴市が、桜の苗木の贈り主を発見したのだ。一九四九年、朝鮮戦争の前の年の年末、池田市から苗木を取り寄せてから実に、四十四年の歳月がたっていた。

長い間、矢野健之助を始め、多くの人が捜したがなかなか分からなかった。やっと本人が見つかったのだ。残念ながら、肝心の矢野健之助は、もうこの世にいなかった。市は、市長の町井正登、助役の松岡環が出迎え、市をあげて歓迎している。丘の上の共楽公園に案内し、夜は高木のためにパーティーを開いた。ところが共楽公園の桜は、四月四日だというのにまだ蕾は固かった。高木はあの時の苗木が、立派に高さ二十メートルほどの大樹になっているのを見て目を細めた。多くの新聞社が集まって、桜の木の下で親子三人の写真を撮り、翌日写真入りで報じた。

・『京都新聞』……「舞鶴『アロハ桜』の贈り主　四十四年ぶり感激の再会　日系二世の元米軍兵　家族と共楽公園を訪問」
・『読売新聞』……「『礼に植えた――』『アロハ桜』生みの親　四十四年ぶり再訪　日系二世元米兵高木さん」
・『朝日新聞』……「『アロハ桜立派に育ったね』寄贈の高木さん四十四年ぶりに訪れ対面」
・『産経新聞』……「『寄贈の桜の木と四十四年ぶりに対面』元米軍日系二世　高木さんと家族」

そのほか、『舞鶴市民新聞』といった具合である。どの新聞にも、四十四年ぶりの来日を

フジオ高木・弥生、長女（セシリア）が舞鶴市に招待される。1994年4月。

告げているが、『京都新聞』には、

「当時窮乏生活を送り、表情のすぐれなかった市民たちを励まそうと桜の苗木百本を贈り、山口県に住んでいた父母に渡そうとハワイから持参したお金を用立てた。（転属にともない）矢野健之助市議（故人）に託した。百本の桜のうち三十本は小学校などに配られ、残りの七十本が共楽公園に。そのうち三十六本が育ち、市民らはアロハ桜といい――」

とある。他の新聞もほぼ同じようだ。ただ、『朝日新聞』だけ、高木が「最近体調が回復したので来日した」と書いている。癌の手術の後でまだ体調が優れなかったのだろうか。

やはり矢野健之助は、過去に高木に会っているのである。しかしその後、矢野が高木の名前を忘れた――それで後で矢野が躍起になって贈り主を捜したのであろう。

しかし、前述の、高木自身の手記によると、高木は苗木を植える場所を迫水周吉に相談している。「自分は舞鶴のどこに植えていいか、どこに植えたら舞鶴市民が喜ぶか、まったく見当がつかなかった」とも。また苗木を自分が植えることができなかったことについては、次のように書いている。

「離れる前に舞鶴市に駐屯している幾人かのほかのＭＩＳメンバーに会って、彼らに植樹の話をした。彼らは私の考えをとても喜び、月々の稼ぎから、彼らが貯めている貯金を崩して桜のために寄付をしてくれた。私の蓄えや、また迫水氏の海運会社からの寄付によって、町の周りに数百本の桜を植えることができた」と。

これが事実だとすると、舞鶴市に植えられたのは、高木の最初の百本の苗木だけではなかったことになる。共楽公園や近所の学校に植えられたもののほかに、さらに数百本の桜が、舞鶴市内のあちこちに植えられたのだ。しかもそれは迫水周吉の努力によるものだろう。これは新事実だった。

このことはおそらく舞鶴市自身も把握

フジオ高木の舞鶴訪問は、新聞各社が一斉に報じた。残念ながら、4月の上旬というのに共楽公園の桜は咲いていなかった。大きく育った桜の木を見上げる高木親子。

高木が舞鶴に招待されてから、いっぺんにアロハ桜のことは、舞鶴市民に知られ、カルチャーセンターで童謡、童話、作詞作曲などを勉強していた後藤君子は、自費で絵本「アロハ桜―舞鶴の花さかじいさん桜の花のサンタクロース物語」を製作した。1995年（平成7年）

していないのではないだろうか。ちなみに舞鶴市の浜町にいる植田暎正（八十二歳。古くから地元でアロハ桜の保存運動をやっている）によると、学校に植えられた桜はいまは一本もないと。学校の鉄筋化、あるいは建て替えの時に切ったのかもしれない。

高木は、「桜が植えられてからここには来れなかったが、舞鶴市や市民の人たちが毎年アロハ桜を観賞する日を決め、自分の植えた桜の保護を市民に訴えていることに感謝している」と新聞の中で述べている。

また彼が来日している間に、高木は七十六歳の誕生日を迎え、市がそのためのパーティーを開いてくれたことをとても喜んでいる。この時の来日は、高木の長い人生にとっても、とりわけ晴れがましいものであったろう。記念すべき来日であった。

実は、この高木夫妻の日本への「名誉の来日」には、小笠原文武が同行していた。彼は、一九八三年に『ハワイ報知』の大特集で、舞鶴に桜を植えた日系のアメリカ兵を探す大キャンペーンの「座談会」を仕掛けた男である。日本の練習艦隊の首席幕僚、平間洋一から預かった写真を新聞社に持ち込んだ。新聞では、一応、日本の青年たちと野球をした日系の兵隊が桜を植えたとしたが、実際には、桜の贈り主は分からなかった。以後、小笠原はずっと、その贈り主を探していたのだ。

小笠原は、海上自衛隊のOBで、写真関係のスタジオをホノルルで営んでいたと私はずっと思っていたが、それは間違いだった。彼は父親の代から映像畑の人間で、大学卒業後、東映入社を皮切りに、最後の東洋キネマまで、いろいろな会社で、コマーシャルほか、映像を撮りつづけてきた。外国取材が多く、経験を活かしてホノルルで映像の制作会社を設立した。自衛隊の広報映像も引き受けた関係で、『ハワイ報知』には自衛隊のOBと書いてあった。そのため私がOBと勘違いしたのだ。

✻日系二世のさまざまな証言

実は、小笠原は、『ハワイ報知』新聞で行われた座談会の二年前の、真珠湾四十周年に当たる一九八一年、「ア・サイレント・リターン・フロム・パールハーバー」（A Silent Return from Pearl Harbor）という映像をとり、日系二世たちの「真珠湾攻撃」のその日の体験談を収録し、さらに攻撃の後収容所に入れられた人、第二次大戦に参加した第一〇〇歩兵大隊の兵隊たち親子の心情なども記録している（日本版は「テレビ東京」放映）。その中からいくつか拾ってみると――。

真珠湾の攻撃の時、近くのサトウキビ畑の高台にいて、攻撃の一部始終を家族とともに見ていた平井隆三（新聞記者）は、アメリカの戦艦が何隻も轟沈したり、ひっくり返ったりしてもなおかつ演習だと思っていたという。一時間以上も丘にいたが、そのうち爆撃の破片が車まで飛んできて危ないと思って逃げたと。また、漁師、大西三之助は、小さな船で正月用の魚を捕って真珠湾近くのバーパース・ポイントの沖まで帰って来た時、突然アメリカの飛行機が二機飛んできて、上から機銃掃射を受けたという。日本軍の船と思われたらしい。彼の腕にはいまでもその時の貫通銃創の跡が残っている。

また、徳永信夫の父親は、その日のうちに、親日派としてＦＢＩに連行され、ホノルルの沖にあるサンド・アイランドの監獄にぶち込まれたと。近年発掘されたホノウリウリ収容所に入れられる前、一時期ホノルル沖の小さな島サンド・アイランドの監獄に入れられたのだ。しかし、徳永自身は第一〇〇歩兵大隊に入隊した。このように多くの日系人がその後、第一〇〇歩兵大隊に入隊したが、その親は収容所に入れられているというケースも。親と子でいわば日本とアメリカ、敵と味方のような関係に陥った者も多い。その時の気持ちを何人かが告白している。

またちょっと変わった体験は、藤原栄美子さんで、「春潮楼」という料亭の元女将さん。その藤原さんが先代の義母の話として語っている。春潮楼は真珠湾を見下ろす高台の上にあり、ハワイで一番古い料亭。綺麗な芸者が何人もいたという。真珠湾攻撃の前に当時の総領事、喜多長雄が森村正という新任の書記生を連れてきた。それ以来、その青年はよく料亭に遊びに来て、二階の部屋から真珠湾を眺めた。その眺望が売り物の料亭だった。部屋には三脚のついた大きな望遠鏡まで置いてあった。森村は、しょっちゅう芸者を連れて、周囲をドライブしたり、真珠湾で釣りをしたりした。時には芸者と飛行機でほかの島に行ったり――。彼は自分のことを大石内蔵助だと言っていたという。

芸者遊びをして、本心を隠していたことを、そうたとえたのだろうか。実はその青年は本当の身分は海軍士官で、こっそり真珠湾の偵察に来ていたのだ。真珠湾攻撃の下見をしていた。もちろん彼だけではないだろうが、日本軍もそういった準備を着々と進めていたことになる。いまでも、ワシントンのスパイ博物館には日本人としてたったひとり、彼の名前と写真が展示してあるという（これのみ『ライトハウス・ハワイ』（Lighthouse Hawaii）二〇一八年八月一日「一〇人が紡ぐ日系人の歴史」より）。

太平洋戦争の終わり頃になって、ＭＩＳの情報部員になったジョージ高林は、南方の島や沖縄本島で、多くの日本人に日本語で投降を呼びかけたという。しかしなかなか洞窟から出てきてくれない。騙して連れ出し、後で殺されるのではないかと民間人も信用してくれなかった。高林は必死になって説得したと。「ワシのこの顔を見てくれ、日本人だろう。ワシのこの皮膚の色を見てくれ。ワシのこの髪を見てくれ」そして最後に「ワシのこの目を見てくれ」そう言って日本人を説得して穴から出て来てもらったと――。

沖縄出身のタケジロー比嘉は、味方のアメリカ軍が、沖縄に向かって艦砲射撃をするのを見ていて、涙が出て止まらなかったという。目の前の故郷の村や町が圧倒的な砲撃でもって無残に壊されていくのだ。「いまでもその時のことを思うと、身の毛が逆立つのですよ」

彼はその後、上陸してから、日本軍の捕虜を取り調べた。ある日、洞窟に潜んでいた日本軍の捕虜が連れてこられた。比嘉は日本語で取り調べた。捕虜は、ぼろぼろの軍服を着て泥だらけ。見るも無残な格好をしていた。長い間洞窟の中で生活していたためであろう。痩せて頬がコケていた。捕虜は怯えていた。いまにも殺されるかもしれない。名前を聞き、元々、住んでいた住所を聞き、年齢を聞き、そして話が小学校の話になった時、取り調べをしていた比嘉は耳を疑った。びっくりした。自分がハワイに移民する前、通っていた島の小学校の同級生だったのである。「取り調べをしながら、私は泣きましたよ。ポロポロと涙を流して――」比嘉はそう証言した。もう四十年もたつのに、証言をしながら比嘉はまた涙を流した。

オアフに住んでいた重永茂夫は、ある時いつも仲良くしている中国人のチェンという警察官から声を掛けられた。「きょう近くのヌアヌのオアフ墓地で、真珠湾の慰霊祭があるから行かないか」と。重永は答えた。「真珠湾で死んだアメリカ兵の慰霊なら、ワシはやめておこう。ワシは日本人だし」まだ終戦からさほど時間がたっていなかった。日本人の自分が行ってトラブルになるといけない。「なあに心配はいらない。私の傍についておけば大丈夫だから。俺が案内する」重永はしぶしぶ承知する。ヌアヌのオアフ墓地は島でも一番古い墓地。大きな樹があり、兵隊ではなく民間人が葬られるところである。終戦後まだアメリカ軍の兵隊を納める広大な墓地（パンチボウル）ができていない頃で、それまで一時的に埋葬しているという話だった。慰霊祭の後、チェンに連れられて墓標を見て歩いた。すると一番端に、「J」という文字の入った墓標が四基あった。「これは何だろう」と言うとチェンが待っていたように説明した。「これは真珠湾で死んだ日本人パイロットの墓だ」と。重永は驚いた。アメリカ軍の骨と一緒に日本兵の遺骨が埋葬されている――。

彼は人目をはばかりながらその墓標に短く、だが心を込めてお参りをした。チェンはそのために自分をここに連れてきたのだと思った。翌朝、重永は、朝早いうちに起きて、自分の庭に咲いている花を全部切って、墓に持って行った。そして四基の墓にささげたのである。まだ誰も見ていない。彼は花を生けると逃げるようにして戻ったという。

一九五〇年頃だったという。ハワイ島にいた三人の日系二世の若い姉妹が、オアフ島でお祭りがあるというので船に乗ってやってきた。何かの記念日に歓迎会があったのだという。菅野シズ、ミサオ、ツネの三姉妹である。

歓迎会の会場で、姉妹はひとりの日系の「おじさん」に会った。「おじさん」は同じ日系人の娘たちに話しかけた。「どこから来た？」「ハワイ島から」と聞いて、おじさんは少し驚いて言った。「ずいぶん遠くから来たねえ」当時ハワイ島から船でオアフ島までかなり時間がかかる。しばらくして「おじさん」が言った。「ワシは真珠湾で死んだ日本のパイロットの兵隊さんの遺骨を持っているんじゃ。あんたたちが欲しいならあげるよ」

島の少し高台の町ワヒアワの昔から日本人が多く住んでいる地域の近くに、アメリカ軍のショフィールド・バラックスという大きな基地がある。話を聞くと、そのおじさんは、その基地の中で真珠湾の戦闘で亡くなった兵隊たちの遺骨の埋葬を手伝わされたのだという。その中に日本人の遺骨もあって、それを黙ってこっそり少しばかり持って来たのだという。しかも軍服の一部も一緒に——。

長女のシズは「おじさん」に言った。「私たちは戦争中ハワイ島の田舎にいて、日本が戦っていたのに何もお国のために働けなかったので、せめてそのお骨をもらって、島に持って帰り、真珠湾で死んだ日本の兵隊さんたちのために供養をさせてください」

三人はその骨と軍服の切れ端をもらって、島に帰り、仏壇に隠した。そして以後ずっと朝晩欠かさず家族でお参りをしたという。もう三十年以上になると——。

三姉妹は、お骨を持って、近所の真言宗遍照寺に行きお経をあげてもらってから、お骨をテレビ局の担当者に託した。骨は日本にお返しした方がいい。パイロットもそれを望んでいるのではないか——。そうして遺骨と飛行服は、日本に返され、厚生省の援護局に。そして、無名戦士の墓に合祀されたという。それが、小笠原が製作した映像のタイトル「ア・サイレント・リターン・フロム・パールハーバー」になった。

✿アロハ桜は残る

桜の苗木の贈り主探しの座談会から三年後の一九八六年、ホノルルでアメリカ軍情報部隊MＩＳの創立四十五周年の記念セレモニーがあった。小笠原はこの時とばかり、多くの日系情報部隊員の取材をしている。そして会う人ごとに「舞鶴に桜を植えた人を知らないか」と聞いている。実はこの時、小笠原はフジオ高木に会っているのだが、高木は、桜の贈り主を尋ねても、ただ笑っていて答えてくれなかったのだという。日系人特有のつつましさのせいだったのだろう。あるいは口下手の「サムライ」だったのかもしれない。

その後になって小笠原は、桜の贈り主は高木だと知り、映像を撮りながら、一緒に舞鶴に行こうと誘った。しかし高木はなかなかオッケーをくれなかった。実はその時は、高木は癌になっていたのだ。やっとオッケーを出してくれたのが、真珠湾攻撃五十周年から三年後の一九九四年の春であった。

舞鶴市はその時になって初めて、高木夫婦と、長女の三人を招待することができた。その時の三人を追いかけて映像化したのが五月八日放映のＴＢＳ報道特集「舞鶴の桜、進駐二世部隊の秘話」（The Aroha Sakura of Maizuru City）である。小笠原が長年追いかけてやっと実現したテーマであった。

そしてその十一年後の二〇〇五年、終戦六十周年記念番組としてフジテレビで放映されたのが「アロハ桜　ハワイ日系二世兵士からの贈り物」であった。この時はすでにフジオは死んでいて、奥さんの弥生さんひとりが、フジオと縁のあるところを訪ねて回っている。舞鶴を尋ね、元秘書の上野陽子も出て来て弥生と再会。またパイロットの故郷、石川県能美市にも未亡人を尋ねている。弥生は最後に、山口県岩国のいまは亡き夫の高木家の実家を訪れた。迎えたのはフジオの弟、秀雄である。あの舞鶴の復員局で奇跡的な出会いをしたシベリア帰りの秀雄が家を守っていた。取材の初期の段階で、私はこの番組からも多くの情報を得た。

しかし私はこのテーマの取材を始めたごく最初にこの映像を見たために、この番組のいう通り、高木の目の前に落ちてきた飛行機は、ゼロ戦だと、長い間ずっと思ってきたのである。だがその飛行機は、すでに述べたように、上野陽子の証言から、不時着したパイロットはふたりいたということから、単座のゼロ戦ではなく、二座の九九式艦上爆撃機だったのである。

今年（二〇二〇年）になってハワイに行く機会を得た私は、そのハワイで百年続いた日系人の集い「木曜午餐会」で桜の話をさせてもらった。その時に、会の幹部である政光訓江を通じて、人伝てに小笠原文武がラスベガスで存命であるとの情報を得ることができた。早速、彼に連絡を取ったところ、フジテレビで放映された記念番組よりも十年以上前に彼がプロデュースした、二本の映像記録のＤＶＤを送ってもらうことができた。それが、一九八一年の真珠湾四十周年目に作られた「ア・サイレント・リターン・フロム・パールハーバー」(A Silent Return from Pearl Harbor) と、一九九四年の報道特集「ザ・アロハ・サクラ・オブ・マイズル・シティ」(The Aroha Sakura of Maizuru City) であった。すでに書いたように、ここからも多くの情報をいただいた。

とにかく、次々に新しい資料と、また知らない人との繋がりも出てきて、「アロハ桜」探求は底無し沼となった。桜を植えた人、それに関わった人を捜していくときりがないのだ。だがその作業は、より正確な事実を探求するだけでなく、敗戦後の焼け野原になったあの貧しい時代の日本人や、私の子供の頃に経験のある「シンチューグン」の時代、そしてその中に、日本人と同じ顔をした日系二世の兵隊たちがいたこと、また、その進駐軍の周りに集まった多くの日本人や、女性たち——などなど、その時代に生きた人たちのさまざまな人生もまた浮かび上がらせてくれた。ハワイの移民二世といってもその親たちの故郷は日本であり、そういった親たちの気持ちと、またそこで育った子供たちの気持ちもまた少し違う。しかし、日本からたくさんの移民を送り出していた貧しい時代の日本も、またいまと同じ日本なのである。

満洲にいたたくさんの兵隊たちや日本人が、シベリアに連れて行かれ、強制労働の末、何回も死の淵をさまよい、また死線を乗り越えて、舞鶴に帰って来た。その人たちの気持ちもさまざまである。やっと帰れた日本は、空襲に焼かれ、荒れ果てた、そして住むところも食料もない日本であった。アメリカ兵とはいえ、同じ日本人の血が流れているフジオ高木が、そういった日本人に心を痛めたのは当然のことであろう。

高木が提供した共楽公園のアロハ桜は、実に多くの人たちと、その周辺の人たちの、人生や思いを伝えてくれる。人間の歴史はそういうものの積み重ねかもしれない。

高木は晩年、姪の質問に答えて次のように言っている。

「当時、日本人に贈り物をするのに『なんで桜なんか贈るのだ』と同僚から言われた。みんな明日食べるものも困っているのに、なんで食料を贈らないのだと。でも、桜を植えてよかったと思っている。四十年以上たったいまでもみんなに喜んでもらっているからだ。私は子供の時から父親に『人には常に思いやりを持て』と言われてきた。『困っている人がいたら助けなさい』と。どんな人間でも、一対一で付き合うと、この世の中、悪い人はいないよ。心と心は通じ合うものだ。そう思うと人生は楽しいよ。いろいろなことがあって――」

高木は、なぜ長いこと名乗り出なかったのか？

おそらく、名乗り出るほどのことはしていないと思っていたに違いない。ずっと後になって高木は、ハワイ大学編纂の「第二次大戦におけるハワイ日系二世の群像」というサブタイトルのついた小冊子『ジャパニーズ・アイズ、アメリカン・ハート』（前出）で、自らの体験をこう語っている。

「戦後、私は（舞鶴に）この桜を植えることに関わったことを決して誰にも話さなかった。表彰されることを望んでいたからではなかったからだ。私の唯一の願いは、この桜が、舞鶴市の市民が笑顔になる手助けとなり、そして彼らと（私たちが）平和を共有することだったからだ」と――。

そのフジオ高木が共楽公園で植えた桜の樹が、だんだんと古くなり、その多くが枯れたり、折れたりしているのを嘆き、一昨年（二〇一八年）三月十日、新しい桜の苗木を植え継ぐ植樹祭が行われた。私も参加した。舞鶴に住む海上自衛隊勤務の小田秀憲と、京都の大岡英代、大阪市の野口典子の呼びかけで作られた、〈新しいアロハ桜保存会〉が主催した会だった。寄付も集まった。

その植樹式に参加するべく、ハワイの日系の退役軍人でつくるＭＩＳベテランズ・クラブの代表、九人が来日した。会長はローレンス・エノモトである。その中には、九十二歳のかつて舞鶴に進駐軍として来ていたグレン・アラカキも孫と一緒にやってきた。

アラカキは、舞鶴はどこを見ても、涙が出るほど懐かしいという。彼にとっては「マイヅル」は青春そのものだった。アラカキが二十代前半の若くて最も元気な時であった。そして日本は父と母の国だった。

また植樹に合わせて小田秀憲の仲間二十人が参加し、戦後のあのシンチューグンの時代のギャリソン帽をかぶったアメリカ兵の制服を着て、植樹を行った。私が子供の頃、身近にいたあの「かっこいい」アメリカ兵、ＧＩたちである。時代が七十年遡ったようだった。かつての服装を現代の人が着て、時代をよみがえらせる雰囲気を作る人たちを、「リエナクター」（reenaktor：歴史再現者）と言うのだそうである。そういえば三十年ほど前に、カナダのシャーロットタウン（ＰＥＩ：プリンス・エドワード・アイランド州）で、二百年前の開拓当時の移民の村が修理再現してあって、そこの説明をする学芸員がみんな開拓当時の服装をしていたことに感動した覚えがある。建物や、展示品だけでなく、当時の時代の生き た生活を再現してくれるのだ。展示品だけ集めて、ハコモノの博物館や郷土民芸館を建て、後は知らん顔という時代ではない。

なぜみんな、一銭にもならないのに、七十年も前に植えられた桜の保存にこだわるのか。それは桜を愛する人にとってはかけがえのない大きな大きな心の財産だからである。

おおよそ桜を愛でる人の心は、数字で表すことはできない。愛でない人は、愛でる人の気持ちは全く分からない。桜祭りが一年目は来客三千人だったものが、八年目に何万人来たといえばすぐに反応する人も、桜を愛する人、花を愛する人の気持ちの深さは理解できないのだ。

生涯、桜とも共に生きた笹部新太郎（大阪造幣局の桜並木を寄付した人）は晩年、次のように言っている。

――ものを判断する上で、数字を使うのは便利だけれども、物差しで計れないものには効果はない。物差しに替わるものは、広くもののよさを識《し》る訓練の集積である「人」である。「人の教養」である。これを得るためには、絵画といわず、音楽といわず、建築といわず、およそ、もののよさを認められるものへの、観察を続けなくてはならない。それによって、磨き上げられた身についた「タシナミ」というもののみが、ものの優劣を決めることができる――と（拙著『桜旅』愛育出版、二〇一六年、より）。

まさに生涯桜をひたすら愛した人にして初めていえる言葉であろう。桜や花だけではない、ものの「質」のよさを判断するのは、人間の「心」なのである。数字でも金額の多さでもない。多くの人間の行動や規範は、数字で置き換えることのできる理論的なことではなく、測ることのできない人の心と質なのである。

〈新しいアロハ桜保存会〉ができた一方で、〈古いアロハ桜保存会〉も舞鶴にはある。丘の下の地元余部《あまるべ》町内会が中心になり、いまでも毎年四月に子供たちやお年寄りが集まって石碑の周りで桜を見ながら、小さな謝恩祭を行っている。餅つきをやったり、テントの下で臨時のおでん屋が店開きしたりする。その場で、昭和の古い遊びを年寄りが子供たちに教える。ささやかだがこうしたイベントを毎年催しながら、アロハ桜を植えてくれた人に感謝し、次の世代に語り継いでいくのである。

石碑を守っていく。そうすることによって、石碑が息を吹き返す。考えてみると、全国にこうした歴史を刻んだ石碑は無数にあるが、そのうちどれだけの石碑が、その碑の謂われを語り継ぎ、また顕彰されているのであろうか。多くの石碑や、銅像さえも、形だけは残っているが、何の碑だか、誰の銅像だか、知らない、忘れ去られているものも多いのではないかと思う。

「ハワイ日系二世をしのぶ友好平和のサクラ」碑は、このようにして新旧のアロハ桜保存

フジオ高木の墓。2004年（平成16年）1月17日歿。墓は、
カネオへの「ハワイ・ステート・ベテランズ・セメタリー」にある。

会や、多くの市民とともにその存続をいまでも讃えられているのである。参加する子供たちも多い。この子供たちが大きくなって、またその子供たちの次の世代に伝えていけばいい。人間の命は桜の命より短い。しかしその桜さえも寿命がある。だから語り継ぎ、植え継がなければならない。桜は、花を愛でるだけでなく、それを維持し、多くの人々の意志を引き継ぐことも大切な仕事である。

四十数年前、日本人の多くが空襲で家を焼かれ、仮の掘立小屋に住み、明日食べる食料もない時代に、二十年後、三十年後を見据えて、桜の苗木を寄付したフジオ高木の先見の明を称えるだけでなく、そこに導いた母親の気持ちも、また思いいたす必要があろう。

敗戦直後、歴史に残る大型の「枕崎台風」で破壊された家を建て直すよう差し出したお金を、フジオは拒否された。ずいぶん悲しかったという。

八歳で一度孤児施設に入れられ、十五歳でサトウキビ畑のプランテーションの中に置き去りにされ、一時は親を恨んでいたとも聞いた。それに将来しっかり働いてお金を貯めろと言われていたかもしれない。言われなくても、そう決まっていた。多くの日本人移民は、お金を稼いで、国に送ること、故郷に帰ることを目指していたのだから――。フジオは高校を出て、機械工として働き、お金を貯めた。それもみな親に送るために一生懸命稼いだのである。フジオは十数年ぶりに会った親に、「ひとりで、よく頑張ったね」そう言って、喜んでお金を受け取ってもらいたかったのである。そのお金を拒絶されたのだ。その時のフジオの気持ちを察しやる心も大切である。

一方、息子の好意を突っぱねた母、ユキ。終戦後のモノのない時代、おそらく喉から手が出るほど欲しかったに違いない。それを、「アメリカ軍の金は受け取れん」と拒否した。そしてその金を日本人全体のために使えと――。昨日まで戦っていた敵、アメリカ。そのアメリカ兵にお金をもらうことは、日本人として恥だと思ったのであろう。

いくらお金を目の前に出されても、それを受け取ることは、彼女のプライドが許さなかった。ユキはしっかりとした矜持を持った誇り高い大和撫子だった。しかし、おそらく彼女だけが特別だったのではなかろう。この世代の日本人はそうした人が多かった。それに比べ戦後の日本人はどうであろうか。貧しかったせいもあろう。お金さえ儲かれば、人間の生き方、誇りや、プライドはどうでもいい、そうした人が多いのではないか。立派な商社や建築会社、そして電力会社まで、いつまでもなくならない談合や賄賂、口利き、どんな破廉恥なことをしてもテレビに出られればいい――。後は言うまでもなかろう。

戦後、多くの日本人が捨てた誇りとプライドを、ハワイの日系人はいまでも持っている人が多い。

もうひとつ、私がハワイで感じたことは、ハワイの日系人はとても謙虚であること。自分の宣伝やアピールを声高にしないことである。だからフジオも長い間、桜を自分が植えたことを隠していた。自ら名乗り出ることはなかったのである。彼らはいまでも昔の奥ゆかしい日本人である。

アロハ桜は、多くのことをわれわれに教えてくれる。

フジオ高木は、二〇〇四年、八十四歳で亡くなった。真珠湾から太平洋戦争へ、南方の島々を回って、進駐軍として日本へ。舞鶴でシベリア帰りの抑留兵を取り調べた。迫水周吉と弥生に会い、桜を植え、そして朝鮮戦争から、ベトナム戦争にも参加した。退役後の就職。ハワイには日本人がかつてのサトウキビ刈りの移民としてではなく、観光のためにお金を持ってたくさん遊びに来るようになった。かつて日本人移民が汗を流したサトウキビ・プランテーションはもうない。時代はどんどん変わっていく。人生は長く、いろいろなことがある。しかし、高木が植えた桜が朽ち果てても、またそれを植え継ぐ人がいる。桜を植えた人の心が、次の世代に受け継がれていくのだ。今年も、そして来年もまた、舞鶴の港の見える丘には、アロハ桜が咲き、そして散るのだ。

フジオ高木年表

1893〔明治26〕年　11月25日、父、高木森助、岩国に生まれる。

1896〔明治29〕年　11月28日、母、高木ユキ、岩国に生まれる（同姓）。

1913〔大正2〕年　10月1日、高木森助、高木ユキと結婚入籍。森助（二十歳）ハワイに移民。

1914〔大正3〕年　高木ユキ、ハワイへ。以後七人姉弟が生まれる。末の子以外オアフ島ワイアルア生まれ。

1918〔大正7〕年　4月5日、長男、フジオ高木生まれる。（戸籍簿は19日）

1924〔大正13〕年　10月10日、弟、高木秀雄生まれる。

1928〔昭和3〕年　妻、迫水弥生生まれる。父親は、飯野海運（舞鶴造船所）の幹部、迫水周吉。

1933〔昭和8〕年　フジオ、十五歳の時、両親が子供を連れて岩国に帰国。父親、森助は四十歳。ハワイ足かけ二十年在。フジオはワイアルアに残される。日系人の子供は、午前中はアメリカの学校で英語の授業を受け、午後は日本人学校で日本語を学ぶ。

1941［昭和16］年
フジオ、マッキンレー高校卒業後、サトウキビ製糖工場の機械整備工として働く。
12月7日、日本パールハーバー奇襲。その時フジオは、中湾で浚渫船の機械工をしていた。
九九式艦上爆撃機のパイロット「朝日長章」が、フジオの目の前に不時着する。
日本軍の奇襲で、ハワイやアメリカ在住の日系人は窮地に。日本人のリーダーはサンド・アイランド島に、後に「ホノウリウリ収容所」に移される。日本人学校やお寺は閉鎖。家々の天皇の写真は破棄される。FBIが取り調べにくる。日本人はアメリカに忠誠を尽くすことをアピールするためにボランティアを始める。

1942［昭和17］年
『ハワイ報知』紙は、日本色を消すために『ハワイ・ヘラルド』に名前を変更。1952年まで。

1943［昭和18］年
フジオは二十五歳の時四回目のトライでアメリカ軍に入隊。アメリカ本土のミネソタの訓練所で情報部隊MISとして訓練。日本語の特訓など。卒業すると白人は将校になれたが、日本人はサージェント（Sergeant Officer：軍曹）にしかなれなかった。

1945［昭和20］年
アメリカ軍、前年より、日本中の都市を空襲。岡山も空襲、千七百人犠牲に。フジオの親や兄弟のいる岩国は3月から8月終戦の前日まで爆撃される。日本全体で、死者五十万人以上百万人とも。千五百万世帯が焼け出される。8月15日終戦。フジオは太平洋の島々をまわった後、日本に。島々で、洞窟に籠もる日本兵に投降を呼びかけるとともに、「伝単」を作成。

8月28日、マッカーサーより二日前に厚木基地に上陸。建物は壊れ、日本中が廃墟に。フジオは、同じ日本人として、悲しくまた、なぜ日本がアメリカに戦争なんか起こしたのか、怒りさえ覚えた。人々に笑顔はなかった。東京を振り出しに日本各地、大阪、広島を見た。

9月、情報部隊として岡山に駐留。大きな民家を接収。CIC対敵情報部隊岡山地方本部勤務。庭に桜の木があった。

フジオ、山口県岩国市の実家を訪ねる。父母と十数年ぶりに再会。母親に貯金を渡して家を修復するように言うが断られる。お金は日本人みんなのために使えと。さらに進駐軍だと言って威張るな、日本人につらく当たるなとたしなめられる。

1947［昭和22］年

フジオ舞鶴に移動。日系二世の情報部隊は七十五人から八十人のMIS（Military Intelligence Service）と八人から十人のCIC（Counter Intelligence Corps）からなっていた。舞鶴の平《たいら》引揚桟橋に中国からの引揚も含めて六十六万人の人が帰国。フジオは日本兵に尋問。ソ連の軍事機密を探ることと、赤化した日本兵（アクティブ）を一定期間拘束して調べる。この時シベリアの帰国者の中から八歳の時ハワイで別れた弟の秀雄を発見。秀雄は満蒙開拓青少年義勇軍に応募。終戦後捕虜となりシベリアへ。レンガ工場で片目の視力を失っていた。フジオは秀雄を早く岩国に帰してやるといったが弟は断る。

1949［昭和24］年
フジオ高木は、飯野海運の迫水周吉の協力を得て、池田市より桜の苗木百本を購入。高木はその時転勤命令を受け、同僚の日系アメリカ兵たちに後の植え付けを頼む。共楽公園に七十本、周辺の学校に三十本。そのほかに日系アメリカ兵たちは、募金を募り、舞鶴の各地に桜を植えたという。

1950［昭和25］年
6月、朝鮮戦争はじまる。朝鮮戦争に従軍。敵につかまって一カ月監禁。

1951［昭和26］年
カソリックの京都三条教会にて結婚。フジオ三十二歳。弥生二十三歳。

ベトナム戦争に情報部員として参戦。農業支援ほかに参加。テト攻勢のときブンタオにいて急遽サイゴンに帰る。

1972［昭和47］年
フジオ高木、五十三歳で除隊。民間人になる。

元ＣＩＣの同僚であったヨシノブ・オーシロがショフィールド米軍基地で花の卸をしている高木に会う。その後、高級住宅街にあるカハラ・モール（ワイキキから遠くないシヨッピングセンター）でメインテナンス・スーパーアドバイザーとして働いた。
延国千恵、夫と共に舞鶴に里帰り。市議、矢野健之助が尋ねてきて、舞鶴市を挙げて、終戦後桜の苗木を寄付した人を捜していると――。延国はハワイに帰国後、『ハワイ・タイムス』紙に話して、記事にしてもらう。

1973〔昭和48〕年

贈り主が分からないまま「ハワイ日系二世をしのぶ友好平和のサクラ」の碑が共楽公園に立つ。建立者代表、矢野健之助。この時、延国千恵は新しい桜の苗木を寄付。碑の周辺に苗木を植える。

1月、『毎日新聞』に、舞鶴の進駐軍三百二十人のうち、二十三人が「オール舞鶴」と舞鶴地方総監部内のグラウンドで野球の親睦試合を行った記事。

1975〔昭和50〕年

ベトナム戦争終わる。

1978〔昭和53〕年

この頃、ライオンズクラブの山本という人がハワイを訪れ、「舞鶴クラブ」の日系元兵士のメンバーを集めて会食。桜を植えた人を知らないか、と尋ねる。

1982〔昭和57〕年

桜が植えられてから三十三年後の十月十八日、海上自衛隊の練習艦「かとり」、護衛艦「あさぐも」がハワイ真珠湾に。首席幕僚平間洋一（防衛大学校一期、当時一佐）が、終戦後、舞鶴の丘に桜を植えた主を捜している旨をハワイ在住の「パシフィック・モーシヨン・ピクチャー」の小笠原文武（映像作家）に伝え、それが『ハワイ報知』紙に載る。

1983〔昭和58〕年
1月1日、『ハワイ報知』紙に「アロハ桜の謎」で座談会八ページ大特集。

1987〔昭和62〕年
フジオ癌にかかり入院、退職。六十八歳。

トリプラー陸軍病院で二回手術。死を意識する。新聞で、息子をベトナム戦争で亡くした遺族が、未だにどこで亡くなったか、また遺骨も出てこないという訴えの記事を読む。高木はもし自分が癌の手術が成功し、生命長らえたら、あの真珠湾の高木の前で自決した日本のパイロットの遺族に会いに行こうと決心する。退院した高木は、来日して、自決したパイロット朝日長章の実家、石川県能美市を訪れる。朝日千代子（1922年生まれ、六十五歳）は未婚のまま許嫁の家の養子になっていた。地元でも朝日長章は決して粗末にされていなかったことを聞き、フジオは長い間胸につかえていたしこりのような苦い思い出が消えた。フジオの中の戦争は終わったのである。

1991〔平成3〕年
真珠湾五〇周年記念、12月に各紙が大特集。日米関係に否定的な意見と、肯定的な意見が。第二次大戦を経験した最後の大統領ジョージ・ブッシュ（シニア）五〇周年の記念演説。「もはや戦争は終わっている。憎しみはない」

『読売新聞』連載特集「真珠湾の人びと」の七回目に「荒れた民心慰めた桜　日系元

軍人の願い花開く」で、フジオ高木が初めてマスコミに登場。

1994〔平成6〕年

4月4日〜9日、フジオ高木（七十五歳）・弥生・娘、当時の同僚だったヨシノブ・オーシロ、舞鶴市の招待により来鶴。舞鶴市市長の町井正登、助役の松岡環が市役所で会見。上野陽子も同席。

6月5日、TBSテレビで「舞鶴の桜、進駐二世部隊の秘話」放映。これを見た童話教室に通っていた後藤君子が絵本に（1995年発刊。自費出版）。

2004〔平成16〕年

フジオ高木八十四歳で死去。

舞鶴市政六〇周年記念事業、舞鶴市商工観光課発行『舞鶴ちょっといい話——思い出六十年』の中の「友好平和の『アロハ桜』」出る。作者・村尾幸作、資料協力・上野陽子、絵・さいとうあやこ。

2005〔平成17〕年

フジオの死後一年目に、妻の弥生（七十七歳）が日本に。

フジオの実家や石川県のパイロットの実家、フジオの足跡を訪ねる。両親の墓参り。フジテレビが〈戦後六〇年を記念して〉、弥生さんの来日を追跡取材した「アロハ桜、ハワイ日系二世兵士からの贈り物」放映。

4月1日付けで、『毎日新聞』の広岩近広が、上野陽子にインタピュー。

2018〔平成30〕年

3月、新しい〈アロハ桜保存会〉により、ハワイから来日した元日系アメリカ兵OB（ベテランズ）とともに、新たに桜の植樹が共楽公園で行われる。

（年表は著者作成。年齢や日時は、旧年齢の数え方や、本人の思い違いなどで誤差のある場合も。戸籍謄本との違いもある）

細川呉港《ほそかわごこう》

広島県呉市出身。1944年（昭和19年）生まれ。出版社をへて現在フリー。現代中国、満洲、モンゴル研究は長い。東洋文化研究会の運営は今年で35年目になる。歴史に生きた無名の人物を掘り起こす作業を続けている。

著書に『満ちてくる湖』平河出版、『ノモンハンの地平』光人社、『日本人は鰯の群れ』光人社、『草原のラーゲリ』文藝春秋社。中文版、モンゴル縦文字版、キリル文字版の翻訳書がある。『紫の花伝書』集広舎、『桜旅』愛育出版、『花人情（はなひとなさけ）』愛育出版、近刊『柔術の遺恨』、などのほかに、編著として『台湾万葉集』『バイコフの森』『孔子画伝』『西チベット　ピアンとトンガの仏教遺跡』いずれも集英社、など。

細川呉港の本

近刊！

『柔術の遺恨　嘉納治五郎に楯突いた男・田辺又右衛門口伝』

明治十五年、柔道を立ち上げた嘉納治五郎が、次第に日本中にあったさまざまな柔術を淘汰し制覇していく中で、最後まで立ち向かった男がいた。不遷流田辺又右衛門である。彼は並み居る講道館の高弟、戸張瀧三郎、山下義韶、磯貝一、永岡秀一、飯塚國三郎、佐村喜一郎などをことごとく破り、講道館の前に立ちふさがり、生涯一度も負けたことはなかった。しかし、組織された軍団の前には多勢に無勢、さまざまな妨害に会いながらも、それでも節を曲げず、下野して兵庫の一道場で生涯を遂げた。最後まで寝技の「他流」を通した。長い間名前だけで、その生涯の実態を知られなかった田辺又右衛門が、いまそのベールを脱ぐ。実は晩年、彼は弟子に書かせた口述筆記を残していたのだ。その四冊に及ぶ手書きの口伝を筆者は、三十三年前に手に入れていたのだが——。無名の英雄を発掘し続ける著者の渾身の作品。

近刊！

『もう一度アジアを見直そう日本人』

東洋文化研究会30周年記念出版
アジア雑記帳・文化と歴史

戦争中から戦後に生まれた、ある一定の期間の年齢の人は、外国を知らない。進駐軍の占領当時から、一九六五年くらいまでは日本人は外国に自由に行くことができなかったからだ。戦前あれほどアジアとかかわって来たのに、戦後はまったく蚊帳の外に。大きくなって団体旅行でガイド付きで行ってはいるが、庶民の生活実態や、本音は知らない。いわば井の中の蛙である。アジアや日本を、自分の足で歩き、自分の目で探求し、研究すること。それがこの本の目的である。

『走过大草原的坎坷歳月』

『草原のラーゲリ』待望の簡体字・中国語版刊行！

ソ連の南下を防ぐためにはどうしても満洲に近代国家をつくる必要があると思った日本は、満洲国をつくるとたくさんの学校を作った。そのひとり、ハルピン学院で高等教育を受けた蒙古人が、戦後たどった苦難の人生と夢。日本の近代教育を受けた多くの植民地の人たちが、戦後どうなったか？　多くの日本人はそのことすら知ろうとしない。また中国の内蒙古「自治区」の人たちも、自分たちの近代の歴史をまるで知らされていないのだ。ひとりでも多くの内モンゴル人に読んでもらいたい翻訳書。神田「東方書店」にて販売中！

『桜旅』

全国各地の桜に隠されていた秘話と関わった人間を追う。あるぽっぽ屋の千島桜。河津桜の発見の経緯。親鸞と法然のしぐれ桜。満蒙開拓団の生き残りが植えた金閣寺の奥の桜谷。京都嵐山、平家物語の小督の桜。奈良の都の八重桜とは。西行桜を見て死にたい女―などなど。他にノモンハン桜、日本語教育を受けた台湾の男の桜秘話も。

愛育出版（1800円＋税）

『紫の花伝書』

昭和四十三年ごろから東京の国電千駄ヶ谷駅周辺から急速に広がった菜の花を紫にしたような「花だいこん」。中国大陸に自生するこの野草を、戦前戦後を通じて、日本に伝えた五人の人たちの、五つのルートと人生を追う好著。

集広舎（2200円＋税）

『草原のラーゲリ』

満洲のハルピン学院を卒業し、日本語の高等教育を受けたひとりの蒙古人が戦後たどった苦難の人生。三十四年間の投獄と強制労働の後、奇跡の復活を遂げ、日本語学校を成功させるまでの感動の歴史。青海省の草原で馬とたったひとりでの生活は心を打つ。キリル文字、タテ文字のモンゴル語訳、中文訳も刊行。

文藝春秋社（2476円＋税）

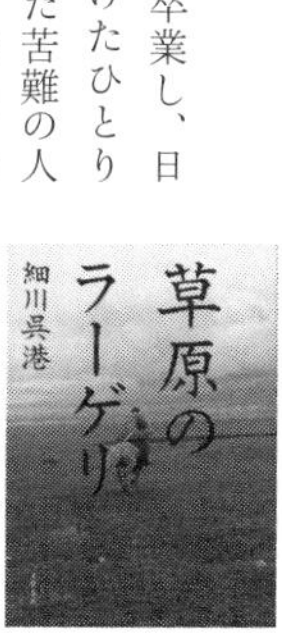

モンゴル語
キリル文字版

モンゴル語
タテ文字版

『日本人は鰯の群れ』

なぜ日本人はだめになったのか。戦前も戦後も、国際社会の現実を知らない日本人が陥りやすい欠点とは。中国の現代史を例に、社会主義の夢を見ていた日本人を徹底的に批判、分析した評判の本。編訳。

光人社（1900円＋税）

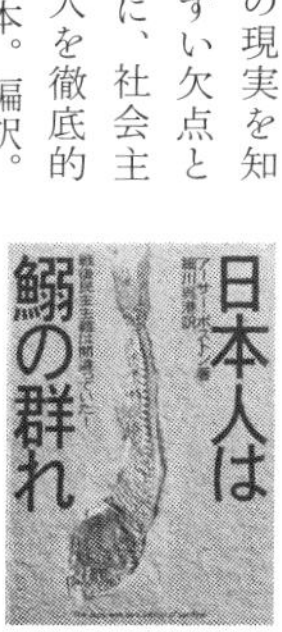

『ノモンハンの地平』

戦後日本人として初めて、中国側からノモンハンの戦場に。二三師団の海拉爾地下要塞も初めて撮影。四輪駆動車を駆使して、かつての戦場の草原や沙漠を何度も探索。現代の兵用地誌とホロンバイル草原の自然をさぐる。

光人社(2300円+税)。NF文庫は(762円+税)

[文庫版]

『満ちてくる湖』
中国大陸東北部、ソ連国境草原にある巨大な湖ダライノールが有史以来、大きくなったり、小さくなったりしていることを、実際に何度も踏破し、さらにさまざまな古文書、古地図の渉猟から明らかにしていくドキュメント。
平河出版(2300円+税)

〈東洋文化研究会編纂の本〉

『北京探訪』
知られざる歴史と今
北京をよく知る三十人の識者が、古都に隠されているさまざまな秘話を公開。目から鱗の北京。これであなたも北京通になれる。
愛育出版(1800円+税)

『中国の暮らしと文化を知るための40章』
中国人の食文化から、生活、文化、伝統など、具体的なお話しを四十項目挙げて、説明、解説。これ一冊で中国社会のすべてが分かる。
明石書房(2000円+税)

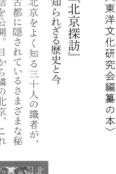

舞鶴に散る桜

進駐軍と日系アメリカ情報兵の秘密

二〇二〇年八月二十三日　第一刷発行

著者　細川呉港
発行者　大山邦興
発行所　株式会社 飛鳥新社
〒一〇一-〇〇〇三
東京都千代田区一ツ橋二-四-三　光文恒産ビル
電話　〇三-三二六三-七七七〇（営業）
　　　〇三-三二六三-七七七三（編集）
http://www.asukashinsha.co.jp
印刷・製本　中央精版印刷株式会社
編集担当　沼尻裕兵　工藤博海

ISBN 978-4-86410-787-7